有爱的青春陪伴者

图书在版编目（CIP）数据

终有人为你坠落人间 / 珩一笑著. -- 南京 : 江苏凤凰文艺出版社, 2024. 9. -- ISBN 978-7-5594-8765-0

I. I247.5

中国国家版本馆CIP数据核字第20241CW394号

终有人为你坠落人间

珩一笑 著

责任编辑	王昕宁
特约编辑	周丽萍
出版发行	江苏凤凰文艺出版社
	南京市中央路165号，邮编：210009
网 址	http://www.jswenyi.com
印 刷	天津睿和印艺科技有限公司
开 本	880mm×1230mm 1/32
印 张	9.5
字 数	321千字
版 次	2024年9月第1版
印 次	2024年9月第1次印刷
书 号	ISBN 978-7-5594-8765-0
定 价	45.80元

江苏凤凰文艺版图书凡印刷、装订错误，可向出版社调换，联系电话025-83280257

目录 Contents

第一章
送花的陌生人　　/ 001

第二章
流金大道站　　/ 020

第三章
怦然的喜欢　　/ 037

第四章
季夏夜晚的雨　　/ 058

第五章
失恋这件小事　　/ 082

第六章
笨拙的感情　　/ 110

第七章
日落盛宴　　/ 136

目录 *Contents*

第八章
万万重要的人　　/ 162

第九章
烟花下的吻　　/ 188

第十章
盛放的玫瑰　　/ 215

第十一章
同轨而行　　/ 242

第十二章
来人间一趟　　/ 265

番外
余生共喜乐　　/ 288

后记
/ 297

第一章
送花的陌生人

一个阴风阵阵、即将下雨的工作日，是不适合发生什么浪漫故事的。

蒋畅和赵轼的第一次见面，就在这样一个普通的日子。

后来，蒋畅回忆起来，开头应该是这样的——

下班走出公司时，蒋畅脑海中浮现的第一个念头是，这样的天气，若是躺在家里睡觉，该多舒服。

手机电量条已经变红，是忘了充电，又急于下班的缘故。

蒋畅握着手机，被人流裹挟着，刷卡通过地铁闸机。

地铁四号线穿过城市繁华地带，似乎总是人满为患。

满目的陌生人，即使这条线坐了成百上千回，也很难有一个人的面容驻留在记忆里。

蒋畅习惯性地找个角落，站靠着。那样的位置既不容易被注意，又方便观察别人。

旁边大概是一对来旅游的情侣。

女生抱怨说："走了一天路，腿好酸。"

男生的目光向周围搜寻一番，哄着女友："待会儿有人走开我就去帮你占位置。"

女生抱着他的胳膊："算了，待会儿到酒店再休息吧，这么多人估计也占不到。"

男生两只手不得空，以下巴代替抚摸，在她头顶蹭了下。

两人旁若无人地亲昵着。

蒋畅移开视线。

围观别人的幸福互动，已经无法激起她内心的艳羡之情了，顶多令她生出一种实感：哦，此时已经从工作中脱离，回到生活中了。

直到那对情侣下车，这一节车厢都没有座位空出来。

这在蒋畅的意料之中，但往常，她也会像男生一样抱着希冀，希望附近能有个人起身。

站久了，腿有些发麻，她换了个姿势。疲惫渐渐涌上来，人像被翻转过来的沙漏的上半截，慢慢漏空。

广播播报着："流金大道站已到达，请乘客带好随身物品。"

蒋畅需要同站换乘八号线，再坐几站，出站后，步行二十分钟才能到家。

通勤，commute，另一个意思是减刑，她觉得是受刑还差不多。

早起上班犯困，傍晚下班疲累，唯一值得感恩的是，自这站起，她就能坐下了。

更令人欣喜的是，有扶手旁边的空座位。

这样，她可以放松身体，放纵地靠着扶手。

同站上车的，有一个手里拿花的男人，他坐在蒋畅身边，很有分寸地离了一拳以上的距离。

他穿着格子衫，白色T恤打底，袖口折了两折，露出腕骨。

他腕上戴着一块纯黑的机械表，看着价值不菲。往下，是牛仔裤，黑白帆布鞋。

比起男人可谓精致的打扮，花却是简陋地用报纸包着。

那是几枝有些蔫的粉色月季，具体是什么品种不得而知。

蒋畅浅浅瞥去一眼，得到的全部信息便是如此，至于他的模样，她并不好奇。

有个说法是说，人的一生平均会遇到2920万左右的人，产生交集的约8万人。

她和这个男人的全部交集，不出意外，就是这趟地铁，坐在同一排位置，多则不过仅仅十几分钟。

在累极的情况下，更缺乏对陌生人的探知欲。他长什么样，大概率转头就会忘记。

蒋畅一手圈着扶手，头抵上去，包搁在腿上，半合着眼打瞌睡。

为免因睡着而坐过站——不是没经历过这事，她重新拾起辞职的念头，认真思考起来。

这份工作换了未到半年，通勤一个多小时，月薪到手四千，除去各种生活开销，到月底一分不剩。

为此，母亲曾特地打来电话，劝蒋畅回家考公务员，或者为她安排一份更稳定的工作。

蒋畅不愿意。

她说她找得到工作，能养活自己。

母亲反问："一分钱攒不下，万一生个什么病，你怎么办？"

蒋畅无力反驳。

但总之，蒋畅依旧留在宿城。

她想着待这阵忙过去，或者老板新招人进来，替她分担审稿的任务，她有空写稿，便能拿提成了。

可，这样的通勤距离和时间，又太过消耗精力。

蒋畅常自我审视，她性格里的一大短板便是不够果决，有托底且不紧迫的事，能一拖再拖。

就在"辞职"和"将就干"两方势力极限拉扯，胜负难断的时候，她听见旁边的男人接起电话。

蒋畅不关心内容，只是注意力被他的声音吸引过去。

身在公共场合，他刻意压低嗓音，也听不太清说的什么。

音质如山谷里的溪流，缓慢冲刷过岩石，是一种低闷的清润感，听之使人身心舒适。

蒋畅颇不礼貌地想着，拥有这样的声色条件，去网上唱歌，或者当CV（配音人员）之类的，应该会十分受欢迎。

大抵，他心情不佳，声音越来越沉。

但也许是教养好，他语速始终不疾不徐，只是尾调偶有起伏。

男人说话声顿了顿。

蒋畅呼吸随之一停，以为是他察觉到了她在偷听。于是，她眼皮耷拉下去，伪装成天大地大睡觉最大的样子。

偷听不尴尬，尴尬的是被发现。

因为紧张，她脚趾都微微蜷起。

然而，蒋畅并未感觉到他的眼神落在自己身上。

她暗自松了口气。

直到这一刻，蒋畅仍没有去看男人的脸。

只是，他突然起身。

地铁里的灯很亮，地上的影子便很明显。是正正停在自己前方的。

"小姐。"

这道声音，是他不错。

蒋畅不得不抬头。

多年来的毛病，面对陌生人突如其来的搭讪，她的大脑会出现一瞬间的空白。

目光触及他的脸时，空白扩大，像墨汁洇在熟宣上。

无论从她的个人审美，还是普世的大众审美出发，这个男人的长相，无疑都是上佳的。

唇生得薄，唇线弧度合宜，眉浓而黑，却不杂乱，最重要的是那双眼，眸色深棕，内眼角向下，眼尾走势朝上，眼皮内窄外宽，自带一种深情感。

外在的皮相，尚且可靠修饰，而骨相的优越，便是上天厚待了。

蒋畅定定地打量，一秒，两秒，在显得冒犯之前，她眨了眨眼，以示疑惑：有事吗？

男人说："花扔了可惜，送你吧，祝你开心。"

顺着花，她又注意到他的手。

嗯，是帅哥的标配。

修长匀称，骨节分明，指节处泛着点粉，指甲修得圆润，不似一些男性，大拇指或小拇指留出一长截指甲——她从来不能理解。

他长着一张容易给人留下深刻印象的脸，又贸然送上一束花，搁在别人身上，或许会猜，接下来的步骤，是否是讨要联系方式。

但蒋畅自知自己普通，无甚可得他人青睐之处。

在迟疑间，她接过了花，轻轻道了声谢。

理应谢的，长这么大，仅仅是大学毕业时，她收到过室友送的一束花。更该谢的，是来自陌生人的祝福。

奔忙的生活之下，"开心"是件价值高昂的奢侈品，得到后，怕刮了蹭了，其实放久了，它会自动迅速贬值。

蒋畅垂眸，伸指碰了碰花朵。

尽管花瓣边沿初显干蔫之迹象，但花依旧散发着香气，淡极，凑近了，丝丝缕缕入鼻。

地铁减速靠站。

男人提步匆匆离开。

直到门嘀嘀地响起提示音，蒋畅才恍然回头。偌大的地铁站，已不见那人的身影。

新上的乘客中，有一人和同伴说，天气预报说小雨持续半个小时，希望待会儿雨别下大了。

同伴庆幸地说，还好带伞了。

蒋畅没带。

不过，没关系，影响不到她此时的心情。

这是蒋畅和赵尧的第一次遇见。

但那时，蒋畅没有放在心上，也没有预想过，她和他往后再有交集。

出站时，雨淅淅沥沥的，不见有转小的趋势。

家中有两把伞，没必要再买，蒋畅叹了口气，叫了辆网约车。

蒋畅为省租金，又图有个安静舒适的环境，所租住的房子较为僻远，过了晚高峰，即使下着雨，路上也不是很堵。

司机放着音乐，似也不想同乘客唠嗑聊天，消磨路途之无聊。这反倒合了蒋畅的意。

天知道，她最怕热情自来熟、不停攀谈的司机。

这阵子，她几乎天天加班，本该下午五点下班，却被各种事情拖到晚上六七点，这会儿，天已黑透了。

蒋畅偏头向窗外看去。

路边栽种的景观树被风雨打得微微摇晃，路灯的光照不穿树叶缝隙，路面暗影重重。

城市的霓虹映着天空，形成一种"色彩斑斓的黑"的既视感。

雨脚细密，将玻璃当成织布，在上面织出繁复、奇异的图案。

这样的风景,催生了她的困意。

她将脑袋靠在车窗上,望着窗外发怔,有一种身处海上轮船的漂泊不定感。

车停在楼下,蒋畅不为自己遮雨,反而用手遮住花,小跑着进楼道。

家——一个租住的小房子,或许不足以得到如此温情的称呼,但对于在宿城漂泊的蒋畅,恰如其分——在八楼,她觉得寓意颇好,也是当初同意押一付三的原因之一。

蒋畅找来一个空玻璃花瓶,加水,修剪了下花枝,然后将花放进去。

她拍了张照片,上传微博:祝你们开心。[耶]

这是她经营了几年的一个号,用来发一些日常和设计作品,有几万粉丝,平时互动的人不多,但基本都眼熟。

@达芬不好奇:酱酱也开心哦。

@花开十里:好巧哦,今天我也买了一束花,漂亮的东西的确会令人开心!

简单回复完几条评论后,蒋畅开始准备晚饭。

荞麦面,几片生菜,一片午餐肉,一个鸡蛋,加点酱汁,美味与否且不论,好歹卫生、顶饱,就这样糊弄一餐。

蒋畅习惯在吃饭时支起平板,看看剧或综艺,饭似乎也更香些。

正看到精彩处,屏幕上方弹出来自胡蕙的微信消息。

她说,下周六宿城有一场 live(现场演出),是她喜欢的歌手,希望蒋畅陪她去。

一个小众的歌手,蒋畅听过她几首歌,恰逢前几日发了工资,便答应了。

胡蕙是蒋畅的老乡,来宿城后,才因缘际会认识的,不到两年,交情已深。大概是因为,人在异乡,彼此来自同一个地方,天然产生一种熟悉感。

福狒狒:我们先去吃饭,怎么样?

大酱炖大肠:好啊,吃什么?

福狒狒:就这家怎么样?离那家 live house(小型演唱会)也不太远。

胡蕙引用了几日前,蒋畅分享给她的一家连锁店即将营业的开业活动消息。

福狒狒:每回看你的网名,都会有一股味道扑面而来,冲得我想哕。

胡蕙不是第一次吐槽了。她十分厌恶大肠的口感和气味，奈何蒋畅喜欢吃，这是两人之间的一个不可调和的矛盾。

这个微信名的来源不单是如此。

蒋畅的微博 ID 叫"锵锵呛呛将将"，一开始有人叫她"将将"，后来又变成"酱酱"，一直沿用到今天。

两人约定好碰面时间后，蒋畅打开电脑清稿子。

蒋畅毕业于普通的本科院校，学的汉语言文学专业，因不勤于学习，闲暇时间多，她自学了设计。起初，做图是为爱发电，渐渐有人主动上门约稿，便以此赚取少量零花钱。

母亲不知道这件事，也不知道她有存款，劝她放弃宿城的工作，不是怕她饿死，而是觉得她没余钱贴补家里。

如此一来，她倒存下一笔钱。

之前有几个月，蒋畅辞职后赋闲在出租屋里，靠的就是存款和偶尔接稿过活。

后来实在担心坐吃山空，难以为继，她才找了目前的工作。

她告诉给家里的现况，便是"月薪四千，扣除生活费，一分不剩"。

这话自然会传到亲戚耳朵里。但丢脸归丢脸，反正人不在老家，总好过母亲理所应当地提出，让她借钱给哥哥新家装修。

蒋畅有个哥哥，大她五岁，在她读大学时结了婚，今年四月，他老婆刚生下二胎。

母亲意味深长地与蒋畅说过数次："你哥哥如今压力大，过得不容易，又要还房贷，又要养孩子。"

意图昭然若揭。

无非希望她多赚些钱，替她哥分担。

蒋畅还记得，自己读大二时，有过考研的想法，她哥蒋磊说：书有什么好读的，早点出去打工得了。

她冷眼以待，不作声。

最后，她没读研，不是屈服听从，只是想早点独立出去。

而不愿回老家，宁肯接受宿城的高压生活，也是带着逃避的心思。

不知道能躲多久，但日子这么一天天消磨下去，也许能磨掉母亲对她的期待。

清完一套商稿，已过零点。

蒋畅困极，倒头就睡，周公却未如期而至。

她朋友圈的背景图，用的是简媜的一句话："人生跟天气一样，雨天打伞，晴天遮阳，我吃饱睡倒，明天再说。"

但入睡于现代人而言，有时可能如没伞而浑身淋湿一般难受。

没有月的夜晚，她躺在床上，像阴暗潮湿的角落，空白的纸页生了霉斑，逐渐腐烂。

蒋畅艰难地翻了个身，习惯性地去摸手机。

其实没什么可看的，她的社交圈很小，更不会有人三更半夜找她。

群处守嘴，独处守心，多年来，她习惯独处的寂寞，社交消耗掉能量后，自己待在无人打扰的空间，无论白天黑夜，她会像扁缩的馒头缓慢蓬松。

她并不失落，想的是，再上一天班，就到周末了。

蒋畅在一家小公司做网站编辑，手底下管着一些官方账号和网站，但实际上干的活很杂，用网上的话说，领着三千的工资，操着三万的心。

这周六，蒋畅本以为能好好休息，结果接到老板的临时通知，需要去邻市出个短差，当天去，当天回。

早上，老板开车来接蒋畅，同行的还有一个女同事，女同事坐在副驾驶座，蒋畅便自觉去了后座。

他们公司在宿城设立了三个办公地点，蒋畅所在的办公点人少，平时坐班的只有十来号人，归这位姓冯的老板管。

老板年纪不大，三十出头的样子，对员工们挺好。

老板回头问："小蒋，吃早餐了吗？"

"吃了的。"

蒋畅还带了面包和牛奶，以免没空吃饭而饿肚子。

"你晕车吗？如果晕车的话，可以开窗透气，这里还有晕车药。嗯，我还买了点酸梅含片。"

"谢谢老板，我没关系。"

必须得承认，老板非常贴心。难怪在公司女同事之间，他的口碑好得不行。

车向城郊开去。

天色原本灰蒙蒙一片，渐渐地，天边有一道光破云而出。看起来，今天会是个大晴天。

不知出了什么事，一排车堵在高速收费站入口处，还有人下车察看情况。

就这么一会儿等待的工夫，老板伸手摸出烟盒，刚抽出一根，想到车里有两位女士，又丢回原处。

女同事陈婷主动同蒋畅聊起天："你怎么不搬到离公司近一点的地方？方便通勤呀。"

"搬家太麻烦了，那边房租也贵些。"

"找人合租呢？分摊下来，应该差不多吧？"

蒋畅浅浅一笑，她长得不算漂亮，笑起来时，一双杏眼倒是明亮清澈，看着舒服。她说："我比较想独居。"

"比较"，只是委婉地表达她反感合租的意愿。

陈婷听出来了，不再延续这个话题。

蒋畅是个边界感很强的人，很少与同事提及私事，也不多过问他们，像松树林里长的竹子，兀自挺拔且孤傲着。

陈婷转头想看什么时候疏通，却发现后面的车开始转弯，换另一条通道。

"老板，"陈婷直接说，"咱们也换吧，别在这儿干等了。"

比起蒋畅，陈婷跟老板更熟稔些，交流起来，没有上下级的隔阂感。

正说着，前面一辆车亮起倒车灯，逼得他们也往后退。

那是一辆黑色吉普牧马人，车型霸道硬朗，市里似乎少有人开这款车。

老板打方向盘，拐弯插缝换道。与牧马人车身交错时，蒋畅随意瞥去一眼，然后定住了。

对方副驾驶座的车窗半降，露出一个男人的侧脸。

男人低头看着手机，右耳戴着蓝牙耳机，嘴巴微动，在说着什么。

男人仍是一件格子衫当外套，款式颜色与上次不同。

太阳不知何时出来了，世界陡然大亮，梦境般不真实，一层薄光打在他的上颌骨处，刺得他微微眯起眼，随意伸手挡了下。

如果以"是否记得昨天吃的什么菜"来评断记性的好坏，蒋畅的记性不算太好，甚至可以说，在大学毕业，或者高中毕业之后，她的记忆力就直线下降了。

但奇怪的是，不久前，仅仅一面的印象，此时竟迅速浮现在脑海中。

她认出他来了。

是那个，送她花的陌生人。

天气预报说，今天是阴天，阳光的乍现，出乎了赵筅的意料。
旁边的贺晋茂随口说："快入夏了。"
赵筅听到，心情没什么波动，只是一想到夏天常见的雷暴雨，又有些烦躁，心情像乌云已经来袭，周遭气压加大。
耳机里传来项目负责人的声音，他在向赵筅汇报项目推进情况，一板一眼的，更加剧了这种闷窒感。
赵筅不经意地转过头，看到的却是仓促上升的车窗。
里面的人在看他？
车与车牌俱陌生，许是无意。
贺晋茂又说："其实，你完全可以留宿一晚，反正明天没什么事，在茗城转转也行。"
赵筅收回视线，手指随意地搭在门边扶手上，有一搭没一搭地敲着："家里不能空着。"
"你那些花花草草，一天不管，也不会枯死。"
"还要管我儿子、女儿。"
贺晋茂的脸耷拉下来："大哥，你明明听懂了我的意思，结束太晚，我开车很累的。"
"哦，这样。"赵筅顿了下，微微一笑，"那你也该知道，多留一晚，我得多付你一天加班工资。"
贺晋茂吐槽他："赵扒皮。"
"谢谢夸赞，不过比起这个称呼，我更喜欢你之前夸我是'吸血资本家'。"
赵筅又提醒道："马上上高速，为了不造成工伤，建议你专心路况。"
贺晋茂与赵筅相识多年，了解他的德行，不然非得被他这番话气吐血。
外人只知道赵筅脾性甚好，事业有成，却不知道他私下什么样子。

赵筅年纪轻轻，工作能力一流，然而，他的理想是四十岁过上退休生活。
为了不令他英年早逝，愿望崩塌，贺晋茂老实开车。
茗城与宿城之间相距不远，有且仅有一座服务站，老板问两位女士："你们需要方便一下吗？不然咱们就不停了。"
陈婷说："我去一下吧。"

蒋畅一大早起来，坐车坐得直犯困，一闭眼，就睡过去了。但她睡眠浅，听到他们的说话声，她睁开眼睛。

她的眼神还迷惘着，声音含糊："到了？"

"没呢。"老板语带调侃，"这么累啊？是我给你布置的任务太多，工作太辛苦了吗？"

蒋畅不好意思地摸摸鼻头。

遗憾的是，她没长一张能言善辩的嘴，也来不及去网上发帖，问如何回答老板问工作是否太多的问题。

陈婷替她打抱不平："老板，你还说，蒋畅都多久没准点下过班了，该给她涨薪了。"

老板一笑："等多招几个人进来，就会好很多了。"

也许，作为领导，一大必备技能就是，给员工画大饼。

这话他说了无数遍，要么是招的人不合心意，要么是应聘者看不上这里的薪水。

不过快到毕业季，即将有一大批应届生拥入人才市场，蒋畅还是选择咽下这块饼。

停好车后，陈婷去洗手间，老板到一旁抽烟。

一路上，蒋畅特地没喝水，此时没有尿意，但还是下了车，漫无目的地走着，活动一下筋骨。

往来两座城市的车辆多，又是周末，停车坪停满了，而那辆牧马人车身太大，很难不注意到。

这么巧？又碰到了。

转念一想，也正常，毕竟是前后脚上的高速。

不知道出于什么心理，蒋畅想再见那个男人一面。

远远地看一眼即可。

从小到大，收到的最多的祝福，大抵是"心想事成"，然而现实往往是"心想事不成"。

尤其是，蒋畅自出生以来，运气就不太好。譬如，摊上这样的家庭；带伞不下雨，下雨没带伞；勤奋学习，高考却发挥失常……

总之，看见他手里拎着瓶不知名品牌的矿泉水，从车上下来时，她鬼使神差地跟了上去。

　　从某种程度上来说，蒋畅相信人与人之间的缘分，缘分尽了，就如香灭灰散，缘分深了，无论在哪儿，都会再相遇。

　　就当不辜负这份缘，也不辜负那束即将枯萎的花。

　　男人走得不快，蒋畅手揣在口袋里，远远地跟着。

　　服务站就这么点大，洗手间、便利店、餐饮店全在一块儿，"尾随"可以打着"顺路"的幌子，光明正大地进行。

　　他在中途停下脚步，和一个戴眼镜、穿着时髦的男人说话。

　　应该是同行的人。

　　两人年纪相仿，戴眼镜的男人矮一些，可稍微走近了，才发现戴眼镜的男人也很高。

　　那送花那人多高？

　　蒋畅对男人的身高没有太具体的概念，因她本身才一米六四，没遗传到半点家族基因。

　　用蒋磊做对比的话，她想象着，送花那人大概一米八五？

　　再走近一些，蒋畅听见了他们的聊天内容。

　　眼镜男拿着几串关东煮在吃："待会儿我去旁边加油站加下油，你要吃点东西吗？"

　　"不用，我上个洗手间。"

　　"行，那我待会儿来这儿接你。"眼镜男指了指杯中的食物，"说好包吃的，四十五块钱，记得结一下。"

　　服务站东西这么贵？别是故意坑人的吧。

　　蒋畅正胡思乱想着，眼镜男朝她的方向走来，她忙低下头，突然听他"哎"了一声，她心头一跳。

　　"赵犹，"原来对方不是跟她说话，"你的车加92的油还是95的？"

　　"95的，直接加满吧。"

　　眼镜男说："你这养的吃油的怪物，加满估计不便宜。"

　　眼镜男似是感叹，没指望对方回答的样子，然后他径直转身走了。

　　赵 shēn？深，还是申？

　　直呼其名，语气又如此熟稔，两人应该是朋友？

蒋畅不爱与人交流，与陌生人连眼神交汇也要避免，但不妨碍她心理活动频繁。

猜归猜，蒋畅却没有继续窥探的想法。

走都走到这儿了，她打算进便利店看看。

便利店修得大而敞亮，蒋畅转了一圈，标价确实不低。

她挑了一盒威化饼，想想又怕渣掉到车上，不好清理，于是换成小薄饼，再加一袋绿豆饼。

收银员扫了条形码，说："一共十七块八毛，在这里扫码。"

蒋畅去掏手机，上下摸了摸，空空如也。

手机落在车上，还是掉了？刚刚人多，被扒手偷了？

她来不及回忆手机的下落，因为收银员此时正看着她。

后面还有人排队。

令蒋畅难堪的事发生了。

一般人会不以为意，直接说句"不要了"，走了便是，既不违法，也不扰乱公共秩序，可偏偏蒋畅做起来，永远潇洒坦率不了。

她觉得自己耽误了排队人的时间，而收银员或许会腹诽不买还来添什么乱。

"不好意思，我没带手机，我不……"

做完心理建设，蒋畅才开口。而话未落音，斜前方伸出一只手，嘀的一声，扣费成功。

是赵觥。

他收起手机，对她笑了笑："好巧。"

又怕她把他当奇怪的人，他补了句："前天在地铁上，我们见过一次。"

他也记得她。

蒋畅来不及思考这个问题，拿起东西和小票，往外走了几步，让后面的人结账。

两个人停在便利店门口。

不远处有桌椅，已经坐满了。泡面浓郁的气味，混杂着其他食物的香气一并飘来。

蒋畅这才抬起眼，直视赵觥。

前天，要么双方坐着，要么她坐他站，离近了，她才发觉他这样高。

与他的南方人长相不符。

嗯，是她代入刻板印象了。

蒋畅迟疑半拍，说："那个，谢谢你……我同事应该在附近，我找她还你钱。"

赵梵想也不想："没事，不用了。"

蒋畅不喜欢欠人钱，更何况是毫无交情的陌生人："那要么这东西给你吧。"

赵梵的眼神有点无奈，眉心也微微蹙起。

公共厕所设在旁边，出去要经过便利店，他路过时正好看见她窘迫的表情，又对那张脸有印象，所以顺便帮了把。

仅此而已。

而那束花则是一对卖花的老婆婆老爷爷所赠，他们说卖不出去了，免费送人。

他想到自己，也曾于街头贩花，砸了一大把在手里，最后也是送掉了。他给两位老人两百块钱，说买走剩下的，却只拿了几枝走。

花带着不方便，扔了又的确可惜，不如转手他人。

暮春的花，开得不够艳，能为另一个灵魂带来一丝丝香气也好。

赵梵的想法很简单，只是当时，和眼下的他，都不曾预料，这缕香又会幽幽地，随着命运齿轮，飘回来，萦绕他一生。

蒋畅观察着他的表情，匆匆地说："如果你急着走的话，要不然，我记下你的微信号，晚些再加你。"

看来非还不可了。

赵梵看了眼手机，贺晋茂说加95的油没什么人排队，他加完了，马上过来。

赵梵说："ZS——大写，再接0903。"

很简单，她颔首说记下了。

女厕所人格外多，陈婷排了好一会儿队才排到，出来时见蒋畅同一个男人站在一起说话。

真是稀奇，世界这么小吗，这都能碰到熟人？还是个帅哥。

不过下　秒，帅哥就大步走了。

陈婷甩着手上的水，朝蒋畅走过去："认识的？"

蒋畅一怔，想去寻赵尣，可同地铁里一般，他去似一阵风，离开得不留痕迹。

"不认识，一个路人，"蒋畅含糊其词，"他帮了我一个小忙，感谢他而已。"

陈婷便没有追问，说："我们快走吧，老板估计在等了。"

走到外面，那台牧马人果然不见踪影了。

老板正倚着车吹风，身上的烟味散尽了，两位女士方姗姗来迟。

"你们再晚点回来，"他揶揄道，"我就该考虑，是不是得去女厕所捞人了。"

陈婷抱怨说："怎么这么多人？也不是什么节假日啊。"

老板说："这两天茗城有一个展览，宿城很多业内人士、媒体之类的去参展。"

陈婷想了想，问："智诚科技公司举办的？"

"是。"

上了车，老板继续说道："一路上那么多豪车经过，你没注意？"

陈婷唏嘘："看到了又怎样，就跟看咱们公司对面的高级公寓一样，看过就看过，不知道哪辈子买得起。"

他们聊天时，蒋畅找到了自己的手机，它静静地躺在脚垫上，约莫是她睡着时没拿稳，掉了下去。

虚惊一场。

她在微信搜索栏输入：ZS0903。

页面跳出来一个用户，昵称就是ZS，头像是一只手托着一只白色比熊的脑袋。

看来，赵尣没有随意编一个账号敷衍她。

蒋畅留下简洁的申请好友信息：你好，我来还你钱。

相比现实，网络上的沟通，尤其是文字沟通，不需要调整面部表情、语气，不需要担心因紧张而失言，有足够的时间来组织语言，更令她自在一些。

等待对方验证通过的间隙，蒋畅拆了包绿豆饼，递给前座的人："吃饼吗？"

陈婷摆摆手："我在减肥，不吃零食，谢谢你啊。"

老板抽空瞥了眼，拿走一个塞嘴里："正好有点饿了，谢了。"

蒋畅抿抿唇，收回手。

手机弹出一条新消息。

赵犰加上她了。

她叼着一个饼，发了个打招呼的表情包，想到什么，点开转账，界面上显示他姓名的尾字。

犰。

读书时代养成的习惯，加上又从事文字编辑类工作，碰到不认识的字，她会查一下。

——犰，在古籍里，是进步的意思。

所以是赵犰？

好特别的名字。

蒋畅补了零头，凑了个整，发了二十元过去，再跟上一个鞠躬道谢的表情包。

对方收了钱，又发来一条信息。

ZS：如果多余的钱，是为前天那束花，其实没必要。

啊？

蒋畅有些蒙，她以为一个还钱，一个收钱，就没后续了。而他这句话，她也不知道该怎么回。

大酱炖大肠：不是的，我个人的习惯而已。

大酱炖大肠：按目前的物价水平，不到三块钱，连一朵月季也买不到吧。

ZS：这样。

大酱炖大肠：嗯……

好尴尬、生硬的对话。

所幸，他没有再发来消息。

继续开了不到一个小时，他们抵达茗城。

他们今天来茗城，是同一家企业洽谈合作。主要是老板负责谈，陈婷和蒋畅在一旁听，偶尔接话。老板之所以带她们来，是因为想培养她们，好让她们以后自己拉项目。

茗城与宿城离得近，因城市发展问题，两城说是一衣带水、唇齿相依也不为过，蒋畅公司里也经常有记者往茗城跑。

对方需要请外包公司负责网站、官方号管理，开价不高，磨了一番，还是定下来了。

谈完已过午饭点,对方请他们一行三人吃饭。

"这家店在茗城很出名,要不是我前几天特地订了包间,恰逢这两天展览会,到那儿就没位置了。"

酒楼占地面积很大,共三层,一楼是大厅,二楼、三楼是包厢,整体的布置处处体现中式风格,石栏、青瓦、灰墙、竹椅、花窗、红灯笼……包厢做成亭子,旁边以假山假树隔开,每一面俱垂挂纱帐,起不到遮挡作用,但极有氛围感。

菜单更是制作精美,菜品却不知所云,怀抱鲤、诗礼银杏、孔府一品锅……

老板自嘲地说:"还好不是自己来,不然真是刘姥姥进大观园了。"

对方公司的负责人郭总笑着接话:"名字取得新奇罢了,就是些普通的菜色。"

蒋畅家境普通,若不是工作机缘,很难来这种场合吃饭。

她的性格不适合应酬,心眼不活泛,嘴皮子不利索,她更喜欢坐班,但谈下合同,老板会给她分成,逼逼自己,她还是来了。

蒋畅今天穿着一件浅蓝色牛仔外套,下搭一条卡其色直筒裤,头发扎成麻花辫,拨到一边,脸上抹了淡妆,坐在那儿,微微笑着,似刚上好釉未经烧制的瓷器,光有型,未有韵,总让人觉得少点什么。

蒋畅自中学时代便如此,一旦进入陌生环境,周围再热闹,她一人安安静静,如喧嚣闹市中的一座雕像。

她不是天生内向,只是,人松弛不下来,宁愿降低自己的存在感,也不试图融入进去。

她知道自己性格里有这一大缺陷,常自我谴责,却无力改变。

于是,干脆放任破洞继续破着,纵是用针去缝,也会留丑陋的线的。

老板同郭总侃侃而谈,聊至兴起处,作势要叫服务员上酒。

陈婷低声劝道:"老板,你还要开车呢。"

"小蒋不是有驾照?"老板看向蒋畅,"你能开吗?"

对于这样的重任,蒋畅有些踌躇:"我没怎么开过高速。"

老板心大得很,只当她应承了,说:"没事,到时我坐副驾驶座,帮你看着点。"

他们饮的是店家自酿的米酒,初喝不觉得,出了店,便开始上头了。

老板说：“不行了，我得缓一下。"

郭总笑着说："展览会离这儿不远，对公众开放，想去逛逛吗？"

话是朝着陈婷和蒋畅说的，身为东道主，他该好好招待她们。

陈婷表示有兴趣，蒋畅不好拂人好意，再者，她别无去处，故也点头了。

老板找了地方休息，陈婷、蒋畅二人乘这位郭总的车去展馆。

到了地方，蒋畅方知晓这是个什么展览会。

智诚联合一些科技公司，在展会上展出科技新品，诸如智能家电、机器人、无人机等等，大部分是普通人接触不到的。

展馆非常大，人头攒动，这当中，不知有多少人是宿城来的。

逛着逛着，蒋畅便与他们走散了。她倒更觉轻松，抱着胳膊，偶尔停在某区域，看展品和 LED 大屏上的介绍。

这种往日不曾接触的新鲜事物，很能勾起她的兴致，一看，她竟看入迷了。她不时拍张照片，与胡蕙分享。

迄今仍跟胡蕙保持紧密联系的一大要诀，在于蒋畅的分享欲爆棚时，胡蕙会积极回应。

可惜的是，两人因工作忙碌，虽同在宿城，见面却少。

蒋畅莫名产生了一个念头，如果有一台机器人，陪她聊天，听她碎碎念，必要时，还能主动开启话题，该多好。

罢了。

且不论 AI 近几年能否发展到这种程度，即使真发明出这样的产品，她也买不起。

理想若是鸟，贫穷则是精铁所制的枷锁，死死拖住它，使其无法腾飞。

"你也是来参观展览会的？"

声音响在耳边，蒋畅下意识地转头，对上一双映着细碎亮光的眼。

"眼睛是心灵的窗户"，这句话流传这么久，不是没有道理的。

蒋畅看人，第一眼就是看对方的眼睛。

她曾经觉得，人无理想，眼神就无光，生活的琐碎，又会消磨掉这种亮光。

这个男人，不是物质富裕，便是精神富足。

后者无从得到佐证，但牧马人是他的，再看他的穿着、气度，前者应是不错了。

蒋畅反应过来，摇头："只是没事做，过来转转，我不懂这些。"

赵觥转了视线，投向展馆："那以一个行外人的视角来看，什么样的产品，更吸引你？"

蒋畅猜他是"行内人"，矫饰的语言大抵无意义，索性坦诚道："便宜的，实用的。"

赵觥一愣，旋即笑了，赞同地说："也是，普通人是填饱肚子再谈理想，所谓'高端科技产品'，多是有钱人的玩具。"

服务站见过的那位他的同伴走了过来，好奇地问："这是？"

看起来完全没印象的样子。

不过，事实确实如此，没人会记得一个只瞥过一眼的陌生人。

赵觥停顿两秒，答："一位挺有缘的小姐。"

贺晋茂无意深究，说了几句工作上的事，也没避着蒋畅，说完就独自离开了。

又变成两人的局面，蒋畅不知如何应付。

后面传来说话声，中英混杂，因夹带专业词汇，她听不太懂。

她更紧张了。

蒋畅甚至有些手足无措，一个陌生的男人，离她半步远，不走，也不主动开口，却令人无法忽视。

她手指绞在一起，心里默默地想着，他不如刚才同那人一道走了。

要不要转头就走？可这样太不礼貌了。

那直接说，她有事，先行一步？

怎么提呢？

赵觥似乎注意到了她的纠结、为难，问："我的存在，让你不太自在？"

蒋畅摸了摸鼻头："没有，就是，我有点……嗯，社恐。"

更确切地说，是有点"恐男"。

远距离观赏、打量还好，她很畏惧打交道，连蒋磊，她的亲哥哥，也在这个范围内。

她从小便如此。

"抱歉，"他竟出声道歉，"我需要在这里等人，刚刚看见你，觉得巧，才来打招呼。"

"没事。"她越发不好意思了，"确实……很巧。"

三天内，两座城市，连续遇见一个人数次的概率，能有多大？

这样的巧合，放在谁身上，都要感慨一番。

第二章
流金大道站

赵犹从小受到的教育是，说话时，要看着对方，以表地重。

然而，蒋畅却避开了他的眼睛，往地面看。

光可鉴人的瓷砖，映着两人的身影。

贺晋茂曾夸张地形容，无论从单纯的审美角度，还是异性间的吸引来说，大部分女生都会多看赵犹两眼。

那么余下的小部分，应该就包括所谓的"社恐"。

实际上，赵犹不觉得自己多出众，装扮更是普通，这不，人家连看都不想看他。

也许，应该找个台阶给她下，以免尴尬的气氛进一步加剧。

赵犹正欲开口，有人扬声叫他："赵总。"

那人上半身西装，下半身却是牛仔裤、板鞋，头发留得半长，耳上戴着银色耳钉，胸前挂着工作牌。

这么搭配，不伦不类极了。

杜胤，赵犹的发小，就职于智诚科技公司，此次展览会，便是他邀赵犹来的。

赵犹要等的，就是他。

"忙得很哪赵总，不是我三请四邀，下次再见，怕是得等到下半年了。"

杜胤攀上赵犹的肩，这才注意到蒋畅，顿时语调扬高，眼神带着探究："嗯？交女朋友怎么没跟我们说？看着妹妹挺年轻的，你老牛吃嫩草啊？"

赵犹无奈："不是，你别乱说好不好？"

杜胤是个嘴碎的，逢人就能唠两句，话茬已经丢向蒋畅："赵犹太不懂

.020.

事了,知道你来,我怎么也要腾出空来招待的。"

蒋畅根本没法澄清,因为杜胤又热情地提出,带他们去二楼的展厅,那里有他参与的设计。

"赵总,你这次来,觉得怎么样,感兴趣吗?"

"还不错。"

"跟你说了,不会让你失望的。科技创新已经陷入僵局,开办这个展览,就是想激发业内活力。"

赵筅声音很淡:"就是你这个语气,像要骗光我的钱。"

杜胤爽朗大笑:"那哪能呢,还得指望赵总发大财,沾沾您的光。"

一路上听他们聊天,蒋畅猜测,赵筅大约是做投资的,的确也称得上"总",只是她以为,这种金融人士会整日西装皮鞋,没想到这么接地气。

二楼的展厅布置,不再是直硬的线条、冰冷的颜色,而是非常具有艺术性,一如浸入海洋深处。

蒋畅感慨于设计者的创造力。

杜胤冲她说:"赵筅比我小,应该叫你弟妹,不过,还不知道你叫什么。"

蒋畅愣住了:"呃……"

小时候面对长辈多方位夹击问话的无力感再度涌上来,她得怎么说才显得自然?她和赵筅才见过三次面,认识都算不上。

赵筅把杜胤拽走,低声说:"叫你不要胡说了,不是。"

杜胤反应过来,赵筅否认的是女朋友,不是老牛吃嫩草:"离那么近说话,谁知道你……"

杜胤认错,歉道得也快:"不好意思啊,这人单身太多年了,见他和女生在一起,就以为他开窍了。我叫杜胤,胤禛那个胤,你怎么称呼?"

蒋畅说:"我叫蒋畅。"

说毕,她不由自主地觑了眼他身边的赵筅。

赵筅的身子没有刻意挺直板正,站在那儿,却有说不出道不明的风度,像青竹,生来俊秀挺拔,昂首笔直。

他也在看她,目光没有任何侵略性,清淡如风。

赵筅想着,无缘无故被人拉上来,肯定觉得被冒犯,他脱不了干系,也该表个态。

"你……"

"那个……"

两人同一秒开口。

赵甡说:"你先说吧。"

蒋畅抬手指了指:"请问,我可以参观一下吗?"

杜胤语气陡然变得客气:"这里是公开的,只是展品少,来的人不多,当然可以。"

她走后,杜胤问赵甡:"说起来,你真不打算交个女朋友?叔叔阿姨不管你,当兄弟的都急。"

余光中,蒋畅一路看着展品,偶尔驻足,拿起手机拍照。

普通的科技展览会,被她逛出了艺术展的感觉。

没有人在身边,她就仿佛泡进水里的裙带菜,一下子舒展了。

赵甡回道:"不是不找,但遇不到合适的。"

杜胤吐槽:"我看和你最合适的女性——哦不,雌性——是你家那只猫。"

赵甡纠正:"'嗷嗷'是公的,'呦呦'才是母的。"

杜胤分不清,胡搅蛮缠:"没差,反正不是人类。"

赵甡拂开他的手,独自往前走:"皇帝不急,太监急什么。"

杜胤苦口婆心:"等你退休,四十岁的大龄剩男,难道整日和你的花花草草、猫猫狗狗过吗?得多无趣啊。"

"一个人过惯了,没那么渴望感情。"

杜胤"啧"了一声,劝到这里,知道又是无用功。

初时,赵甡家里人还催,他的态度雷打不动,如今他经济实力足以令他们噤声,他越发地没想法了。

杜胤倒也不是急,就是真担心他一辈子尝不到爱情的滋味了。

又不是修仙修道的,怎么这么清心寡欲?

转了一圈,杜胤远远地看到蒋畅,她四处张望,若有所思。

那模样,颇似草原上新钻出洞熟悉环境的兔子。

杜胤天生自来熟,过去唤道:"小蒋,有什么需要帮忙的吗?"

蒋畅神情略微窘迫:"请问,出口在哪儿?"

她方向感不太好,展厅太大,她找不到路了。

杜胤指了个方向:"那边。"

他忽心生一计,偏过头说:"赵轼,不如你送送小蒋吧?我去检查一下展品。"

赵轼领着蒋畅走到一楼,她手机响了几声,是陈婷问她在哪儿。

他问:"需要我带你去大门口吗?"

"那谢谢你了。"

出了门,赵轼说:"我朋友说话如果冒犯到你,我替他说声对不起。"

蒋畅越发深刻地明白,他的教养实在是顶好,说话温和有礼,令人如沐春风。

这样的人,决计不缺人喜欢的,他的朋友怎么会见到个女人,就当成是他的女朋友?真是奇怪。

蒋畅说:"没关系,应该感谢你才是,今天你帮了我两次。"

"不用谢,举手之劳。"赵轼笑了笑,他看了下天色,"不过看起来要下雨了。"

天气变得快,上午还是阳光晴朗,这会儿乌云就飘过来了。

今年雨水似乎格外多。

陈婷看到蒋畅,匆匆走来,说:"我叫了车,半天没司机接单,要不要叫老板想办法过来接我们?"

蒋畅问:"郭总呢?"

"他在展馆里和人聊起生意经来了,我说我们俩先走了,不然回宿城就该很晚了。"

也是。

他们是合作关系,不好要人再送她们回去。

蒋畅说:"打电话问问老板吧。"

话音未落,一滴雨砸在她的眼皮上,她下意识地眨了眨眼,抬头望天。

雨飘飘洒洒地落下来,顷刻间,天地间腾起一阵朦胧的雨雾,天色又暗了几分,仿佛已近天黑时分。

他们连忙躲到屋檐下。

蒋畅想,自己运气到底是不好,下这么大的雨,她不敢开车上高速,怎么回宿城是个问题。

她幽幽地叹了口气。

赵轼误以为她在为下雨发愁,看了眼时间,说:"我送你们吧,这个地方偏，打车不方便。"

蒋畅第一反应是拒绝，他们本不过萍水相逢，他再热心肠，她也不愿一而再再而三地欠他的人情。

哪想，他又笑着说："不如你就当我闲得无聊，接了个专车单。"

蒋畅并不讨厌下雨天，毕业时，甚至遗憾于，再也无法在学校里的小亭里，看雨帘悬挂，湖面泛起圈圈涟漪。

厌烦的是，裤腿被溅湿，黏黏地贴着皮肤，雨水被鞋底、伞带得到处都是。

车停在红绿灯前。

天色越来越黑，路边的灯渐次亮堂起来，地面积水，映出昏黄的光。

那一个小水洼，像另一个世界。

蒋畅习惯性地拍下来。

坐在驾驶座上的赵筅忽然说："你似乎很喜欢摄影。"

"算不上摄影，"蒋畅倒扣手机，放在膝上，"随便拍拍。"

这是上车之后，他们说的第二句话，第一句是他问她地址，随即一路无言。

赵筅的牧马人外形粗犷，没有装内饰，却有淡淡的香气。木质的，混着香橙、薄荷味，很好闻，也有些醒脑的作用。

意识的清醒，反而放大了蒋畅的紧张感。

她无法完全把他当专车司机。

赵筅说："挺有意思的，时间不会凝固，但拍照可以使你拥有过去。"

"并不全是，"蒋畅抿抿唇，继续说，"我觉得，一刹那的感觉比客观发生的事件更值得留存。"

史书总三言两语记录事件，而到了信息爆炸、个人意识增强的时代，对于寻常人而言，多是记录自身感受。

她是这个意思。

比如，拍下水面倒影，没有任何意义，仅仅是那一瞬间，触动到了她心里某个地方。

红灯倒数的最后三秒，赵筅瞟了一眼蒋畅。

她一小部分脸陷在暗处，街边的光亦不甚明亮，像变质的蛋黄液，已经不成形。

红灯跳绿。

赵桄启动车。

比起宿城，茗城规模更小，街面窄，他这么一辆庞然大物，很是占面积，加之轮胎噪声大，回头率估计不小。

蒋畅忍不住开口："你这车……"

赵桄误会她的意思了："如果你觉得座位硬的话，后座有毯子，可以垫一下。"

蒋畅摇头："我是说，会不会不太适合在城里开？"

刚刚旁边有一辆轿车，后座的小朋友一直趴在窗户上看着他们，还伸手指了指。

赵桄回答说："我另一辆车送去维修了，暂时只好开这辆。"

"哦，这样。"

果然是有钱人。

陈婷坐在后座，原本想找帅哥搭话，察觉到他和蒋畅的关系古怪，干脆抱着手机玩。

之后前座的两人又是无言，直到目的地到达。

雨仍是淅淅沥沥的，一开车门，风将雨丝吹进来。

蒋畅下意识地遮了下脸。

赵桄见状，说："我车里应该有伞。"

"不用了，就一小段路。"

"女生淋雨不太好，稍等一下。"

赵桄冒雨去开后备厢，拿下来一把长柄黑伞，撑开，将两人接下车。

他靠近蒋畅的一瞬间，她闻到他身上有类似车里的香气，清新朗润。

与她记忆里，总是带着汗臭味的男生大相径庭。

风雨如晦，雨打湿赵桄的肩头。

莫名地，蒋畅想到小学时最常见的作文套路，母爱父爱的表达形式是，倾斜伞，宁愿让自己淋湿，也不让孩子沾一点风雨。

她也这样编过，编得情真意切，自己都差点信了，然而事实是，她父母不曾来学校接过她，哪怕下瓢泼大雨。

蒋磊甚至还说，自己不带伞怪谁，没人愿意费那个工夫去接你。

赵桄是出于礼节与绅士风度。

她心知肚明，但心里也有些许触动。

可能像诗里说的,我本可以忍受黑暗,如果我不曾见过光明。

长大后碰到的人和事,令她更清楚,自己是从淤泥里爬出来的,所以她拼命想去抓住阳光。

蒋畅今天不知第几次向赵桄道谢,在她的社交语言中,"谢谢""不好意思",是使用最频繁的两个词。

已经成了习惯。

赵桄将伞柄交到她手里,半开玩笑地说:"不客气,毕竟你是用钱买了我的服务。"

他哪能缺她那仨瓜俩枣的零钱。

蒋畅接了伞,手中材质的触感显示出,这把伞的价值不低,她问:"你会回宿城吗?改天我还你。"

赵桄停了两秒,颔首:"行。"

她们去和老板碰头,他坐在咖啡厅,喝着冰美式。

咖啡解酒的效果尚且不明,但见到他时,他的确酒醒了三分。

雨停后,蒋畅才驱车上高速,开得小心翼翼,比老板开多用了半个小时。

路上,陈婷对蒋畅说:"你付了那人多少钱?我和你分摊一下吧。"

蒋畅说:"没多少,不用了。"

陈婷实在好奇他们的关系,是不是有什么爱恨纠葛,奈何看蒋畅的性格,不像能随意八卦的样子,到底憋住了。

到了家中,已是深夜。

路上没吃晚饭,带的面包牛奶都没空拆,蒋畅又累又饿,躺了会儿"尸",还是爬起来泡了盒泡面,往里搁了个卤蛋。

蒋畅盘腿坐在地上,因为烫,小口小口地往嘴里送。

平板里的综艺笑笑吵吵,显得屋子里也热闹了。

热气腾腾的高热量碳水,抚慰了她空虚已久的胃。

蒋畅刚到宿城找工作那几个月,是和人合租。另外两间房住的都是女生,一个带男朋友回来住宿,一个从不打扫卫生。

她同母亲抱怨,母亲说:"在外头工作可不就是要吃点苦头,叫你回来,你非犟。"

最后，蒋畅咬咬牙，决定搬出去。

独居的成本高，但至少，她能舒适地，不被打扰地，享受下班后的时光。这样，她才能真实地感受到，她是作为一个人在生活，而不是一台机器运作累了在休息。

次日周日，蒋畅近中午才起床，她在网上下单了食材，做了三道菜，没吃完的留作晚饭。

从下午到晚上，她窝在房间做图，做完了就刷刷手机，或者看看书。

对她来说，不出门的双休才称得上双休。

不过，她忘了一件事。

周六带回家的那把伞，一直搁在玄关的鞋架旁，她没问赵甡是否回了宿城，他也没主动讨要。

还是得还的。

大酱炖大肠：你好，伞我是叫同城快递给你寄过去，还是？

赵甡没回。

直到第二天，蒋畅才看到他凌晨回复的消息。

ZS：可以。

后面跟了一串地址和手机号。

那个小区蒋畅知道，不说是宿城的顶级富人区，也不是有点小钱的人住得起的。

有钱人都这么平易近人吗？这全然不在她的了解范围内。

从小到大，身边的同学、亲戚，基本上都是同一阶级，再富有的，只是存在于口中了。

蒋畅心态很好，她没什么物欲，对金钱的需求也不高，感慨归感慨，月薪几千的班还是得照常上。

大酱炖大肠：好，我抽空寄给你。

这会儿赵甡回得倒快：不急。

他不用睡觉的吗？

算一下，凌晨回消息到现在，至多能休息五个小时，若换作是她，在地铁上，她的头会困得直往下栽。

对方又发来一条。

ZS：不过这几天我不在宿城，方便的话，我可以找你拿。

收到那条消息之后,蒋畅和赵锐几天没有联系,也没有见过。

蒋畅记得,第一次遇见是在流金大道站。

后来,她总会不由自主地环顾一圈,猜测,是否还会再遇。旋即反应过来,他有车,搭乘地铁是一次意外。

那束花即使插在水中,也因气温的上升,蔫头耷脑。

在它被无情地丢进垃圾桶前,蒋畅又见到了赵锐。

说实在的,蒋畅对赵锐是有好感的,不过,那纯粹出于欣赏,而非异性间的喜欢。

长得帅,有钱,并且难得的,是个有礼、干净的男人,在她短暂的二十多年阅历里,决计属于异类。

尤其是,有她生命中占比最大的两个男人——她的父亲和哥哥的反衬,越发显得罕见,概率大约类似满山的矿石,开出一小块顶级翡翠,你知道或许有,也知道或许这辈子都撞不了大运。

至于缘分,是一种指不定什么时候就消失的缥缈之物,她没期望与他发展什么,诸如友谊、爱情。

星期六,和胡蕙约定去看 live 的日子,蒋畅断然料想不到,会在这一天正式开启她和赵锐的故事。

胡蕙没打算早早到达占据前排。晚上七点半的演出,距离她们吃过午饭,还有相当长一段时间。

她们逛了一阵,然后找了间咖啡店坐下。

胡蕙将今晚的歌单发给蒋畅,让她听几遍,熟悉一下,免得全程不知所云。

却青,一个小众的创作型歌手,会自己编曲、作曲,歌曲风格挺特别的。

胡蕙咬着吸管,才过立夏不久,她已经喝上半杯冰块的拿铁,说:"你之前不是帮歌手设计过专辑?"

蒋畅摇头:"具体一点,只是专辑的周边,而且就那么两次。"

"也挺厉害了,为什么没考虑过全职?你的性格,全职再适合不过了。"

"我自我认知明确,那样会饿死,时不时地赚点零花钱就够了。"

吃饭过活,和咸鱼摆烂,有时候,是可以共存的。

蒋畅就是。

她没什么强烈的进取心及事业心。

相较于宿城大部分人一心赚钱，好早日立稳脚跟的迫切心理不同，她的目标仅仅是养活自己，显得格格不入。

她讨厌上班打卡，却不得不晨昏定省般地往返于家和公司之间；她向往自由职业，却狠不下心辞掉目前的工作。

这就是她的矛盾之处。

蒋畅口中的"自我认知"，即，她没有古代诗人那种壮志难酬的悲愤，有的只是妥协于现实的无奈。

胡蕙倒很喜欢蒋畅这种随性的生活状态。

她曾调侃说，不用担心蒋畅卷，也不用担心她卷而被蒋畅眼红。

因为蒋畅不在乎名、财、势。

和蒋畅做朋友，最大的好处是，你尽管展现你的野心，她会站在你背后，坚定不移地为你呐喊，再等到你凯旋时，送上一束恭祝的鲜花。

胡蕙是来宿城拼搏的，名利如水在指缝间淌过，蒋畅也是水，却是为你带来清润的清泉。

这么想，胡蕙反而不希望她被世俗的肮脏所玷污。

叫蒋畅来看live，是因为她会被一切具有感染力的艺术打动，跟她一起看，有种以曲觅知音的感觉。

临近晚上六点，她们简单解决过晚饭，去 live house。

蒋畅大学时看过一场小型音乐节，却是第一次看个人live。

安检之后，进入内场。场地不大，顶多容纳几百人，已经有不少人在等候了，台上空荡荡的。

没有座位，亦不被允许自带凳子，有人站累了，在地上铺张纸，席地而坐。

蒋畅突然后悔今天穿裙子，还是浅色的，容易弄脏不说，也不好坐下。

站到开场时，她的脚就有些麻了，不断变换受力的腿和站姿。

见到喜欢的歌手，胡蕙很激动，带了自拍杆，举高录制。

蒋畅仰头向台上望去。

却青是个很漂亮的女孩，看着年纪不大，细眉杏眼鹅蛋脸，十分具有古典美的长相。

一袭青绿旗袍，上面绣有竹叶花纹，一双白色绣鞋，温婉秀气。

这样的人，生有一副空灵的嗓音，唱第一句，就抓住了蒋畅的耳朵。

一场音乐狂欢，蒋畅完全沉浸进去了。

中场休息时，却青说："今天的演出，特地连线了一位嘉宾，让我们欢迎——沈献。"

观众突然爆发出惊呼，声浪之大，震得蒋畅一时失神，向大屏幕看去。

没有脸，镜头直对他的脖颈，往下，是短袖衬衫加白T恤。

他轻笑了声，打招呼道："大家好，我是沈献。"

观众像沸腾的开水，叫声更大了，隐有顶开天花板的架势。

连胡蕙也紧紧地抓住蒋畅的胳膊，低声惊叹："却青居然请了沈献，双重惊喜啊！没白来。"

蒋畅一时蒙了，随即反应过来，沈献，她高中时听过他的歌，这么多年过去，还以为他退圈了。

只是，看到衬衫，她无端就想到了一个与之无关的人——赵犹。

听声音，又分明不是。

沈献清了清嗓子，又说："虽然不能到现场，但是我之前答应和却青合唱一首，希望大家喜欢。"

他从一旁拿过一把吉他，轻轻弹奏起来。

只弹完一小段前奏，胡蕙就听出来了："是《那时》。"

观众安静下来，蒋畅才听清胡蕙的声音。

却青声音轻，沈献的却沉，两人搭配，极为默契合拍。

一曲毕，观众更激动了，喊着："献总，能不能和青青再来一首？"

"献总！再来一首！"

沈献又笑了下："却青的场子，我就不喧宾夺主了，免得却青事后找我算账，说我抢她风头。"

却青玩笑地说："是啊，献总来你们这么开心，我要吃醋了。"

"祝却青接下来的巡演顺利进行，也祝大家诸事如意，那么，再见了。"

沈献挥了下手，伸手关了视频。

差不多两个小时的演出，结束出去时，风一吹，蒋畅才抽回神。

像小时候第一次去电影院看《画皮》，她被影片里的奇异世界所震撼，有一半的神魂飘向了那里。

旁边有两个女生走过，八卦着："据说却青和沈献早年谈过一段，原来是真的？"

"谈过？我跟我前任分手后跟仇人似的，哪会像他俩关系这么好。"

胡蕙小声说："胡说八道，沈献明明一直单身，如果说他有圈外女友还差不多。"

蒋畅好奇："你怎么知道？你认识他？"

"我是沈献老粉啊，他低调得很，早几年出歌比较频繁，现在算是淡圈了，除了支持几位老朋友，几乎不活动了。"

难怪他们那么难以置信，也难怪蒋畅没听说过他的八卦。

胡蕙继续说："听说他是公司总裁，所以叫他献总。算一下，这个昵称有五六年了，那会儿他才大学毕业没多久，感觉不大可能。不过他有钱是肯定的。"

"为什么？"

"他在宿城有大房子，宿城哎，寸土寸金的地方。"

"他是宿城人？"

"不是，不过他也是南方人，他唱歌说话一点口音都听不出来对吧？好像他早年在北方上学。"

谈起沈献，胡蕙滔滔不绝。以至于在回家的地铁上，蒋畅拿着手机，不由自主切换到浏览器，搜索沈献。

百度上没什么沈献的资料，甚至不如却青的多。

寥寥几句，介绍他的作品、主要经历，连照片都模糊不清，他戴着口罩、帽子，握着话筒，站在台上。

她再去音乐平台，翻了一下最新发布的歌曲，上次发的甚至是去年年底。

她翻出耳机戴上，点开一首，是某小古装网剧的ost（原声带）。

没了现场演出的环境杂音，沈献的声音更清朗温润，也更清晰。

她莫名想到一句诗：流风逸响殆千年，初见东吴贵公子。

这时，手机屏幕上方弹出一条微信消息，来自赵甡。

ZS：我回宿城了，你什么时候有空？

耳机里，男声仍在浅吟低颂着，唱着剧中男二爱而不得的苦苦相思与挣扎。

最后那句"人生如河长渡，不安，无岸"，一下将这种悲伤感推到巅峰。

人生如长河，独自一人划桨横渡，到头来，却发现，无岸可靠，漂泊流离。

初来宿城，蒋畅想要的，就是属于自己的天地，她实现了，可一生仍没有落定，未来不明。

她听得心生怅惘，变得不那么理智，给对方发了一个地址，还有一句"现在就有"。

白天的热气，到了夜晚尽数退去，微风如沾了水的薄纱拂面。

蒋畅站在地铁口，出入站的人从她身边来来去去，已过晚上十点，人流减少，明亮的灯照着她的脸。

她抱着胳膊，觉得有些冷。她一手拿着伞，一手拂了拂裙摆，扭头就是一个喷嚏。

"你今天去参加 live 了？"

蒋畅的眼神飘飘然地晃过去，见是赵筅，几日不见，陡然觉得陌生。

不对，他们本来就不熟。

她问："你怎么知道？"

赵筅看向她的手背，上面留有一枚印戳，是她和胡蕙在演出结束后盖的。

蒋畅迟疑地开口："你是……沈献？"

他身上的衣服和沈献今天穿的一模一样，穿格纹衬衫的男人何其多，可各有各的味道，她当时联想到赵筅，果然不是无缘无故。

赵筅低头看了眼，稍稍一扯唇，表情有些懊恼，眉毛皱在一块，莫名有点可爱。

"如果我知道世上有这么巧的事，下车前，我一定会换衣服。"

赵筅今天下午才回宿城，睡过一个短觉，忙到现在，才想起那把伞。

以及那个人。

对方说现在就有空，正好，他人在外面，车拐个方向罢了，也很方便。

只是没想到，容纳上千万人口的现代大都市，好巧不巧，偏偏要见的这个人，参加了那场仅几百人的 live。

所以他真的是沈献。

蒋畅回不过神来，一种奇妙的感觉自心底升腾而起。

一个小时前，在大屏幕上见到他；半个小时前，她还在搜索他的个人信息。

现在，他本人活生生地，真实可触地，站在她面前。

如果胡蕙知道，会不会激动得哭出来？

反正，换作蒋畅，如果突然见到多年来的偶像，她一定会手足无措到失态。

赵筅背后停着一辆黑色轿车，奔驰S系，宿城本地的车牌。

车后座的车窗降下，一个女生探出头来："赵筅，你好了吗？我们还要去吃夜宵呢。"

女生脸上的妆卸了一部分，但不妨碍蒋畅认出她，是却青。

太玄幻了。

先是沈献，又是却青。

而更玄幻的是，蒋畅坐上了车。

当时，赵筅回头开玩笑地说："怎么办，碰到你的歌迷，我掉马了，要不要斩草除根？"

却青一愣，笑着回："快点，别放过，绑进来。"

事实是，蒋畅好端端地走过去，和却青坐在后排，还接了一瓶她递来的胡萝卜汁。

赵筅坐在副驾驶座，开车的是贺晋茂。

后者见蒋畅上车，也颇为新鲜，赵筅这么个万年老铁树，居然会带女人上车？还是他不认识的。

贺晋茂用眼神问赵筅：怎么回事？

赵筅视若无睹，淡声说："开车吧。"

拿人薪水，听从调遣，贺晋茂老老实实地发动车，嘴上说着："不过说好啊，我可不帮你们干违法的勾当，小姐，你是自愿的吧？"

蒋畅被调侃得窘迫，手握紧了瓶身，轻轻"嗯"了一声。

却青今晚换了三套衣服，现在穿的，就是普通的T恤搭半身裙，盘起的髻没解开，鬓边垂着一绺流苏挂饰。

她实在是个温柔的人，轻声细语地跟蒋畅说："你千万别到网上透露他的事哦。"

蒋畅说："我就当今晚没见过他，其实不用请我吃饭的。"

却青似嫌头饰麻烦，动手摘下来，笑着说："你是这么多年，第一个知道他马甲的圈外人，就当是封口费。"

沈献这个身份，从不在公开场合露面，近两年连线上活动都少了，大概是想专注于现实生活。

蒋畅看过微博,他有一百多万粉丝,然而超话一片宁静安谧,多是分享自己的生活日常,以及等他回归。

跟她了解的粉丝群体完全不一样。

可能正像那句话说的,"粉随蒸煮"?

赵甤看向后视镜,开口说:"你不用怕,只是我们几个人普通地吃顿夜宵,待会儿再送你回来。"

蒋畅没什么好怕的,就是有点紧张。

夏天快到了,正是小龙虾上市的季节。

他们进了一家夜宵店,这种店,即使是深夜十二点,也是宾客满座。

他们由服务员领到空座,先点上卤虾和麻辣小龙虾两大盆。

然后,却青将菜单推给蒋畅:"你想吃什么,尽管点。说好是'封口费',不怕你宰。"

宿城物价不低,除了同事朋友聚餐、老板请客,蒋畅基本不到外面就餐,她看了一圈,只要了一小盅甜水和一份炸物拼盘。

赵甤掏出酒精湿巾,擦着桌面。客人多,服务员来不及擦得太干净,他擦了一圈,湿巾上留下油印。

他又拿起两个杯子,用开水烫过,再斟满,和着一包纸巾和一次性手套一起递给蒋畅。

他太周到了,蒋畅除了谢谢,也不知道该说什么。

却青问:"你拿的那把伞,是赵甤的吧?"

"是。之前下雨,他借给我的,今天约好还他。"

却青说:"他这人不知道怎么回事,总弄丢伞,他那把还是我送的。"

她冲赵甤说:"你再弄丢,我找你算账哦。"

"你也太夸大其词了,统共掉过两把而已。"

赵甤这会儿擦着手指,拆开手套戴上,动作缓慢细致。

蒋畅不免多看了两眼,脑子里飘过一个诡异的想法,影视剧里,通常会给此时的他一个特写镜头,接下来,他该执起手术刀,将人开膛破肚……

咳。

她忙停下想象。

却青乐不可支地道:"嗯,今年掉过两把而已。"

贺晋茂搭腔说:"还有一把是我的。"

蒋畅记起那两个女生聊的八卦,看来他们即便不是前男女朋友,关系也匪浅。

小龙虾端上桌,却青深深一嗅,边抓起一只,边喊:"烫烫烫,为了穿旗袍,一晚上没吃东西,饿死了。"

赵甝问蒋畅:"能吃辣吗?这家店的卤虾稍微没那么辣。"

"嗯,可以。"

然而没过多久,蒋畅的鼻涕就流下来了,鼻子红了一片。

她抽了两张纸,堵住鼻子,觉得在不熟悉的人面前这样,很是丢脸,便脱掉手套,喝起甜水。

却青问:"你平时会听我的歌吗?"

蒋畅坦诚道:"其实我是陪朋友去的,平时我只在工作时放一些歌听,不太留意歌手。"

却青并不在意,下巴微微上扬,指着赵甝:"那他呢?"

蒋畅犹豫了一下,如果说高中时听过他的歌,会不会像在说他老?可他看起来分明很年轻。

她刻意模糊了时间线:"嗯……以前听过。"

却青笑了:"哎,赵甝,这算是你的老听众,要不要给人签个名?"

赵甝手腕搭在桌沿,去虾头,剥虾壳,动作格外熟练。

闻言,他抬眼看蒋畅:"要吗?"

蒋畅有些受宠若惊,问:"可以吗?"

她想的是,到时编个理由,送给胡蕙。

赵甝浅浅一颔首:"嗯,可以,你有带纸笔吗?"

没有。

蒋畅身上除了手机、钥匙,什么也没有。她的包在回家取伞时放下了。

却青咬着虾肉,含混地说:"我那个白色挎包里有,晋茂哥,你帮忙拿一下吧。"

于是,蒋畅得到了带有却青和赵甝两人签名的票根和实体EP(迷你专辑)——EP是却青前阵子新出的。

蒋畅迟疑地说:"这'封口费'是不是太丰厚了……"

却青靠近她的耳朵，小声说："我从杜胤那儿听说过你，赵兟朋友很少，异性朋友更少，'封口费'是借口啦。"

蒋畅一愣，表情复杂，她极力想表明，她和赵兟完全不熟，但一时之间，又找不到具有说服力的证据。

却青观察她面部的细微变化，又补充说："相逢是缘，即使撮合不成，做个朋友也好，不是吗？"

老话说，出门靠朋友，就当她说的是吧。

啊，不是，怎么稀里糊涂的，他们就成朋友了？

第三章
怦然的喜欢

蒋畅是个很慢热的人，在人际关系上，也倾向于被动。

她就像一只趴在石头上的乌龟，戳一下，她就动一下，不然宁肯假装是石头的亲戚，安安静静地守着她的壳。

结交朋友这件事，好比写试卷倒数第二道的函数压轴题，熟悉的题型，却找不准解法。

情感感化不了数学题，理智也处理不了她的缺陷。

如果有人喜欢、欣赏她，那将是一件令她无措且感激的事。

所以她很珍惜"锵锵呛呛将将"那个账号下，支持她的网友，还有这两年，一直陪伴她的胡蕙。

却青说的那番话，像一只保龄球，全方位地击打倒所有的木瓶。

蒋畅短时间内，失去了应对能力。

她是穷苦惯了的孩子，别人递来超出她可承受范围的高档巧克力，她第一反应不是惊喜，而是怀疑。

没骗她吧？她有什么可图的呢？不会马上收走吧？

于是，她踟蹰不前，不敢果断伸手。

对面的赵烷听不清她们具体的谈话，但他似乎很了解却青，屈指叩了叩桌面："拜托，你和杜胤怎么总这么小题大做？"

却青拖长尾音说："我们不是催你，好歹帮你点燃对世俗的希望，对不对？"

如果蒋畅是男人，八成会被她的语调勾得心软成一汪春水。

但赵秫不为所动，他从盘中挑拣出一串五花肉："谁说我没有，比如我对它就很有兴趣。"

说完，他将肉送到唇边，张嘴咬住。

"我的哥哥哎，你三十了，在老家，你虚岁都算三十二了。"

赵秫咀嚼着肉，吞咽下去："家里不靠我传宗接代，即使我一辈子不结婚，也不妨碍他们。"

蒋畅被他们两人的对话震惊，甚至分不清，哪条信息最震撼。

他们是兄妹；赵秫今年三十一岁；以及，他的生活态度。

他话说完，才注意到蒋畅的表情，笑了笑："不好意思，吓到你了吗？"

"不是……就是没想到。"

却青说："他是我表哥，不然别人请，也请不来他露面的。"

蒋畅了然地点点头："这样啊。"

聊到吃完一桌子东西，却青又打包了一份蒜蓉小龙虾和炒河粉，说带回酒店给瑶瑶她们吃。

"赵秫，你送一下蒋畅嘛，我自己打车就行。"

却青不由分说地拽起贺晋茂就走。

蒋畅抠了下脸，为了缓解尴尬，没话找话："你朋友和你表妹，好像，都很着急帮你脱单，你不会很抗拒吗？"

她讨厌别人强塞东西或观念给她，有时候拒绝不了，被迫接下后，有生吞一把药片的干涩与想吐感。

"还好，因为他们干预不了我的决定，他们的劝说也没有超出我的忍受范围。"

"看出来了，感觉你是自我意识很强的人。"

赵秫不置可否，问："你不恐了吗？"

"什么？"蒋畅没反应过来。

"我记得，你说你有社恐。如果你不想聊天，可以坐在后座。"

他说话时，总是把对方置于主语，说明他是很顾及别人感受的人。

"没关系，熟悉一点之后就还好。"

而且，在社交礼仪中，单独坐在后座，是很不礼貌的行为。

蒋畅犹豫片刻，问："有个问题可以问你吗？"

"嗯？"

"视频里，还有你唱的歌，感觉和你现在说话的声音不一样。"

赵桄清了下嗓，再开口，便是沈献的声线："这样吗？"他笑了声，又低了几个调，"可以变的，为了防止别人认出来。"

蒋畅揉了下耳朵，她不是声控，但觉得耳根有点麻麻的。

视线也不自在地移开了。

好厉害……

赵桄恢复正常说话，说："不过那样说话有些废嗓子，这也是我不太在网络上活跃的原因之一。"

"可你的粉丝想多听你说说话呢。"

如果他活跃一点，他们会很高兴吧？这样的情绪，也可以反馈给自己。

"没太大必要。"他摇头，"他们喜欢的是'沈献'，而'赵桄'只是一个现实世界里的俗人，他们了解了之后，说不定会失望地离开。"

"不会啊，我觉得你很好。"

赵桄看过去。

蒋畅有些脸热，为这句脱口而出的夸赞，幸好，她不是脸红明显的人。

蒋畅认识一个人，是用心去感受，理智派不上用场。

或许这样很武断，会出现失误，但经过几次接触，他的好和优秀，越发地具体形象。

赵桄笑了："这张好人卡真是收得我有些不安呢。"

蒋畅说："我是真心实意的。"

他说："我也是真的惶恐。如果你真正认识我，就能理解，为什么我迄今单身。"

是吗？

蒋畅没有谈过恋爱，但她知道什么样的人吸引她。正是因为知道，反而越发厌烦大部分男性。她并不觉得他是其中之一。

说话间，他们朝停车的地方走去。

经过烧烤店时，里面突然爆发出激烈的争吵，间或夹杂尖锐的声音，像利器划过玻璃。

蒋畅吓得一个哆嗦，像疾风吹过草丛，惊了里面的猫。

这时，一条红色塑料凳子飞出来，正好朝着蒋畅砸来。发生得太快，她来不及反应。

以为自己要被砸到,却只听得一声闷响,随即是凳子砰的一声掉落在地的动静。

是赵桄替她挡住了。

他蹙起眉,伸手将她带到身后,往里看了下情况。

几个身形魁梧的男人正在互殴,店里顷刻间乱成一团,桌椅翻倒,餐碟、玻璃,碎了一地。

蒋畅来不及询问赵桄的状况,被这场面吓蒙了。

周围的食客、路人,包括烧烤店老板和员工,皆不敢上前阻拦。

赵桄的手掌搭在她的肩上,带着抚慰的力度,低声说:"没事,你先避到一边。"

蒋畅神色惊惶不已,她情不自禁地拉住他的胳膊:"别去掺和了吧,被误伤了怎么办?"

"我打电话报警,那里面还有女人,没人管的话,不被打死也会被打残。"

蒋畅语塞,最后匆匆说:"注意安全。"

赵桄报完警,连同几个男人一起去拖拽他们。

那几个人打得激烈,还抄起凳子,死命砸。蒋畅看得心里发毛,扶着树的手指都在微微发抖。

她从来没见过这样暴力的场面,不敢凑近,却因担心赵桄,提心吊胆地张望着。

估计这一块人流量大,闹出过的事不少,附近派出所的民警很快出警,熟练地把斗殴的几人,连同报警人一起带去派出所。

赵桄和警察说了句什么,随后走到蒋畅面前,垂下眉眼,说:"对不起,我送不了你了。"

他得跟去做笔录。

蒋畅呆呆地摇头:"没关系。"

"你是我们带出来的,该负责安全地将你送到家,现在很晚了,可能赶不上地铁,打车也不安全。"他思忖着补救措施,"你开我的车回去,可以吗?"

"我等你吧。你的伤……"

他嘴角有破口,下巴上青了一块,手背还划了道口子,正冒着血珠。

衣服底下受了什么伤,不得而知。

事端虽非因她而起,但蒋畅心肠软,见不得别人在她面前露拙,三十六计,苦肉计对她最管用。

一个陌生人受伤,她都会问是否需要帮助,更别提朋友——姑且这么算吧——如果可以,她想提供些帮助。

蒋畅眼里的关心和担忧真真切切,没作半点假,却也带着小心翼翼,似是怕僭越。

她看似套了层壳,与世隔绝,内部却是柔软的。

蒋畅跟赵铣一起去了派出所,简单做了一些笔录就可以走了。

但也很晚了,到了即使她熬夜,也该准备入睡的时间了。

外面的风凉透了,要贯穿身体般的凉。

赵铣脱下外套,披在她肩上。他的绅士风度,让他没有直接触碰到她的肌肤,然而,那股半熟悉半陌生的香气,侵略性极强地、全方位地环绕住她。

今晚发生太多事,他面上露出几分倦色,声音仍是温润和煦:"我送你回家。太抱歉了,耽误你这么长的时间。"

蒋畅说:"你愧疚的话,可以多给我签几份名,我拿去网上卖掉。"

赵铣稍稍一愣,疲惫使他的反应慢了两拍,倒也答应了:"没问题。"

她浅浅一笑。

她笑时会显得眼睛小,但胡蕙说很漂亮,弯弯的,她不笑会有点冷淡的凶。

"我开玩笑的。"

赵铣手上的伤不影响他开车,他送蒋畅到家楼下。

她解开安全带,临下车时,又犹豫了一下,说:"你不介意的话,可以去我家,我帮你简单清理一下伤口。"

赵铣手背上的血已经凝固了,蒋畅用棉签蘸了点酒精,仔细擦拭。

蒋畅自独自生活后,该备的应急药品都备得齐全,相当于保险,平时用不上,买个心安。

她用前,特意看了眼包装,嗯,没过期。

不过,蒋畅清理掉血痂后,又觉不妥,离得太近了,男人身上的气息如有实质,直直地向面部袭来。

赵铣垂着眼,目光落在她身上。

他看人有个特点,眼神总是清淡的,既容易让人觉得,他什么也不放在心上,又不会带有威胁和进攻性。

蒋畅注意到了。

从他的视角，会清晰地看到她的发缝，一天下来，脱得差不多的妆面，以及有些泛油的额头。

不管他人多好，终究是异性，尴尬感迟滞地涌上心头。

蒋畅直起身，将药品一一取出来："要不然……你自己来吧。"

赵烒接过，无可无不可，说："方便借用一下洗手间吗？"

蒋畅指了下，他刚走了两步，她脸色一变，立马拦在他面前："等等。"

他便停住脚步。

蒋畅穿着拖鞋，飞一般地跑进厕所，昨天晚上换下来的衣服还堆在脏衣篓里，原本今天打算一起洗的。

洗衣机在阳台上，从厕所过去势必会被赵烒看见。

她一股脑把内衣塞到底下，用其他衣服盖住，出来时还微喘着气，对他说："好了。"

赵烒进去，反手关了门。

蒋畅回到客厅。

她租的房子很小，小到什么程度呢？一眼就能扫完。

幸而蒋畅物欲不强，很多东西用个凑合，故不会显得拥挤杂乱。

她专门有个柜子，上面摆着她淘来的，各种看着令她开心的玩意儿，有书、画册、专辑、手工艺品、积木……

她把却青的 EP 放上去，寻思着找个时机送给胡蕙。

洗手间久久没有传出冲厕所的动静。

蒋畅疑惑地瞟了眼，随即反应过来，他是为了脱衣服上药。

她有个爱脑补的臭毛病，一想到他袒胸露背的，耳朵又要烧起来了。

她拍了拍自己的脸，逼迫自己转移注意力。

赵烒脱了衣服，对镜自照，肋骨、肩背，多处有撞击痕迹，不记得是怎么被伤到的，估计明天会有瘀青。

他无声地叹口气，上药时，没有随意乱瞟，尽管洗漱台上就放着许多女性用品。

门被敲响。

蒋畅问："你需要云南白药喷雾吗？可能会管用一些。"

门板一部分是磨砂材质,看不清里面,但很明显,他的上半身是裸着的。

赵筅拉开一条缝,伸出手。

蒋畅将喷雾放到他掌心,甚至不好意思抬眼看,怕看到什么不该看的。

"谢谢。"

"不用……"

他们自认识以来,彼此好像一直在各种道歉、道谢……

过了一会儿,赵筅出来,看到他的样子,蒋畅没忍住,"噗"地笑出声。

卡通图案的创可贴,贴在他脸上,怎么看,怎么违和。

赵筅表情无奈:"很傻吗?"

"不会,挺……萌的?"蒋畅敛起笑意,"你明天可能还是得去趟医院,免得伤口感染。"

烧烤店的东西不干净,人也鱼龙混杂的,划破皮肤的东西八成带了细菌。

赵筅"嗯"了一声,拿起沙发上的外套:"今晚麻烦你了,早些休息,我先告辞了。"

"再见。"

人观察别人,通常是从穿衣打扮,以及长相身材来判断,而蒋畅会揣摩各种细节。

譬如,关门的声音很轻,大抵是怕吵到邻居。

墙上的钟还是十来年前的款,古朴老旧,是房东留下的。

时针已然划过了"1"。

这一晚,身体极度疲惫,然而,又是看了一场 live,又是经历一场暴力冲突,蒋畅的精神尚陷在亢奋的状态。

她缓了缓,给赵筅发送一条消息。

大酱炖大肠:路上当心。

ZS:好的,谢谢。

短短几个字,她甚至想象得出他的语气。

温和、客气,也生疏。

——不是拒人于千里之外的冷漠,而是划清楚河汉界的生疏。

却青说的,他的朋友少,大概就是因为他的这点性格。

正这么想着,赵筅又发来几条新的消息。

ZS:我想你今晚可能受了刺激,如果失眠,可以听纯音乐缓解一下情绪。

ZS：我自己在听的，希望对你有帮助。晚安。

赵钪给她分享了个歌单。

蒋畅诚心道了谢。

她洗漱过后，在网易云设置了定时关闭，然后点开歌单播放。

不知名的乐手弹奏的轻缓的钢琴曲，在静谧的深夜缓缓流淌。

蒋畅合上眼。

小时候老师念优秀范文，别人形容使人安心的力量是如母亲的抚摸，但她已经记不清，那是什么感觉了。

她会觉得，这像寒冬里照进老房子的阳光，空气中的尘埃纤毫毕现，桌角的残缺被填补。

蒋畅的确失眠了，但不是因为受到刺激。

她的脑海里不断浮现出，赵钪替她挡下飞来的塑料凳和看她时的眼睛。

算不上动心，只是一种很微妙的心情，近似于，出门散步，不经意被碎银般的月华撒了满身。

但不得不承认，这样的心情，颇为引人上瘾、沉沦。

她对他说了"再见"，说者或无心，她却实实在在有了期盼的心情。

可就像翠翠等傩送。

那个人明天也许会来，也许永远不会来。

胡蕙收到签名EP，很是惊喜，问蒋畅哪儿来这么牛的人脉，搞到了两个人的签名。

因为答应不向外透露赵钪的身份，所以蒋畅随口扯了个理由，敷衍过去。

胡蕙疯狂地表达她对蒋畅的爱意："我太爱你了，你就是我永远的神！"

再这么说下去，蒋畅该后悔了。

半个月后，彻底入了夏。

办公室开起空调，地铁也开了冷气，气温低得如在冷冻库，蒋畅多带了一件外套御寒。

早晚通勤时，蒋畅会刷刷微博。

她新关注了却青和沈献，看到却青发这一轮的巡演结束，即将开启下一轮；沈献发了一条plog（博客），祝高考生金榜题名。

是了，她恍然，又到一年毕业季了。

大学毕业也就是前两年的事，但离校那阵子太忙，整理资料、清空宿舍、找工作，没有什么空闲给她感伤、遗憾。

而且，她和室友的关系仅仅是"室友"，不如别的宿舍那般亲密无间。

但记忆仍清晰的是，最后一天，经人提醒，她清空了所有购物网站里的学校的地址，免得寄错。

学校还挂着横幅，写着"毕业了，记得把默认地址改回家"。

就在某一瞬间，眼泪突然滑下来，她搞不明白难过什么，只是捂着脸，哭得不可自抑。

蒋畅给沈献那条微博点了个赞。

除此之外，他们也没什么交集了，他甚至不会知道那是她。

像蒋畅这种龟缩的性子，别人不主动找她，她很难和别人保持长久的联系。

读书时代玩得好的朋友们，如今只在发结婚请柬时想到她。

这不，又有一个高中同学发来电子请帖，说要在端午节举办婚礼，问她是否有空来参加。

有空，但蒋畅不想回去。

她老家在容城，邻省的一个小城市，不算远，她也有近半年没回去了。可有什么意思呢？一桌子熟悉的陌生人，谈薪资，谈男朋友或者丈夫，结婚早的，甚至有了孩子。这一切都让她厌烦。

蒋畅回说，祝你新婚愉快，工作忙，就不去了。

只字不提红包的事。

哪怕她心知肚明，对方的意思其实就是，来不来，份子钱要给。

她没再管后续的消息了，抓着地铁扶杆，眼神放空。

母亲说过她许多次，不通晓人情世故，在社会上吃不开的。

她吃到苦头了，但依然我行我素，不愿委屈自己，去干违心的事，说违心的话。

地铁到达流金大道站了。

这一站换乘的人不多，蒋畅戴着耳机，站在玻璃墙前等。

耳机里播放的是沈献的歌，他的声音自带一种故事感，并且随着年龄的增长，阅历的沉淀，越发地勾人，再普通的歌词，由他唱出来，仿佛成了一折曲折婉转、催人泪下的戏。

沈献不单单是歌手，他更多的是写曲，他和却青合唱的那首《那时》，曲便是他写的。

看超话，还有粉丝搬运他以前弹吉他、吹长笛的视频。

可惜了，赵犹无意在此行深入发展，赚不赚钱且另说，若是多留一些作品也是好的。

好神奇，想到他的这一刻，他的消息发来了。

ZS：是你吗？

大酱炖大肠：？

大酱炖大肠：什么？

ZS：你回一下头。

这种把戏，在上学期间，蒋畅上过很多次当，但她下意识地觉得，赵犹不会骗她。

回头的动作，没有像影视剧那样八个机位的拍摄、灯光、ost的烘托，再寻常不过。

戏剧性的是，赵犹真的站在几步外。

他穿着衬衫，胸前挂着一条银色金属链条，休闲裤，再搭一双帆布鞋。

十分显年轻，像刚出校的毕业生，谁想得到，他已过而立之年。

赵犹一只手钩着一袋什么东西，另一只手将手机插进裤袋。

他走近了，朝她笑了下，确定地说："是你。"

蒋畅终于在这一刻对自己妥协，好吧，你连日来对他社交账号的窥探、循环他的单曲，不仅仅意味着你无聊，你好奇，还有，你喜欢他。

蒋畅擅长对自我的心理做剖析、反省，几年前，陈芝麻烂谷子的事都会翻出来，尤其在深夜时。这导致她难以迅速入睡。

解决的办法是，强制清空大脑。

现在多了一桩，听音乐。

坦白说，蒋畅自那样的家庭出生、成长，养成了敏感的性子，她曾极度厌弃自己，也觉得，她不具有爱人的能力。

从充满压抑的青春期，再到可以自由恋爱的大学，她没有萌生过对现实中的异性的爱意。

原来不是心如止水，只是没遇到可以搅乱她心湖的人。

可能，蒋畅和沈献的歌迷一样，她喜欢的，只是他的某一面。

但确确实实是喜欢了，不是吗？

就像她喜欢装帧精美的画册，设计精妙的周边，它们不需要具有任何实际用途，喜欢就是喜欢。

喜欢本身的意义，是令自己心情愉悦。

既然如此，蒋畅便坦然接受这一事实。

她不必让赵桄知道，也无须得到他的回应，毕竟，他们不是同一个世界的人。

那么，蒋畅，你就将他当一个普通的，有缘的人就好了。

蒋畅愣怔两秒，随即也浅浅地笑了笑："今天你没开车吗？"

赵桄闲适地站着："宿城的交通状况，有时候会让人后悔开车出行，我选择防患于未然。"

蒋畅深以为然："这个确实。"

今天老板走得早，工作也少，蒋畅难得按时下班，所以赶上了晚高峰，没一会儿，后面排起队。

"叮叮叮"的声音响起，提示列车即将到站。

车门开启前，蒋畅见还有座位，低声说："我们走快点。"

赵桄跟在她身后，在同一排坐下。

这样一左一右的座位，仿佛第一次见面时那样。

只不过他手里的不是花，而是一个包得严严实实的塑料袋。

蒋畅不由得多看了两眼，赵桄主动说："打包的蟹煲，味道比较大，多包了两层。"

说完，他掩住口鼻，打了个喷嚏，抽出纸巾，擦了擦鼻子。

"你感冒了？"

"嗯，大概是冷气开太猛，冻着了。"

蒋畅往年也会在这种时候感冒，没进入三伏天，热，但没那么热，冷气急吼吼地开得低，人就容易受凉。

她又疑惑："螃蟹性寒，感冒不能吃吧？似乎容易消化不良。"

赵桄嘴角往下压了压："这样吗？突然嘴馋，就买了。"

他又说："这家店开在金光大厦那边，饭点人很多，特意赶了大早去买的，我还是当没听到你说的吧。"

蒋畅莫名觉得他这副模样有点萌,忍俊不禁,偏过头去,掩住笑意。

这么一说,她肚子也有些造反了,低头翻了翻包,只有几小包蔓越莓曲奇饼。

她递过去问他:"吃吗?"

赵桄接下,道了声谢,没有立即拆,而是反问:"你们女生都这样吗?"

"哪样?"

"喜欢这种可爱的小东西。却青也是。"

塑料包装上,印着Q版的卡通图案,是将蔓越莓拟人化了。

蒋畅撕开包装,往嘴里塞,想了想,说:"可能不是女生喜欢,是商家觉得女生喜欢。"

赵桄若有所思地点头。

蒋畅看了眼站点图:"你是不是快到了?"

她不记得他上次在哪站下的,但应该没几站了。又想到,他给过她自己家地址,不在这条线路上。

赵桄说:"你吃过饭了吗?如果不介意的话,可以帮我一起解决掉这份蟹煲。"

几分钟后,蒋畅跟着赵桄一起出了站,初夏的热浪扑面而来。

他带她去的地方就在地铁口附近,走几分钟,往一条小路拐。

她打量了一下周围,来宿城两年有余,但她还不是十分熟悉这座城市,这个地方她没来过。

这一片算是老城区,不似市中心那些高楼大厦,钢铁森林,建筑物有些旧了。

倒多了几分人间烟火气。

赵桄的脚步停在一家店面前,回首,眉眼舒展开来,笑了笑:"你不用担心我把你卖掉。"

蒋畅很认真地回答:"这样的话,我上回和你们吃饭就该担心了。"

店面很小,玻璃作墙。

蒋畅抬眼往上看,单两个字"人间",古朴的雕版宋体字。

取这样的名字,她却觉得,他这样的,实非人间凡物。

赵桄输密码拉开门,让她先进。

地板光洁如新，蒋畅小心地踏上去，问："这是你的工作室吗？"

墙上挂着几把吉他，还有一些其他的乐器设备，中间是一张桌子，上面随意摊开一些纸笔。

不大的空间，布置得很有格调。空气中飘浮着淡淡的香气，和他车里的类似，细闻又不太一样。

赵铣"嗯"了声："里面还有间K歌房，你可以随便看看，我出去买点东西，稍等。"

蒋畅点头应好。

里面有扇棕色木质小门，一推开，果然是。

沙发、茶几、话筒、音响、投影仪，还有未放下的幕布，周围贴了隔音棉。

虽经得主人允许，但蒋畅没有社牛属性，不好意思直接唱起歌来。

她什么也没碰，关门退出。

过了一会儿，赵铣提着几样小食，还有一碗打包的绿豆糖水："上次见你喝了，应该不会踩雷。"

他居然心细得连这都记得。

赵铣清理了下桌子，将东西摆开。

那份蟹煲果然很多，放了土豆、鸡爪、年糕。

下筷时，蒋畅犹豫了，啃蟹或鸡爪的样子不太好看，她一般是和亲近之人一起，或者单独才会吃。

筷尖转向年糕，被蒸汽闷久了，年糕软趴趴、滑溜溜，夹了两下没夹动，她郁闷地换成土豆。

狼狈的人却是赵铣。

他本来就有些感冒，吃了没一会儿，鼻头都擦红了。

蒋畅强忍着笑，免得他觉得她在笑话他。

赵铣吸了吸鼻子，说："你要是想笑的话，我不介意的。"

她摸摸嘴角："很明显吗？"

他给自己倒了杯水，喝了一口，才说："在你眼睛里，快溢出来了。"

蒋畅为了不笑，换了话题："这间工作室，是你写歌用的吗？"

"差不多，我没什么其他兴趣爱好，有时会来这儿待着。"

"嗯……你第一次带女生来吗？"

她也不知道为什么要问这个问题，自然而然脱口而出了，细细咂摸，语气里的在乎把自己都吓了一跳。

赵甓好似浑然不觉,他思忖了下:"不是。"

蒋畅"哦"了声,尽量让自己显得不在意。

他又补了句:"却青,还有我的侄女,也就是她哥哥的女儿来过。"

她还是:"哦。"

她只是微低了头,不由自主地夹起一块蟹,含吮着里面的汤汁。鲜辣香,盖住了她心底冒出的甜腻的汽水泡泡。

两人分食完一份蟹煲,蒋畅小小地打了个饱嗝。

平时下班回到家,她都是随便做点吃的敷衍胃,好久没吃得这么撑,她站起身。

临近夏至,白昼越来越长,这会儿天色还未黑下来,天边铺着一层色彩浓烈的夕阳。

光斜斜地照进来,在门口处的地面形成一个不规则的三边形。

她调着手机相机参数,正要拍下来,一只橘色小猫迈着慵懒的步子经过。

打包盒里剩有一些白米饭,赵甓倒在手心,走过去,蹲下,伸出手逗它,笑说:"怕不是循着味来的。"

小猫似乎很熟悉他,丝毫不畏惧,就着他的手直接吃起来,尾巴在身后一摆一摆的。

蒋畅心想,是你闯进我镜头里的,可不是我偷拍。

她拍下这一幕。

吃完米饭,小猫又撒开爪子,匍匐在地,赵甓抚着它的小脑袋,身边投下一道身影。

蒋畅小声问:"它是流浪猫吗?"

赵甓说:"一个大爷养的,它没事就挨家挨户地瞎逛,是这一带居民的老熟人了。算起来,我跟它还算亲戚?"

蒋畅:"嗯?"

"我儿子,和它是同母异父的兄妹。"

蒋畅一愣,她现在对赵甓又得改观了。

这男人是有点孩子气在身上的,居然能一本正经地胡说八道。

"你儿子……"这么称呼一只猫好怪,蒋畅含糊带过,"名字叫什么?"

赵甓说:"嗷嗷。我还有个女儿——是只比熊,叫呦呦。"

"是你头像那只吗？"

"对。"

蒋畅说："……你儿女双全，真幸福。"

他笑了笑。

伏着的小猫注意到陌生人的靠近，倏地蹿起来，跑走了。

赵桄撑着膝盖起身，拍了拍手："你要回家了吗？"

"我是想问问你，那些乐器可以用吗？"

他大方道："可以。"

其实蒋畅不会乐器。

学艺术花费不低，家里虽算不得穷，可父母得紧着哥哥上学的开销，不支持她学。

后来上大学，蒋磊又谈女朋友、结婚，除了生活费，父母也不再额外打钱给她。换手机、买 iPad、买电脑，她都是靠自己赚的。

任何烧钱的爱好，都与她无关。

没有别的理由，她想多留下来待一会儿，随口胡诌。

看吧，天生的笨拙者，生平第一次遇到喜欢的人，也会受本能的驱使，干一些超乎自己预料的事。

靠角落还有一架古筝，蒋畅想起以前去好朋友家玩，朋友戴上指甲，用古筝弹过一支曲子。

她是个很慕强的人，在无傍身之技的年纪，对朋友羡慕、崇拜至极。

她问赵桄："你还会古筝吗？"

他摇头："不会，却青放在这儿的，楼下地下室还有其他的乐器，你想看看吗？"

蒋畅眼睛微微睁大："可以吗？"

她是全然的行外人，但知道，音乐发烧友十分舍得在设备上下血本，简而言之，这些东西看似是普通的乐器，实则价值不菲。

竟然任由她参观吗？

"当然。"

赵桄锁上大门，领她去地下室。

地下室的空间大得多，但东西没有她想象中的多，只有一台架子鼓、一架钢琴、一台录音设备，还有几样她不熟悉的。

更像一间小型的录音棚。

还专门辟了一块地，放沙发和桌椅，桌上有电脑，旁边还有一台小冰箱，他打开冷冻层，问她吃不吃雪糕。

"有什么口味的？"

他看了眼："香草、巧克力、抹茶、提拉米苏。"

"巧克力的吧，谢谢。"蒋畅忘了自己还饱着，又问，"你经常来这里吗？"

"不太经常，工作比较忙的话，一周一两次的样子。"

"所以，你租这间店面，就是为了……放这些东西？"

"不，"赵桄有问必答，耐心得很，"是买的。"

蒋畅一时语塞。

有钱人的世界，她好想试图去理解，无果。

蒋畅对吃的一贯没什么追求，一定要说出口味偏好的话，她比较喜欢巧克力。

冰激凌融在唇齿间，冰凉，浓郁，她却吃得有些兴致缺缺。

接触越多，只会越清晰地领悟到，她与赵桄之间的差距。

经济，生活……各方面。

蒋畅没有理想，没有目标，她的生活现状如一团搅和得糟糕的面团。

她困囿在自己的世界太久，甚至，有些对这种狭小空间带来的安全感上瘾，赵桄像投影进来的一道剪影，轮廓完美，但触不可及。

赵桄说，她可以试试架子鼓，新手上手，也挺有意思的。

蒋畅没试，她不记得她找了什么理由，说要走了。

赵桄既不挽留，也不远送。

他将垃圾打包好，拎到外面扔掉，客气地对她说，路上注意安全。

后来回想，蒋畅觉得自己这几年变得越发畏缩了，不知道是怕放纵喜欢发酵，想趁早抽身，及时止损，还是单纯因为尴尬、自卑等多重心理作祟，她想避开他。

现实生活中，不用刻意，他们也很难碰面。

但是大数据太可怕，总在一些平台推送关于沈献和却青的讯息、讨论。

却青的发展路子和沈献不同，短短三四年，知名度就提上来了。

她给小成本网剧唱 ost，发写真，参加漫展等各种线下活动，经营多平台账号,粉丝累积几百万,这几个月,更是在全国多地开巡演。

如今这个时代,美貌、实力兼具的人可以吸引大量流量。

赵筇完全不走这条路线。

蒋畅又刷到一条,某即将上线的上星古装剧,宣传 ost 阵容表里,片尾曲有沈献。

沈献现在只接这些商务合作,频率还很低。

如此,粉丝已经很激动了,欢欣鼓舞,说失踪人口终于回归了。

蒋畅随手点了个赞。

滑过去,过了两秒,她退回,取消点赞。

大数据比人聪明,知道她对他的消息感兴趣,就会持续地、大量地给她推送。

骗得过自己,骗不过它。

想了很久,蒋畅决定跟胡蕙说。

蒋畅心里压着某件事,它就像锅里烧沸的水,止不住地往外冒,她需要一个口子将它放出来。

蒋畅组织了许久语言,最后只汇成几个简单的字眼:我有一个喜欢的人。

福狒狒:你指哪个?

蒋畅不追星,但她有许多喜欢的演员、歌手、作者,每逢出新作品,她都会跟上。

最初她们聊得起天,便是因为有共同爱好。蒋畅不是内向,一旦碰到同频的人,她就特能唠。工作不忙的话,胡蕙来她家,两人可以啃着鸡爪、鸭架,聊一个下午。

大酱炖大肠:换个矫情点的词,应该是倾慕。我没见过他那样的人,被吸引很正常,可如果我知道没结果,还是放不下,怎么办?

福狒狒:你等等,我给你点个小蛋糕庆祝一下。

大酱炖大肠:?

大酱炖大肠:你多狠毒啊,庆祝我的爱而不得吗?

福狒狒:点好了。

福狒狒:你,二十五岁大龄少女,终于春心萌动了,该有点仪式感,庆祝一下好吗?

蒋畅纠正她：还有四个月才过生日。

福狒狒：你看，你也知道，这个年纪还单身是件丢脸的事了。

大酱炖大肠：我不觉得谈恋爱是人生必须，我现在过得很好，我原本打算一直单下去——如果家里人不拿着刀子威胁我的话。

福狒狒：所以你现在遇见真爱了？谁啊？

蒋畅肯定不能跟她说是沈献，而她又不认识赵龇。

蒋畅含糊其词：一个优秀到，靠近他，我都会自愧不如的人。

福狒狒：你为什么要这么想，他如果看不上你，是他的损失。

福狒狒：我说真的，你有很棒的创造力，有自己的小宇宙，还在认真生活，你已经闪闪发光了，不要艳羡太阳多耀眼，不过是你看不见自己的光而已。

蒋畅很容易陷入低落，觉得多年来一事无成，可她消化掉这种情绪之后，又为当下感到满足。

她有存款，有副业，有真心待她的朋友。

痛苦无法衡量，不会消失，但可以被幸福暂时掩盖。

外卖的电话来了。

蒋畅去开门，小哥的鞋和裤腿被打湿，透明面罩上也沾着水珠，外卖盒却干干净净。

原来不知何时，外面下起了大雨。

"你看一下，我的车打滑摔了，不知道蛋糕有没有碰坏，坏了的话，我赔给你。"

蒋畅掀开盒角，看了眼，说："没有。辛苦你了。"

"没碰坏就好，麻烦给个五星好评。"

说完，他匆匆下楼走了。

蒋畅让胡蕙给外卖员打赏五块钱。

福狒狒：你心太软了吧，人家赚的钱比你上班多多了。

大酱炖大肠：一样的劳动人民，不以薪水论高低。日晒雨淋的，人家也不容易。

蒋畅揭开蛋糕盒，奶油装饰已经碰花了，蛋糕坯尚完整。店家送了一小包蜡烛，家里没有打火机，她点燃煤气灶，借了火，将蜡烛插上。

虽然今天不是她的生日，但老天每天接收那么多愿望，多一个不多吧？

她闭眼许愿：

望他长安宁,多喜乐。

这段时间,她从沈献粉丝处了解到他,知道他是个多好的人。

沈献刚在网上唱歌时,才读大学,也就是唱着玩儿,过了两三年,有了第一首原创歌。

后来他自己学作曲,免费给朋友写,偶尔给自己写,直播盛行的现在,他没开过一场,顶多发他弹唱的短视频。

唯一一次,出席某线下活动,据说是一个音乐组织的周年庆,但他也戴着口罩、帽子,没露面。

迄今为止,沈献没有一首歌收费,没有出售周边,仅仅出了一张实体纪念专辑。

作为一个歌手,他可以说是"两袖清风",几乎没从粉丝那儿赚钱。

可他竟能一唱唱这么多年。

难怪他为数不多的粉丝对他那么死心塌地。

他们很自觉地不去探究他的现实生活,常常将这句"望他长安宁,多喜乐"挂在嘴边。

了解得越来越深,喜欢就像三十多摄氏度气温下的面团,发酵得越来越大。

蒋畅打算隐藏她的喜欢。

不祈求他也喜欢她,她的愿望,仅是愿他长安宁,多喜乐。

她在朋友圈发了一组九宫格,尽是一些生活碎片,奶油塌掉的蛋糕放在正中间。

配文:我们天各一方,但愿你被温柔对待。

刚发出去,一道惊雷炸响,明明是下午,却好似黑夜降临,偶有一阵闪电,短暂地照亮整面天空。

雨成瓢泼之势,越发地大了,天地间再听不到其他声音。

蒋畅放下手机,收起晾晒在阳台的衣服。

还好没淋湿。

回来再看朋友圈,多了一条评论,来自赵銑。

ZS:假如爱有天意。

她的心咚地跳了一下,闷闷的,似窗外的雷。

他看出来了，这是《假如爱有天意》的歌词，但他一定不知道，她是发给他看的。

手指悬在屏幕上方，最终退出了界面，没回他只言片语。

赵桅看过天气预报，今天没有出门，待在家里。

雨幕弄花了整个世界。

嗷嗷缩在它的小窝里，呦呦安安静静地匍匐在他的脚边，他站起来倒水，它摇尾巴跟着。

呦呦很黏赵桅，只要他在家，走到哪儿，它就跟到哪儿。不像嗷嗷高冷得很，有时叫它也没反应。

今夏第一道雷响起的时候，赵桅的手抖了下，心猛地像被兜网罩住收紧一般。

他放下水杯，抱起呦呦，问它："你怕吗？"

呦呦伸舌头舔了下他的手，"汪"了一声。

赵桅极度厌恶雷雨天，心情会烦躁得做不了事。

他抱着呦呦，盘腿坐在地毯上，一下下地顺着它的毛发，拿起手机。

他漫无目的地刷着，看到的第一条动态，就是蒋畅的。

他随手评论了句，才点开照片仔细看着。

翻到最后一张，是一只站在阳光下的小橘猫，姿态慵懒，还露出半只手，辨不出男女。

但赵桅怎么可能认不出来，那是他。

照片显然是截过的，她想发的是猫，他是意外入镜的。他也没有往别处多想。

这一组图，大部分拍得没有主题，也不讲究结构，尤其是那块蛋糕，完全没了形，丑不拉几的。

但这个女孩子一定有颗玲珑心。

枯树枝丫斜斜穿破云朵、一小摊积水映出街边店铺与路灯、自己做的一顿不错的菜肴、背后架着正在播放电影的平板……

她在认真体味生活，记录生活。

雷声还在继续，因为分散了注意力，赵桅的心神没被震到。

呦呦倒是从他的膝上跳到地面，在屋中跑了起来。

他两只手都空出来，点开蒋畅的聊天框，发去一条：今天是你生日吗？或许，现在说生日快乐还来得及吗？

蒋畅茫然，转而想到刚刚他的评论，可能是看见插着蜡烛的蛋糕误会了。

大酱炖大肠：说"不是生日也祝你快乐"的话，什么时候都来得及。

ZS：那么，祝你天天快乐。

大酱炖大肠：谢谢，也祝你。

大酱炖大肠：也祝令嫒、令郎快乐。

赵筅浅浅地笑了下，回道：它们是挺快乐的，打雷也不影响它们睡觉的睡觉，乱蹦的乱蹦。

大酱炖大肠：真羡慕，我去年许的生日愿望，就是下辈子投胎变成一只碰到好主人的猫咪，不用怎么动，整天躺着睡觉，还可以吃饱喝足。

ZS：很巧，我正在朝这个方向努力。

大酱炖大肠：什么？努力赚钱，贿赂阎王爷吗？

ZS：努力攒够钱，早日退休。

大酱炖大肠：那得存多少钱，才能想退就退？

ZS：我之前在网上看过一个帖子，"拥有五百万可以躺平吗"，有人说完全可以，有人说不够，所以这也是我在思考的。

ZS：我给自己定的目标是四十岁，希望能在此之前存够。

五百万，蒋畅从来不敢想。

不过也是，在宿城拥有房产、小铺面、两辆车，还养猫狗的赵筅，五百万的确远远不够。

大酱炖大肠：我现在去贿赂阎王爷，过几年投胎成你家的猫还来得及吗？

这句话简直等同于试探了，好像希望他养她一样，但他们的关系，又远没到那种暧昧的程度。

于是，蒋畅在两分钟时限之内撤回了。然而，赵筅的信息在同一秒抵达。

ZS：嗯……贿赂阎王爷可能没用，因为嗷嗷绝育了，担心它祸害其他家的小猫。

没想到，他这么配合她的玩笑。

第四章
季夏夜晚的雨

窗外，风将雨一阵阵地挥到玻璃上，连日来的暑热消退下去。

蒋畅刚搬来时，客厅有一套旧沙发，房东不让扔，她买了格纹的布盖住，此时她人屈腿窝在上面，面前的茶几上摆着那块被赵羱认为"丑不拉几"的蛋糕。

她顾着和他聊天，忘了去吃它……虽然是一种仪式感，但它的样貌让她提不起胃口。

来回几句的聊天记录，蒋畅看了两三遍，嘴角上扬，压不下去。

她不由得感慨，怎么会有赵羱这么好脾性的人。

和他交流，感觉他用的不是社交技巧，只是纯粹地品行好，总令人很舒服、放松。

他若是当特务，估计能轻而易举地套得敌人的话。

蒋畅为自己轻易沉溺于他的温柔，而找到合适的开脱的"借口"。

像初春，草木换新叶，地上积着厚厚的落叶，她就那么毫无防备地跌了进去。

专属于春天的温柔。

她将下巴搁在膝上，用叉子叉了一小块奶油送进口里。

品尝它，宛如将军浴血凯旋，享受帝王的庆功宴——她以前不知道，暗恋是一件伟大的事。

对面暂时没回复，恰逢贺晋茂在门外按门铃，赵羱走去开门。

虽下着雨，但贺晋茂是打车过来的，身上不沾半点风雨。

他手里提了猫粮、狗粮，还有给赵兟的蟹煲。

"这家店的蟹煲有这么好吃吗？喊我大老远跑去买。"

赵兟不置可否，反问："一起吗？"

"不了，我还得赶回家吃晚饭。"

贺晋茂是赵兟的大学同学，但赵兟十六岁上的大学，贺晋茂比他还大两岁，孩子今年该上小学了。

他转而又关心道："你感冒好全了？"

赵兟说："嗯，早好了。"

贺晋茂苦口婆心："年纪上来了，要服老，别那么拼，你看，老天爷都看不下去了，打个雷，把你困家里。"

赵兟轻吐一个字："去。"

贺晋茂走前撸了把狗头，对它说："呦呦，你爸这孤家寡人的，你好好陪陪他哈。"

赵兟说："雨太大了，别打车了，开我的回吧。"

他把车钥匙丢过去。

贺晋茂家有车，归他媳妇儿开，他平时当赵兟的司机，也用不着。

"谢了赵总。"

吸血资本家是戏谑，赵兟很大方，对朋友也好，对员工也好，一边赚钱，一边败家。

认识多年，贺晋茂亲眼看着，也陪着他走到今天，他其实不爱钱，花起来也特别无所谓，一门心思拼命赚钱，是为了他的伟大蓝图——四十岁退休。

贺晋茂曾问过，为什么是四十岁，赵兟说，假如他能够活到八十岁，前一半人生忙碌，后一半就该歇下来了。

说赵兟大方，他也自私，比如，他没有将别人纳入他后半生计划的打算。

包括不知是否会出现的爱人，以及父母。

贺晋茂走后，赵兟揭开餐盒盖，热气混着香气扑面而来，他将汤汁均匀地浇在饭上，鲜辣，却没有那次同蒋畅吃得香。

猫狗吃不了这些，他盯着剩下吃不完的，还是倒掉了。

心情糟糕的时候，原来也影响食欲。

再看手机。

十几分钟前，蒋畅发来一条消息。

大酱炖大肠：你有什么想吃的吗？或者，你今晚吃了什么？

蟹煲的调料下得重，赵犹感到口渴，喝了口水润喉，回了条语音。

三秒的语音条，蒋畅也花了三秒去揣测，他会说什么。

点开。

"应该不是要请我吃饭？"

他语速不快，嗓子里像含着什么，低低的，吐字不是很清晰，但反而更抓耳，像贴着耳朵，对你说什么情话。

耳根有点热，蒋畅揉了揉。

她听过他早期的歌，和他目前的声线比较像，后来用了技巧，改得更沉更肆意了一些。

如果将沈献比作王孙公子，透着一股风流之气；那赵犹则是少年权臣，万事皆不扰他谋划。

蒋畅咬了咬下唇，险些忘记问他的初衷。

大酱炖大肠：想点外卖，但我不知道该吃什么，参考一下你的。

赵犹今天才吃了一份速冻饺子——还煮得稀烂，再加小半份蟹煲，此时被问到，他也无甚想法。

他随意调侃了句："大酱炖大肠。"

大酱炖大肠：……没有这道菜，是我随便编的。

大酱炖大肠：听起来你还没吃？你有空吗？我请你吃饭，算谢你上次那顿蟹煲。

蒋畅尽量将这番话伪装得目的性不那么强，只是随口一提，如若他拒绝，她也好及时揭过去。

庆幸，不是面对面，不然她很有可能露馅。

赵犹看了眼窗外，雨渐小了，但雷声隐隐地传来，像闷在密封罐子里。

他没什么表情，只是眉头微微蹙着。

真烦啊。

电荷在大气层的气团里不安定地冲撞，他心里也有不可名状的分子搅着乱。

ZS：很遗憾，蹭不到这顿饭了。

这回不是语音，礼貌的措辞，无法令蒋畅感知到他的情绪。

事实上,赵銑也不会对一个女孩子使用不耐烦的语气,或是摆脸色。人过三十,增长的不光是年龄的数字,还有对自我的控制力。

他不可能再像二十来岁那样,由着性子,想说什么说什么。

这句话就是拒绝了。

他是不是真的遗憾,蒋畅不知道,但她确实有一点。

大酱炖大肠:那好吧,下雨天一个人窝在家里,边看剧边吃饭也不错。

在地广人密的宿城,蒋畅就胡蕙一个朋友,两人住得不近,偶尔才一起约饭。

她其实也享受一个人用餐,只是难得邀请别人,于她,是迈出不小的一步,尽管路很快堵死了。

蒋畅点了一份酸辣肥肠盖码饭,在外卖送到之前,翻找着下饭剧。

最近没什么感兴趣的,于是,她重刷一部早年的古装剧,ost 响起的时候,莫名又想起赵銑了。

比较是件杀伤力很强的事,觉得男主角没他帅,声音没他好听,就看不下去了。

唉……没救了。

蒋畅经常三分钟热度,上大学时,迷恋一个歌手,省吃俭用开始攒钱,想去看演唱会,室友都说她魔怔了。

还没攒够,她又觉得不值,最后当作旅游开销花了。

可能她对赵銑也会这样。

后来的一天,蒋畅交了下个月的房租和水电费,看着工资卡的余额叹气。

还有一个多星期才发薪水。

蒋畅吃穿上很抠,她这个季度还没买新衣服,她打算发了工资,再叫胡蕙出去逛逛。

正这么想着,胡蕙发消息问她:你和你的心动对象进度条走到哪儿了?

进度条?

大酱炖大肠:那是开始攻略 boss 才有的东西,我还在老家养兵。

福狒狒:这么久了,还没开始?

大酱炖大肠:让我追人,不如让我多做点单子,在某种维度来说,钱和男人都是流动资产,且一样难得的话,我宁愿要钱。

她转而又说:得到那个人的难度,约莫够我赚够宿城的一套房了,全款的那种。

"对方正在输入中"闪了好一会儿，显然是胡蕙也觉得她的问题很棘手。

福狒狒：别人是"恋爱脑"，你长了一颗"单身脑"。

大酱炖大肠：单身比恋爱稳定。

福狒狒：碰到喜欢的人，也不想谈吗？

大酱炖大肠：好吧，我想过。前几天一时冲动，甚至说请他吃饭。

福狒狒：所以是失败了？

大酱炖大肠：[截图]

大酱炖大肠：[极品圆脸微胖小美女去世.jpg]

福狒狒：这人看起来温和，但是你有没有发现，你进一步，他就巧妙地往旁边拐一步？

大酱炖大肠：是啊。我认识他到现在，他一直很有分寸。

福狒狒：我怎么觉得，我见过这名字。赵什么？

大酱炖大肠：音同深。

福狒狒：等等。

过了一会儿，胡蕙又发来消息：我知道了，我下个星期要跟大老板参加一场小型晚会，老板让我熟悉嘉宾来着，名单里有他。

胡蕙所在的是网络科技公司，规模不大，她口中的大老板，是个富二代，创立了这家公司，人还很年轻。

胡蕙长得漂亮，化一化妆，上镜也不逊色于网红明星，估计是被叫去撑场面的。

大酱炖大肠：什么晚会？

福狒狒：一个大公司总裁的儿子考上名校，办升学宴，不过你也知道，这种就是变相的名利场。

福狒狒：那个赵爇能在名单里，说明他来头不小哦。可以啊你，一钓就钓条巨齿鲨级别的。

大酱炖大肠：饵都没下，也能算钓？

福狒狒：那你要不要跟我一起去，趁机下个饵？

大酱炖大肠：我一个外人，进不去吧。

福狒狒：跟着我老板进去啊，我跟他说一声就行。

蒋畅不可能不心动，但她实在畏惧那样的场合，联想一下，周围各种衣

.062.

香鬓影，推杯换盏，而她只想缩在角落，当一朵无香也不惹眼的郁金香。

去，还是不去。

两方势力分庭抗礼，分不出胜负。

胡蕙怂恿道：哪怕不是为他，看个新鲜，吃点东西也好，反正礼由我大老板送。

她了解蒋畅的性子，就得逼一逼，不然这辈子都是无所谓的态度。

支持方的砝码又多一块，天平开始倾斜。

蒋畅没立即答应，还是留了条退路，说：我想想。

最后起到决定性作用的，是沈献的一条微博。

他本身发微博就不频繁，上一条还是祝福高考大捷的。

新发的是一则几秒的短视频。

镜头里，他挥着猫爪子——应该就是嗷嗷的爪子，发出几声"喵喵喵"的叫唤。

评论区"尸横遍野"，一群人喊着"啊我死了"。

第一条是沈献自己的回复。

@沈献：一把年纪了，好不容易卖个萌，你们却……[衰]

这句话比他的卖萌行为要更萌，让人有种……想摸摸他的头，捏捏他的脸的冲动。

拉扯几日的两只小人，有一只终于被打倒在地，动弹不得。

Game over（游戏结束）！

蒋畅狠了狠心，答应了胡蕙。

去了也不会掉块肉。

不知道还好，一旦知道了，不去又会抓心挠肝地想。

蒋畅的性格其实是在高中之后发生变化的。

没有特定的事件发生，她只是逐渐意识到，世上一切都是丑陋的，如张爱玲形容的，"像镂空纱，全是缺点组成的"。

对人性失望，对家庭失望，对自己也失望。

那会儿，少女心思，是灰扑扑的，仗着看了一些书，写出不少如今读来觉得酸掉牙的文章、诗篇。

但却是贫瘠乏味的高中时代，唯一聊以慰藉的。

蒋畅甚至简单粗暴地，将世界划分为两个部分：讨厌的、不讨厌的。

讨厌英语老师唾沫横飞地讲课，无限期地拖堂，讨厌食堂永远翻不出新花样的菜式，讨厌走廊外"砰砰砰"拍着篮球的臭男生……

高考没有如常发挥，也许与她这般心态脱不了干系。

到了大学，又大致可以分为几个阶段，奋斗期、放弃期、释然期、摆烂期。

毕业后，她决心脱离家里，独自来到宿城，惯性般地保留了大学末期的摆烂心理。

这种摆烂，不是指啃老不作为、坐吃山空，而是在维持基本的生活、精神的需求下，不进取、不索求、不为所动。

谈恋爱不在她原本的需求范围之内。

不记得大一还是大二寒假，她被高中同学叫出来玩，有个关系还算不错的男生，当场跟她表白。那之后，他以一种强势的姿态追求她，带着一种，不知从何而来的势在必得的自信。

她反感极了，直接把他拉黑。

再到现在，爱情的魅力，早已在日复一日的生活中消磨掉了。

她被一个优秀的人吸引，却仍然对这种人类感情持有怀疑。

爱情是一只包装精美的盒子，可你不知道开出来的，是朽烂发霉的苹果，还是黏稠甜腻的糖浆。

品尝之前，她应该先靠近，嗅嗅味道。

蒋畅又想，这种想见他的心情，约等于追星。

见一面，满足自己。

不过，有个现实的问题是，她没有礼服。

公司的工作氛围很宽松，不要求他们着装太正式，蒋畅总不好穿着T恤、裤衩去吧？

胡蕙说，帮人帮到底，大老板可以替她安排。

蒋畅没有接受。

人家喜欢胡蕙是一回事，且不论他还不是她的正牌男友，即使是，也与蒋畅无关。带她去晚会，她已足够感激了。

——对，胡蕙的大老板正在追求她，只是拉扯多日，仍没确定。

她参考了胡蕙的意见后，去租了一条。

反正，以后八成没有机会再穿。

去的路上，蒋畅惴惴不安，不是紧张即将见到赵𬘓，是害怕现场的氛围，胡蕙作为大老板的女伴，要跟着他，陪不了蒋畅。

胡蕙宽慰她："没人认识你，不会随便找你搭讪的。"

希望如此。

这是蒋畅第一次见到胡蕙的大老板。

对方很年轻，约莫三十岁，西装革履，戴金丝眼镜，头发向后梳，一副精英做派。

他伸出手："你好，我是谭勤礼。"

"你好，我是胡蕙的朋友。"蒋畅碰到他的指尖，一触即收。

对方意味不明地笑笑。

谭勤礼家里挺有钱，他以往的事迹也颇为风流，他和胡蕙并未多喜欢彼此，纠缠不清，不过是各取所需。

胡蕙和蒋畅本质是一样的，都不相信爱情，只不过两人走的截然相反的路子。

在胡蕙口中，谭勤礼是个伪君子，明面上彬彬有礼，背后算计冷漠，想要得到她的身心，却给不了她未来。

胡蕙曲意逢迎，一直吊着他，偶尔给点甜头。

她说，他不过是贪图新鲜，轻易答应他，过不了多久，他就会厌烦了。

她还说，男人是一路货色，有的平价，有的奢侈——后者卖的是品牌，质量、用料却低劣。

关于胡蕙的恋爱观，蒋畅不认同，但也不予置评。

胡蕙悄悄跟蒋畅咬耳朵："别怕，实在待不下去，你就溜掉。"

"好，"蒋畅欲言又止，说得委婉，"你注意安全。"

胡蕙笑了，拍拍她的肩，说："Welcome to the real world, it sucks, but you are gonna love it."

欢迎来到现实世界，它很糟糕，但你会爱上它的。

《老友记》里，一句十分有名的台词。

蒋畅闻言，不置可否。

进入大厅，谭勤礼便带着胡蕙去应酬了。

地方不算很大，也不是很奢华，至少比起蒋畅浮夸的联想，正常得多，更像美剧里的派对。

端盘的服务员经过，蒋畅小声问，能不能要杯果汁。得到后，她默默走到一边。

擅长猎狼的猎手，通常会找寻一处隐秘之处，暗中窥伺，趁狼不备，突然袭击。

蒋畅赤手空拳的，暂时还想不到，若见到赵桄，该如何应对。

这时，一个男人迈着缓步走来，冲她笑道："你好！"

蒋畅看他两秒，旋即张了张口："啊，你是上次在茗城……"

他换了身行头，与那日大相径庭，她险些没认出来。

杜胤问："你是陪赵桄来的吗？"他四下张望，像雷达，一开口，西装矫饰出来的正经感顷刻消散，"他人呢？"

蒋畅不知如何解释。

晚会此时正式开始，杜胤放弃找赵桄，同蒋畅告辞走开了。随后，她看到他和谭勤礼等人在一块儿说话。

宿城虽大，同一个圈子的人，也就那么点，彼此有交集再寻常不过。

都是搞科技的，且有所成就。

赵桄呢？

她好像还不知道他的具体事业。

他没来吗？

橙汁入口，细腻冰凉，蒋畅的目光搜寻着。

宴会厅的人越发多起来，她觉得自己像误入西梁女国的唐僧，茫茫然不知所措，还有着被扒皮抽筋的风险。

她想跑了。

"来都来了"还不如"走为上"。

赵桄如若没来，她留在这里，也毫无必要。

结果，事情的转折同样发生在杜胤身上。

杜胤在人群中看到谁，拽过赵桄的胳膊，向蒋畅的方向指了指。

蒋畅注意到了，因为对他多有留意——找狼需循着脚印，杜胤便是她唯一认识的,赵甏的"脚印"。

然后,下一秒,她和赵甏的视线猝不及防地相撞。

蒋畅有点近视,但未到得依赖眼镜视物的程度,加之相隔较远,她看不清他的脸和眼神。

只是清楚,他的目光落在她身上。

她又想跑了。

她刚才光顾着找他,忘了筹划,怎么"下钩子"。

这个时候发信息给胡蕙也来不及了,她大抵是没空回的。

蒋畅脑中嗡嗡的,像搅成絮状的面粉,转眼的工夫,赵甏已走到面前。

他不再穿着休闲风的衬衫,但也没那样严肃正经。他大概不爱打扮自己,只图舒服轻便。

身高差的原因,她平直地看过去,入目的是他的领口。

她抬起眼。

赵甏笑笑说:"刚刚杜胤问我说,怎么放你一个人在角落,我还没反应过来。"

他的五官不是很深邃,一笑,牵动脸部肌肉,给人的感觉就变了,由冷冷清清,变成温温柔柔。

是了,他若是冷着脸,大概挺骇人的。

赵甏又问:"你是同别人一道来的吗?还是自己?"

蒋畅说:"和我朋友,她陪老板在那边应酬,我来凑个热闹,怕丢人现眼,就待在这儿了。"

"是不是觉得,这种场合很没意思?"

她坦诚道:"不如在家里看书追剧,或者看最近上映的电影。"

赵甏点头说:"颇有同感。"

蒋畅问:"所以你是被迫来的吗?"

他的眉毛稍稍向下耷拉:"是啊,生意场上,由人不由己。因为有合作,无论如何,面得露一下。"

她莫名地,想到前些日子,他发的那条微博。

自打知道他养猫养狗,越发地觉得,他本人也有些像了。

她也越发地想揉他的头了。

好奇怪的念头。

赵甙望一眼她的杯子，杯底残留一点儿橙色液体："没吃点东西吗？"

"没见什么人去吃。"蒋畅不好意思，下意识想摸摸鼻头，思及化了妆，怕蹭掉，又缩了回去。

"一块去吃点吧，我也饿了。"

他走在前头，突然回过头："不知道你需不需要这一句夸赞，但我应该说的——你今天非常好看。"

蒋畅以前读王安忆的《长恨歌》，里面写，美是凛然的东西，有拒绝的意思，还有打击的意思；好看却是温和的，厚道的，还有一点善解的。

他形容得也很温和。

那一瞬间的感受，是长矢穿过心脏，是耳朵泡进沸泉。

宴会厅里温度过低的中央空调，此时也起不到以冷镇痛、以冷治热的用处了。

蒋畅穿的是V领金粉色长裙，层层叠叠的轻纱，点缀着金箔，收腰是一条打成蝴蝶结的缎带，但裙摆不会太夸张。

头顶扎了小髻，头发用卷发棒烫得微卷，披散在肩上，唯一的首饰，是腕上一个同色轻纱挽成的花。

好看归好看，但在这场宴会厅里，不会显得太夺目。

蒋畅抿唇，小幅度地笑了，小声说："谢谢。"

赵甙取来餐具，分她一份，说："如果你喜欢不太甜的甜品的话，这家酒店的舒芙蕾不错，你可以尝一下。"

蒋畅笑了："之前看人说，中国人对甜品的最高评价是不甜，果然是真的。那我试试。"

赵甙端起一碟，放在她的餐盘中，也笑："之前和一个英国人谈生意，他热情地请我喝茶，我感觉在喝糖水，偏偏无法和他解释中英对甜度接受度的差异。"

蒋畅顿了顿，问："方便问下你，你是做什么的吗？"

"风投，很忙，经常熬夜，时常出差，所以我在努力实现早日退休。"

蒋畅附和道："看来退休的念头，与薪资无关。"

她用小勺挖下一勺舒芙蕾，往口中送。

上面撒着可可粉和奶油，口感绵软，入口即化，她的眼睛倏地亮了下："好吃的哎。上次你买的蟹煲也好吃，你这么会吃啊。"

赵筅说:"如果有机会,下次可以带你去吃其他的。"

赵筅说这句话,全然是自然而然的,就像他会这样哄贺晋茂的小孩子——带她吃一顿好吃的,所有问题都迎刃而解。

下一秒,他又觉不妥,蒋畅是小他一些,但绝非他可以用这般语气去哄的对象。

再下一秒,蒋畅愣怔完了,点头说:"好啊。"

女孩似乎不爱直视他,若搁以往,他该自我反省,是不是给她施加压力了,让她害怕他。

除了工作,赵筅不常接触女性,也就很少仔细观摩过谁的长相。

因为彼此的无言,他难得地,以男性的审美去打量蒋畅——之前的夸赞,是第一眼的,不假思索的惊艳。

单拎出五官、脸型,蒋畅不算很漂亮,笑起来,眼下的卧蚕浮现,鼻子非小巧精致的,唇偏薄偏长,不抹口红的话,是淡樱色。

组合在一起,偏生有种很难咂摸出的风味。

具体形容的话,像广玉兰的花瓣,包着一颗浑圆的水晶球。或者,如中国的工笔画,每一笔,每一道色,都有其存在的意义和价值。

衣服和妆容,放大了她的隐形的美。

蒋畅低着头,认真地解决那份舒芙蕾,横切竖挖,像在挖掘什么古物。

一缕头发垂在她的鬓边,轻盈地,随着她的动作飘动,好似河岸边的垂柳。

身高差的缘故,赵筅的角度颇有种"一览众山小"的意味,尤其是她胸前的起伏,雪山一样白皙,间有沟壑。

太冒犯了。

他迅速地、不着痕迹地,将目光移开。

蒋畅不知道他在看她,也不知道 V 领的开口,让他产生了负罪感,她在想的是,这算不算成功迈出了第一步。

至少有了更多的,接触和了解的机会。

这令她隐隐有些激动,类似于分科前,老师说,解一道复杂的受力分析题,找准 G、F1、F2,就好解了。

她还以为自己永远开不了窍呢。

蒋畅长了一张喜怒形于色的脸,她表情的丰富程度,曾使胡蕙惊叹不已。胡蕙说,她刚认识蒋畅时,以为蒋畅很难相处。

蒋畅是一只蚌，得耐着性子去撬她，不然就容易崩坏外壳。

胡蕙远远地看到蒋畅和一个高挑的男人站在一起，旁边的谭勤礼从应酬中抽身，说："你朋友的暗恋对象，是赵桄？"

她回眸："你熟悉他吗？他人怎么样？我担心她没谈过恋爱，第一次会受伤。"

"他很有能力，风评也好，认识他的，大概都会这么说。"

谭勤礼将手搭在她肩上，另一只手两指夹着高脚杯，轻轻晃动："水至清则无鱼，谁知道他私底下什么样呢？"

胡蕙皱了下眉，随即笑了笑："谭总，你可别是出于男人的嫉妒，故意诋毁他。"

谭勤礼耸耸肩："喜欢他的是你朋友，又不是你，我何必？"

"谁知道呢？"

她拂开他的手："我去替她把把关。"

"蒋畅。"

胡蕙走过去叫道。

胡蕙本身不矮，又穿着高跟鞋，站在赵桄面前，仍是矮了一截，但不妨碍她审视赵桄。

——对，非常赤裸裸的，品头论足的，审视。

皮相倒生得好。

赵桄感受到了，不知何故，却神色未变，笑得很淡："你好，你是蒋畅的朋友？"

嗯，声线也好。

胡蕙朝蒋畅投去一个赞许的目光，意思是：眼光不错。

转而，她收回那种毫不客气的眼神，说："对，我叫胡蕙，我从蒋畅那儿听说过你，今天一见，有些出乎意料。"

赵桄抬了下眉骨："嗯？她怎么描述我的？"

蒋畅吓得吸了一口气，在暗处顶了顶胡蕙的腰，示意她别说。

胡蕙说："不知道你这么帅。"

赵桄笑了，没作声。

谭勤礼给胡蕙看了赵桄的资料，上面的照片远不及真人。

她也是实话实说。

胡蕙揽着蒋畅的胳膊："我这边可能十二点之后才能结束，你要先走，还是等我一起？"

蒋畅会意，摇摇头："不麻烦你们送我了，待会儿我搭地铁回家吧。"

胡蕙说："那你注意安全，听说，前阵子有个男人在地铁里无缘无故持刀伤人，所以这段时间查得很严。"

这个蒋畅倒不知道，甚至以为是她编出来唬赵犹的。

赵犹的确被唬到了。

他看了眼腕表："正好我也预备走了，我送你吧。"

胡蕙暗想，这男人挺上道，暗示两句就悟了。但她又有点狐疑，他是不是历尽千帆，才这么懂。

"你到家给我发信息。"

"好。"

两个女孩的眼神交流着，达成不为赵犹所知的默契。

他们走得悄无声息。

杜胤想寻赵犹的人时，后者已经和蒋畅一起不见踪影。

杜胤给赵犹发控诉消息：搞什么呀？我才跟你说了两句话，你就带着人跑了？

那时赵犹刚系上后座安全带，瞟了眼消息，没回。

他今夜沾了酒，开不了车，叫了贺晋茂来。

贺晋茂问了蒋畅的地址，默不作声地开车。

贺晋茂现在很是怀疑他俩的关系，但碍于另一位当事人在，不得不按捺下好奇心。

走前，蒋畅用食物填饱了肚子，这会儿坐车里有点闷，她问："能不能开窗透透气？"

不等赵犹回答，驾驶座的贺晋茂已按下后排车窗。

赵犹从后视镜瞥他一眼，没说什么。

风吹散了闷窒感，也吹散了来自赵犹身上的气息。

蒋畅将下巴抵着车窗，任由风吹乱她的头发。

赵犹说："当心，别把头伸出去了。"

蒋畅坐直，理理头发，抚抚礼服裙，不知道怎么开启话头，这样多余的动作反而显得坐立不安。

倒是赵甙先说:"你朋友,算是替你当僚机吗?"

车内只有街道里投进来的光,不足以清晰勾勒彼此的轮廓。

蒋畅听得发怔,转头看他。

他看出来了?

也是,混迹生意场这么久的人,又不会像她一般,是个恋爱小白。

隐秘的心思如比萨斜塔,看起来,随时有倾塌的危险。

蒋畅的手指绕着腕上的系带,沙粒感摩挲着皮肤,她心跳得越发地快,乌龟的心态,令她选择装傻:"什么意思?"

赵甙轻声笑了一声,答非所问:"你朋友对你挺好的。"

蒋畅彻底搞不懂他的意思了。

但之后,赵甙也没再说别的什么。

蒋畅没有经验来条分缕析此时的状况,但女生的第六感告诉她,他是要拉开两人的距离。

为什么呢?

明明不久前还说,下次要带她吃好吃的。

所以,他一直没谈恋爱,不是客观原因的谈不了,是主观的不想谈。

这样的话,她是出师未捷身先死吗?

蒋畅自暴自弃地想,算了,本来她就不会追人,省得她绞尽脑汁怎么接近他了,她又不是非他不可。

末了,她又有些沮丧和不甘心,好不容易喜欢个人,结果是个油盐不进的主。

一路安静。

直到贺晋茂在蒋畅家楼下停稳车。

"谢谢你送我回来。"

蒋畅以一种逃难般的速度去开车门,结果忘记自己也系了安全带,被死死地卡住。

赵甙忍俊不禁,倾过上半身,手臂绕过她的身前,替她按开。

太过短暂,蒋畅没来得及感受他的靠近,啪嗒一声,安全带已经缩了回去。

解放了。

蒋畅下了车,吸了吸鼻子,迟滞地闻到他身上残留的香水味,内敛低调,混合着香根草的淡淡清香。

她朝赵桄挥手:"拜拜。"

他微微一颔首,仍是客气礼貌的样子:"晚安。"

门关上,贺晋茂终于忍不住了,说:"看破不说破,你也太直男了吧,搞得人家多下不来台啊。"

赵桄偏头,看着她的背影消失在楼道口,顿了顿,才说:"不然,事态会脱离掌控。"

"谁?她,还是你?"

"都是。"

赵桄又挑眼看他:"我说,给你发工资的是蒋畅,还是我?"

胳膊肘这么朝她拐。

贺晋茂说:"我还想问呢,你是不是对人女孩子有点好感?既然如此,放纵一下又怎么了?谈个恋爱而已,要不了你的命。"

赵桄哂了下:"我这样的人,不值得喜欢。"

"你怎么了?事业有成,又高又帅,顶多就是家庭背景差点,但蒋畅也就是一个普通姑娘,你还配不上她了?"

赵桄没作声。

过了一会儿,车重新驶上大路,后座的赵桄才幽幽地说:"是配不上。"

赵桄在最年少轻狂的时候,人其实挺浑的。

爹不管,娘不教,他跟着奶奶生活,老人家年纪大了,制不住他,最夸张的时候,他一个星期换了两个女朋友,在网吧熬了一个通宵,第二天还跟狐朋狗友去城郊玩山地越野。

那些女生,图他长得好看,借他出去跟小姐妹炫耀。

他呢,好像就觉着,珠围翠绕的,是件很了不起的事。

不过是男性的劣根性作祟。

但是后来,赵桄趴在阳台栏杆上抽烟的时候,觉得索然无味,发短信给他的现任女朋友:分手。

就短短两个字,无头无尾。

朋友笑着说他:"赵大少爷,你的事迹都传到校外去了,怎么还有这么多女生上赶着追你呢?"

他指指自己的脸,嘴角上扬,说:"看见没?搁你,你不觉得带出去有面子?不比那些看不出价格的衣服首饰好使?"

朋友欲言又止,好半响,最后说:"别这样作践你自己。"

赵铣"哧"地轻笑了下,目光放远,没有焦点地望着,烟灰落到手上,又被风吹走。

他觉得,生命就跟这支烟一样,一截一截地烧着,烧到尽头,什么也留不下。

找不到意义所在。

那个时候,他脾性也不好,曾气得老师涨红了脸,指着他说:"你给我滚出去。"

他无所谓地站起来走了,走前还踹翻了教室后的空桌子。

回想起来,满心都是:这样的人,配得上谁?

蒋畅回到家,感觉头有点晕,可能是被冷气吹得。

她冲了个热水澡,把事情跟胡蕙说了,对面一时没回。她为了不让自己胡思乱想,开电脑清稿子。

蒋畅微博挂的黄V认证是设计美学博主,她做的东西比较杂,广播剧、小说及其一系列的衍生产品。

因为精力有限,她接的稿件不多。

但她的微博更新得较频繁。

现实中,畏惧和陌生人交流,能言简意赅,快速解决问题,绝不多讲一句话;网络上,她经常发一些日常,也会和粉丝互动,甚至"老婆""宝贝"地喊别人。

嗯,很少有人知道她有全然不同的两副面孔。

再看手机,过了十二点了。

胡蕙回了她一条语音:"我在回家路上,晚点回你。"

大酱炖大肠:好,注意安全。

蒋畅想了想,发了条粉丝可见的微博。

@锵锵呛呛将将:似乎,"喜欢"一旦作为开端,故事的主人公,就会开始走恋爱支线——五月在地铁上,碰到一个陌生人,他手上拿着一束花,出站时大概嫌碍手,随手送给我,后来又碰到几次,我想朝他走过去,结果一步没迈出去,就被他吓回来了。我是不是真的很屁?[二哈]

夜猫子挺多，一下子多了好几条评论。

@花开十里：是酱酱之前发过的那束吗？

@达芬不好奇：别怕，直接冲。追不到也不损失什么。

@草莓芝士：关注酱酱这么多年，第一次看到你有想恋爱的冲动，蹲个后续。

@著名熬夜大王：深有同感，我之前暗恋一个男生两年，尿得很，不敢表白，不敢追他，今年听说他要结婚了。[苦涩]

…………

蒋畅吐了口闷气，头更晕了，关了手机，闷头睡下。

自打毕业，她的睡眠质量一直不大好，有时候失眠小半晚，第二天工作直犯困，只能靠咖啡提神。

今晚也是。

脑子里像切换 PPT 那样，闪过宴会厅的场景，赵筅幻觉般地出现，走在前面，头也不回，一个穿着婚纱的女人挽住了他。

混沌间，她又开始做梦了。

她休息不够的时候，睡不好，一晚做无数个梦，反而更累。

第二天醒来，蒋畅感觉后脑勺疼，浑身发热，体温计一量，三十八摄氏度。

工作以来，倒退的不只是睡眠质量，还有身体素质。

这是今年第二次了。

蒋畅吃了退烧药，又随便吃了点速食，恹恹地躺到床上，什么也不想做。

她好累，病痛和生活如车轮滚滚而来，碾走她半条命，忽然就能理解赵筅赚那么多钱，还想早日退休的心境了。

怎么又想到他了？

可能喜欢一个人就是这样，像蒙上眼睛，以为在走直线，其实歪歪扭扭地，早已偏向了他。

她侧躺着去看手机，胡蕙说晚点回她，直到今天早上还没回。

不会出什么事了吧？

大酱炖大肠：谭勤礼没对你怎么样吧？

胡蕙回得很快。

福狒狒：没，就是喝了酒，脑子晕乎乎的，忘记了。

福狒狒：要不然，你再试探一下他的态度，既然他知道你有点那个意思，就看他有没有了。

蒋畅现在精神脆弱，负面情绪这只癞蛤蟆，流着令人恶心的黏液，蜷伏在她的脑海里。

她语气低落地说：试探个鬼，破恋爱谁想谈谁谈去，本小姐独美。

福狲狲：笑死，你想谈我支持你，不想谈单一辈子我也支持你，怎么高兴怎么来。

大酱炖大肠：姐妹，假如你把"支持"换成"养"，我会更开心一点。

福狲狲：别呀，我还盼着你发家致富，先富带动后富呢。

大酱炖大肠：先负带动后负倒是可行。

有一搭没一搭地聊了会儿，蒋畅又困了。

宿城很热，她又不敢再开空调，一觉醒来，闷在被子里，出了一身汗，黏巴巴的。

身体像被锤打过一样难受，蒋畅想点个外卖，看到有几个来自母亲的未接来电。

她回拨过去。

母亲很快接通，说："这么晚才起来？"

"发烧了，不舒服。"

"怎么又发烧了？吃药了没？"

"吃了。"

"哦，那注意休息。你这个月发工资了吧？"

"没有，周一财务上班了发。"

"你哥那房子快装修了，你看你能借点不？"

蒋畅烧得嘴唇起了一层死皮，她舔了两下，想用牙去撕，疼得她皱起眉，语气也变差了："没钱，借不了。"

"宿城不是工资挺高的吗？你赚那么点钱，还不如回来考公。"

她上个月跟老板出了趟差，加上其他七七八八的提成，应该会高一些，但她不想说。

"我回家上班，钱就能全部给蒋磊装修用是吗？你生个女儿，就是为了给儿子吸血的是吗？"

母亲也生气了："你怎么说话的呢，这不是你哥哥嫂子最近经济压力大，才找你借吗？"

蒋畅说:"谁让他们生二胎的,难道是我吗?没这个钱还要生,怪谁?"
母亲不作声了。

蒋畅真心感到憋屈。

母亲八成是受了蒋磊的教唆,说蒋畅赚了多少钱,舍不得给父母,白眼狼一个。

蒋磊在老家上班,工资不算低,但嫂子文佩佩在家没工作,大孩子马上上幼儿园了,又背着房贷,孩子的奶粉钱都是蒋畅父母出的。

现在还要找她借钱。

他们压力大,她一个人在外地生活,压力就不大吗?

一个娘胎出来的,怎么能厚此薄彼到这种程度,就因为蒋磊是男的?

蒋畅的话如冻过的针,又尖又冷:"让我出装修钱也行啊,房产能分我一半吗?"

母亲嘴硬:"说了是借,肯定会还的啊。"

"那行,去问蒋磊,打欠条,按银行利息给,看他乐不乐意。"

"蒋畅,你哥哥嫂嫂对你也不差吧,有必要这么计较吗?"

蒋畅"嗯"了声:"是不差,照他之前的说法,等我嫁出去,就不是蒋家的人了,所以要趁着这几年使劲从我身上占便宜。我还没毕业,他就让我掏生活费,给他儿子买台几百块钱的玩具车,今年女儿还没生,又叫我买对镯子、平安锁,真好意思开口啊。"

她越说越心累,觉得这么辩扯下去无意义极了,费心费力的。

"爸爸有糖尿病,你身体也不好,多注意身体吧,我挂了。"

她也不给母亲留下再继续的空隙,径直挂断。

外卖也懒得点了,她烧开水,放一块面饼,几片菜叶子,一根火腿肠,加料汁搅和出锅。

蒋畅端着碗坐到桌边,突然意识到,自以为的独处狂欢,本质是落魄逃避,戴上一副面具,便显得自己没那么可怜。

无人问她粥可温,无人与她立黄昏。

她抗拒感情,看似柔软的东西,表面却覆着倒刺,能刮得她鲜血淋漓;她又渴求温暖,哪怕只是在她低落时,送上一束无关紧要、不那么新鲜的花。

这个时候,她总是唾弃自己。

不过等蒋畅烧退了,也就矫情够了。

她甚至遗憾，好好的周末，什么也干不了，要是在工作日，还能请两天假。

周一下班前发了薪水，陈婷问蒋畅："老板说晚上一起聚个餐，你去吗？"

坦白地说，蒋畅不想去，和同事聚餐，在她看来无异于加班，且是倒贴式加班，她找借口逃了几次，好在老板没说她。

之所以同意去，是因为间歇性地不抗拒社交。

只是万万没想到，他们定的地点，离赵㲽的工作室不远。

蒋畅本以为会选在公司附近，结果有人推荐了一家餐馆，老板也觉得可行。

那一块本来就是老城区，分布许多经过时间检验仍生意兴隆的老字号，不乏外地游客特地寻来。

蒋畅来宿城这么久，没好好玩过、吃过，竟才知道这事。

几人拼车一起到地方。

路过赵㲽工作室那个路口时，蒋畅不自觉地瞥去一眼。

没看到他，倒是看到一个女人，骑着电瓶车，牵着一只狗，车骑得快，它跟不上，"汪汪汪"地叫，如若跑得再慢一点，它就得被拖地而行了。

陈婷倒吸一口冷气："好残忍啊。"

蒋畅想，如果是赵㲽这种，把狗当女儿的人看到此情此景，会不会很愤怒。

他说他不经常来这里，那么遇到的概率也不大。

自那晚，他挑破了蒋畅对他的小想法后，她就不想见他了。

她不擅长交友，更别提毫无经验的追人，他若不主动，她便当起缩头乌龟。

正是饭点，人很多，没有空桌。

服务员让他们等一会儿，马上收拾一张大桌出来。

店外有凳子，他们坐下来等。

陈婷抬眼望了下天，嘟囔着说："不会又要下雨了吧？今年怎么回事，雨水这么多。"

另一个男同事说："旱的旱死，涝的涝死，去年宿城夏天没下几滴雨。"

陈婷问蒋畅："你今天带伞了没？"

蒋畅点头："带了。"

"要是待会儿下雨，去地铁站的时候，顺我一程吧，我没带。"

"行。"

等了好一会儿，陈婷饿得肚子咕咕叫了，她百无聊赖地刷着手机，为转移注意力，又找蒋畅搭话："我记得，你是霖大毕业的吧？"

"对。"

"那怎么不留在霖城？"

"霖城工作不太好找，而且薪水也普遍不高。"

陈婷叹气说："其实，赚得多，花得也多，一样攒不下什么钱。钱如指中沙啊。"

房租、水电，就是买水果，都要高一个档次。

蒋畅说："也比在老家自由。再怎么样，不受制于人。"

陈婷说："那你打算将来找个宿城本地人，定居这里吗？"

这个问题，蒋畅没想过。

她不知道能抵抗世俗和父母的压力多久，但知道的是，她不向往结婚、生子的剧情发展，那样的人生，好像一眼就能望到头。

或者说，恐惧。

更恐惧的是，大部分人都是这样过活的。

于是，蒋畅摇头："我没有打算，只想过好现在的生活，未来走一步看一步。"

又不是童话，公主王子在一起，就彻底圆满了。

大概因为，作者自己也知道，一句"故事完"，是童话和现实之间的壁垒，翻过这一页，就会回到现实。

无甚可期待的现实。

等了好一会儿，陆续有人从店里出来，才腾出大桌，给蒋畅一行人。

隔着窗玻璃，能看到昏黄的路灯在雨幕里变得朦胧。

果然下雨了。

菜端上来，一行人已是饥肠辘辘。

临下筷，有个同事说："哎，要拍照的快点拍，饿死啦。"

蒋畅选了几张照片，上传朋友圈，将手机搁到一旁，专心吃起饭来。

点的是宿城本地特色菜，蒋畅虽是邻省人，但两省口味相差不小，刚来宿城能吃个新鲜，后面就不大吃得惯。

幸好，她天生好养活，适应能力强，吃东西不挑，久了也渐渐接受了。

下班后，没人想聊工作，聊来聊去，又聊到感情。

"话说一直不知道，小蒋，你有男朋友吗？"

蒋畅抬头，摇头："没有。"

"你要是想找，我们可以给你推荐推荐，保准条件不差。"

宿城是一座奋斗的城市，年轻人普遍恋爱晚，结婚晚，甚至不婚，一是忙得没空，二是生怕因此影响事业。

蒋畅没有参与内卷的意思，但仍以这个理由回绝了："暂时不打算，想专注于工作。"

老板说："小蒋啊，你工作能力确实不错，就是太'佛'了。他们写稿写得多，光写稿就能拿三四千了。"

四千是底薪，公司有一些记者经常跑外勤，月薪翻了几番，甚至不稀罕这个底薪。

蒋畅腹诽，给她安排那么多审稿等杂活，她哪有空写。

再者，每次审的稿，都是ChatGPT之类的AI程序写的，乱七八糟，瞎耽误她的工夫。

明面上，她又不敢这么说，只好讪讪地一笑："之后努力，争取多挣点。"

她心里盼望他们转移话题，别绕着她一个人展开了。

陈婷适时地说："这家店确实不错哈，钱哥，还得是跟着你这种老宿城人来。"

蒋畅松了口气，感觉浑身的压力也没了。

好吧，她还是更喜欢跟熟悉的人待在一起，同事就只是同事而已。

吃到一半，蒋畅拿起手机。

那条朋友圈她没屏蔽谁，底下多了几排赞，她翻了下，有却青。

却青还评论了句：哪家店呀？看着不错，求推荐。

蒋畅敲字回复她，告诉她地址和店名。

赵桄现在正在"人间"里，今天他没那么忙，一个人待在工作室写词，收到了却青的消息。

青青子衿：哎，这不就在你工作室附近吗。

后面附带截图。

赵桄待在宿城很多年了，别的不说，他方向感很好，熟知一些有名的店的地理位置。

看到餐具上的logo，他就能准确联想起，从门口出去，该往哪条路走，走多久，可以到达她所在之地。

　　赵甡回了个问号。

　　ZS：然后呢？

　　青青子衿：然后，希望你下次请我吃饭，就吃这家。

　　ZS：你倒是理直气壮。

　　回完，他没再管手机。

第五章
失恋这件小事

今夜的雨下得静谧，不大，也无风，过了一会儿，雨渐渐小了，变成细密的雨丝。

赵桄推门出去，感受到一阵闷热。

路面未积水，鞋底踩上去，溅不起水花。

这条道旁的灯不甚亮，赵桄锁了门，执了把黑伞，加上他一身深色的衣服，如一道暗影，就这么走进更明亮处。

离得最近的，只有那一个地铁口。

蒋畅如果要回家，势必得去那儿。

赵桄垂眸看了眼时间，晚上八点刚过，距离那条朋友圈发布，不到一个小时。

大概尚未结束。

他想，他应该当面同她讲清楚。

那天的话说得不清不楚，事后回想，属实不合适，像是刻意吊着她似的。

他一直等到雨彻底停下。

地上的水被热气一蒸腾，更闷了。

马路上车流密集，旧楼与树遮挡住视线，望也望不远，给人心理上的闷感。

视线下移，看到路那端，蒋畅和一个女人走来。

也许是没意识到雨停，两人仍撑着伞，随后又从路人的状态判断出来，收起了伞。

蒋畅今天穿得很素，不单指颜色，还有款式，白色上衣搭米色长裤，都是垂直感很强、轻薄的料子。

在这个潮湿的夜晚，人也多了虚无感。

两人说着话，正笑着，没有第一时间注意到赵锐。

他也没有试图去吸引她的注意。

蒋畅走近了，才看见他，愣怔："哎……你……"

赵锐说："现在方便吗？借一步说话。"

陈婷很有眼力见儿，说："那小蒋，我先走了，明天见。"

"再见。"

蒋畅提了提肩上的包，两只手抓握着伞柄，他未开口，她就默默地跟着，沿着街道一直往前走。

叶尖上的雨珠受重力滴落，偶然砸中她，她惊呼出声。

赵锐不知道发生了什么，回头关心道："怎么了？"

"没事，被雨滴到了。"

于是，赵锐打起伞，遮在她头顶。

蒋畅抿抿唇，前日撕破的唇皮带来了恶果，唇上痛痒，又忍不住去抿，恶性循环。

好处是，唤回她的神志。

他是在等她吗？

他要说什么？

她胡乱想着。

到一座天桥上，赵锐才移开伞，这下没有无端的雨珠冒犯她了。

地方高，视野开阔，适合俯瞰整条街面，有种不一样的感觉。这边看，是车来，那边眺，是车去，仿佛一条奔流不息的江河。

然而被车声包围，浪漫值也要直跌一个档次。

蒋畅听到赵锐的声音，像被过滤了一层般，传入耳中："和同事聚餐？"

她"嗯"了声："原来你今天在工作室啊。"

赵锐好像又不太知道该怎么提了。

直白或委婉，不过就是有无将刀包装的区别，捅出去时，刃到底是一样伤人的。

说他们有缘认识，但只能当朋友，希望她不要生出别的意思？

说他这个人，实际冷漠淡薄，一切只为自己，所展示出来的，不过是假象？

话到喉间，像卡住一大根鱼刺，上不去，下不来。

过往拒绝人，其实费不了什么心思。尤其是刚过十八岁那会儿，一句"此路不通，你再另找吧"，直接在人家的表白出口前，就堵回去。

当时，他是只拔去半身刺的刺猬，为了捍卫尊严，更坚硬地针对这个世界。不去考虑，会不会伤害女孩子的心。

现在过了三十，他有了更成熟的一套体系，去拒绝外界的示好。

是他一时疏忽了，误以为蒋畅没有攻击性，放任她进入他的领地范围内，现在，他想驱逐她，却要担心，怎样才伤不到她。

倒是蒋畅先开口："这里的夜景，还挺漂亮的。"

她的手搭在栏杆上："要真正地欣赏景色，人往往要退到景色外，人生很多事情都是这样。"

赵筅说："围城理论。"

蒋畅笑笑，继续说："靠近了，就祛魅了，久了，甚至会厌烦，想要更换新的。不过我不太喜欢，因为变化就意味着重新适应，我是个习惯偷懒摆烂的人。"

她看向他："现在我们的相处模式就挺好的。你觉得呢？"

赵筅的喉结上下滚动了下，半晌，低低地"嗯"了声，又补充一句："作为朋友的话，我想，我应该不会太差劲。"

蒋畅说："嗯，我也觉得。你是个很好的人。"

两人就像达成某款条约，最后的告别成了盖戳签字。

蒋畅想起一件事，说："你之前说的，带我吃东西，还作数吗？"

赵筅颔首："作数的。"

"那就好，"她笑起来，"我可是记着的。"

天公不作美，扰人的雨又没完没了地落下来。

原本，自古以来，这种天气下，就容易发生离别伤感的故事。他们只是稀疏平常地说了句下次再约。

蒋畅重新打伞，先走下天桥。

进地铁站后，衣服不免被雨丝打湿，她叠起伞，单手打字给胡蕙发信息：好了，暗恋对象被我整成朋友了。是我先说的。

福狒狒：你怎么想得出的？

大酱炖大肠：算了呗，再说，往好点的方向想，在宿城多拥有一个朋友，也很不错。

福狒狒：……你也是，牛。

大酱炖大肠：我既然喜欢得上，我就放弃得下。

这个世上，最了解她的，是她自己。

她从来不会对某人、某事执念过深，到要死要活的地步。

高三上学期的一次月考，蒋畅考得史无前例地差，她哭了一场，老师甚至不敢说她；大学期间，蒋磊提出让她自己申请助学贷款，再自己还，她心情压抑至极，还是走出来了。

即便不同人的痛苦无法比较，她还是会以"人生还不算最糟糕"来宽慰自己。

退一步海阔天空，换一个半球同样艳阳高照，生活不会一直多雨。

那么，失恋这件小事，她也可以很快消化掉。

比如，她可以再点杯奶茶，点几串炸串，庆祝她的病好了，庆祝发工资，也庆祝开启一段新的友谊。

留在原地的赵桄，手心里躺着一只钥匙扣。

蒋畅说，是餐厅耽误了收拾，让他们等了很久，补偿给他们的小赠品，一人一个。

一只树脂制的白色小狗。

他还没有完全从刚才的对话中回过神。

像鱼刺已经服醋软化，被吞下去了，然而留下的刺伤，让他吞咽口水时，喉头有种说不上来的涩痛感。

是蒋畅强制为他灌的醋。

蒋畅后来收到赵桄的消息，是在周日早上。

临近三伏天，白日的体感温度直逼四十摄氏度。以往这种天气下，蒋畅说出门的都是勇士，应约出门的，那是真爱。

蒋畅不想出去，回他：如果不是澳洲大龙虾，或者顶级鱼子酱那种级别的，我可能更愿意躺在家吃促销一块五一斤的冰西瓜。

ZS：来接你？

大酱炖大肠：微臣不敢，微臣惶恐！

ZS：？

大酱炖大肠：咳，我的意思是，谢谢赵总。

大酱炖大肠：[鞠躬.gif]

蒋畅跟人熟了之后，性格其实挺好玩的，也不拘束，尤其是在网上，就是熟悉的过程会比较慢热。

她既已打算跟他当个普通朋友，就没必要再端着，破罐子破摔得了。

蒋畅此时身上就穿着吊带、短裤，她从床上爬起来挑衣服。

挑挑拣拣，她就挑了条普通的连衣裙，发尾用卷发棒烫一烫，抹个淡妆和防晒，就出门了。

她正要去拉副驾驶座的门时，后座车窗降下，却青招呼她："蒋畅，来后面跟我一起嘛。"

蒋畅捋了下裙子，坐下后问："你也在啊？"

却青说："我正好巡演完回宿城，他说请你吃饭，顺便叫上我。"

蒋畅"哦"了声。

却青突然惊诧地说："哎，你跟赵筅今天穿的，算是情侣装吗？"

闻言，蒋畅这才看向驾驶座。

赵筅穿衣一贯走的休闲风，他今天也是，浅色系的衬衫和中裤，衣服下摆扎进裤腰。

嗯，蒋畅的裙子领口跟他衬衫的领口很像，还是同色调。

赵筅发动了车，说："碰巧而已。"

他戴着墨镜，以抵挡强烈的光线，一边耳朵戴着蓝牙耳机，开着导航。

却青扒拉着手机，随口问蒋畅："下周宿城有漫展，我是嘉宾，你想去吗？如果想，我可以带你进去。"

这也已是她回宿城的原因。

蒋畅下意识地又瞄了一眼赵筅，在猜，他应该不会去，毕竟是露面的线下活动。

却青看出她的想法，笑着说："沈献不去，赵筅去。"

蒋畅疑惑地"嗯？"了一声。

却青解释说："有一些朋友参加，他说他一把年纪了，就捧个人场。"

宿城年年有各种大大小小的漫展，物料周边设计也是蒋畅的收入来源之一，不过她迄今没参加过。

二次元浓郁的地方，适合宅男，不适合社恐。

更何况，她对那些番、游戏、小说什么的，也不感兴趣。

不知道他们扮的是谁，是男是女，甚至是何物种……

想想就觉得浑身发麻。

再一想到，赵筅上次晚会穿西装，平日穿衬衣，到了那种场合，该扮作什么样？

也太有反差感了吧。

蒋畅起了好奇心，压低声音，问却青："他会cos（扮演）什么角色吗？"

却青说："他之前有穿过汉服，我找给你看。"

照片自然是没发过任何社交平台的私照。

图中的赵筅，着一袭藏青色圆领袍，腰间系着一条长长的流苏，头上挽着发髻，一根白玉簪固定，手中持一把剑。

他本就身形高挑，这一身，衬得他面如冠玉，剑眉画得入鬓，顾盼之际，极有飒爽之姿。

不似真的古人，倒似古装剧里走出来的。

有合照，也有偷拍，但他的脸架得住任何角度的镜头。

却青说："帅吧，当时好多小姑娘找他拍合照。"

蒋畅问："他这次会穿吗？"

赵筅专心开车，没注意听两个女生在嘀嘀咕咕什么，也就不会知道，话题的主人公是他本人。

"不知道，看他自己吧。普通观众就穿常服，你要是来的话，我可以借你衣服和头饰。"

蒋畅微微摇头："还是算了。"

却青摇头感叹，冲赵筅说："完咯，老哥，你的皮相不管用了。"

赵筅向后视镜瞥去一眼："什么？"

却青长着一张温柔恬静的脸，揶揄起她哥来，毫不留情："我是说呀，再老点，你就该没人要了。"

赵筅倒是不恼。

任别人揶揄也好，调侃也罢，他的情绪始终稳定如斯，似古井的水，难起波澜。

他语气淡淡地道："不老的时候，也没人要。"

却青忽然噤声了。

她紧抿着唇，怔怔地望着他。

蒋畅一个局外人，感受到了气氛的凝固，却不知何故。

过了好一会儿，却青才咕哝着说："开个玩笑，怎么还当真了？"

再迟钝，蒋畅也知道，这个时候，背后的原因，她深究不得。

赵辞带她们到一家糖水铺子。地方不大，但食客多，将小小的店面坐满。这还是太阳没完全升起来的上午。

菜单上的菜品选择繁多，蒋畅想跟着却青点。

却青说："点不同的，就可以多尝几种口味呀。或者，你是有洁癖吗？"

蒋畅没有，只是心里接受不了别人吃过的东西。

不过，她还是点了不一样的。

蒋畅伸手取勺子时，赵辞也赶巧去拿，两个人的手碰到一起。

她的脑海中发出嘭的一声响，似高速行驶的两辆车相撞，她触电般地缩回手："你先吧。"

赵辞拿了三个，其中一个插入她的碗中："走吧，找个位置坐下。"

蒋畅一手端着碗，一手背过去，贴着裙子布料蹭了蹭，蹭得那块皮肤越发地热。

瞧你这出息，又不是没碰过男人的手，至于反应这么大吗？

她暗自腹诽。

却青先从赵辞碗里舀了一勺，再尝自己的芋圆椰奶冰，说："你那个更好吃哎。"

赵辞将自己的碗推过去给却青："那你吃这份吧。"

没有具体的调研报告显示，世上的兄妹大多的相处模式是什么，但蒋畅和蒋磊绝对不是他们这种。

在家里，蒋畅经常被蒋磊的犯贱气到心堵。后来想想，实在没必要，眼不见为净。

从糖水铺出来，蒋畅问却青："你们表兄妹关系这么好吗？"

"赵辞是奶奶带大的，以前放寒暑假，我爸妈把我也丢过去，他就带着我玩儿。"

蒋畅说："原来你们是堂兄妹？"

"不是啦，我们那儿方言管外婆也叫奶奶。"

却青和蒋畅差不多年纪，人热情好相处，也是不惧生的，主动挽了蒋畅的胳膊。

"他过去翻邻居家的墙，偷摘他家桑葚，被狗咬留下的疤，现在估计还没完全消呢。"

说着，却青咯咯笑起来："还有，大冬天的，他硬跑到结冰的池塘上，结果掉进去了，挨奶奶一顿骂。"

蒋畅蒙了："啊？"

完全想象不到。

还是说男生小时候都这么皮？

印象深刻的一件事是，她四五岁时，被蒋磊骗过，去逗别人家的狗，差点被咬。

却青皱皱鼻头，说："不过他也没以前帅了。王小波说，二十一岁是他的黄金时代，差不多也是赵桄的，再往前推几年，操场旁边，有一半女生是为了看他跑步……"

赵桄开口打断说："好了，不提这个了。"

他看向蒋畅："你有什么忌口的吗？"

其实蒋畅心里好奇极了，觉得他有很多故事的样子。

蒋畅印象中，沈献这个名字，就诞生于赵桄二十岁左右。

那么，他的黄金时代，经历了什么？他是什么样子的？

蒋畅聚拢心神，说："没什么不吃的，你们按自己的口味点就好了。"

赵桄说："既然是请你，自然以你为主。你可以尽管提。"

他笑笑："嗯，澳洲大龙虾、顶级鱼子酱也不是不行。"

"我开玩笑的，山猪食不来细糠，真请我吃，我还吃不来呢。"

蒋畅伸食指轻挠了下脸："我真不挑，动物内脏、香菜这些，我都吃，哦，如果是昆虫那种，我心里接受不了。"

却青笑了，说："以前他还捉过知了，用来炸着吃。"

蒋畅一听就皱起整张脸，好似面前有一盘炸得酥脆的蝉，让她吃。

她看向赵桄的眼神就像在说：你好重口味。

那家店不在大路旁，赵桄叫却青带蒋畅先去，他找停车位。

蒋畅憋了一路的疑问，终于有机会问出口："之前在车上，他为什么那么说？"她还是压低声的。

明明赵觖长不了千里耳。

可能，喜欢一个人，就会忍不住对他好奇。

喜欢从好奇中萌生，喜欢也催生出更多好奇。

这种好奇像毒品，令她上瘾，越发戒不掉对他的喜欢。

却青踌躇着，睫毛扇动了下，说："他成长经历……有点复杂，你可以自己问他。他如果愿意跟你说，说明他接受了你。"

蒋畅一愣："你觉得，我们现在是，在接触中？"

"不是吗？"却青也愣了，"不然他为什么特地请你吃饭？"

蒋畅摇头："没有的，我们是普通朋友。"

却青原先以为，赵觖想追求蒋畅，所以才叫她来，免得蒋畅尴尬。这她当然乐见其成，也愿意帮他。

眼下她又看不懂了。

罢了，赵觖也不会再像十几岁时那么胡来了，蒋畅也不是小女孩，随他们去吧。

餐厅不大，但装修简洁舒适，桌椅也不多，给人一种……家的感觉。

服务员上前问道："请问二位有预约吗？"

却青说："姓赵，尾号是6374。"

服务员核实后，将她们领至二楼。

窗边的座位，外面的墙上爬满爬山虎，隔着玻璃，感受到太阳被云层遮住，天暗下来。周遭环境静谧安宁，偶有蝉鸣。

桌上摆着香薰蜡烛和粉玫瑰，幽幽的香气盈满鼻腔。

蒋畅说："好神奇，他怎么找到这种地方的？"

却青说："不然，一个没有女朋友的孤寡老男人，除了工作和他的猫猫狗狗，没事能捣鼓些什么呢？"

两人对视一眼，莫名地一起笑了。

蒋畅说："在宿城，明明算排得上号的英俊有为优秀男青年，到你嘴里，怎么成了老男人？"

却青捂着嘴笑个不停："你对他的滤镜可不要太厚哦。"

"又在背地里编派我？"

赵觖走进来。

这家店格局十分奇怪，二楼天花板低矮，他那样的个子一来，显得空间瞬间逼仄起来。

却青正色道："听岔了吧，我们明明说的是贺晋茂。"

赵甙抽开椅子，在蒋畅对面坐下，看向她："是吗？"

他那双眼，犹带盛夏阳光炽热的温度，能烫伤人似的。

一贯以真诚待人的蒋畅，端起茶杯，想抿一口，结果是空的，她尴尬地放下茶杯，含混地"嗯"了声。

若看不出两个女生联合诓他，他也枉活三十余载了。

但赵甙也只是执起旁边的白瓷小茶壶，修长、骨肉匀称的手指按住壶盖，给蒋畅斟上一杯。

汩汩的浅黄色茶水流出，他对她说："茉莉花茶，清火降热，挺适合女生夏天饮用。"

蒋畅不敢再直视他的眼睛，垂了眼皮，轻声道谢："谢谢。"

天气热，赵甙点了几道比较清凉爽口的菜，柠檬罗勒脆皮鸡、丝瓜花蛤汤、芦笋鲜虾意面、蔬菜春卷、牛油果土豆沙拉，再加一道西柚冻酸奶作餐后甜点。

菜端上来，每份量不大，但摆盘漂亮。

菜品极好出图，碳水、蛋白质、维生素各类营养物质均衡，又不至于吃得撑肠拄肚。

他真是点得讲究。

蒋畅盛了一小碗汤，丝瓜嫩，花蛤鲜而不腥，炎炎夏日喝来十分透爽。

她颇为赞叹地道："你平时很爱觅食吗？上回的蟹煲也好好吃。"

赵甙回答说："我没有那个空，一般是别人推荐，或者贺晋茂找，印象深的，会特意记下来。"

蒋畅说："不像我。我很懒，要么点外卖，要么自己随便做点。"

"真遗憾，这些食物值得你来店里一尝。"

蒋畅说："我不太执着于口腹之欲，很多时候能填饱肚子就够了。"

赵甙说："虽然是低层次的需求，但可以让它变成一种精神享受。"

蒋畅笑笑："如果是类似这种餐厅，那对普通打工人来说，也太过于奢侈了。"

她看过菜单，每一样的价格都令她咂舌，以至于开始提前担忧，日后该怎样回报。

懒，不想社交是一方面，事实上，宿城许多档次稍高一点的餐厅消费皆不低——她曾见过烹饪方式极其简单，食材成本不超过二十元的菜品售价三位数。这也是她不常外出就餐的原因之一。

无故受他一顿饭，以她的性格，不能吃过就忘，总会想办法从其他方面还他这份情。

赵筑仔细想想，说："或许可以换一个角度品味，譬如找一间小面馆，加各种免费配料，把自己喂饱。"

蒋畅惊讶，微张开口，看着他。

他笑，眉眼如夏日晒得蜷曲的荷叶遇水，立时舒展。

"怎么，觉得我不是这种占店家小便宜的人？"

蒋畅呆呆地摇了摇头，仍有些难以置信的样子："这是我高中最快乐的事。"

她强调："没有之一。"

她就读的高中管理严格，上学期间，严禁随意出校。

天天待在学校，被迫吃半盘菜半盘油水、煮得软趴趴、没什么味道的菜，最盼望的，就是放月假去校外的面馆嗦粉。

配料随便加，榨菜、油炸豌豆、酸豆角、花生……同学常常开玩笑说，粉才是配料吧。

六块钱，成就她贫瘠的快乐感受。

故而她记忆犹新。

听完，赵筑用筷尾抵了抵太阳穴，笑着说："看起来，我们是挺有缘的。"

一旁的却青疑惑地眨眨眼。

他们聊得很好不是吗？究竟为什么要叫她来当这个电灯泡。

却青低头夹菜，瓷勺不小心发出清脆碰撞声，蒋畅才发现她没参与讨论。

"却青，你就吃那么点吗？"

却青苦着脸："为了上镜好看些，这些算是我付出的代价。"

她又调侃起蒋畅："你们聊你们的，我主打一个陪伴，可以忽略不计。"

蒋畅摸了摸眉尾，觉得自己霸占了人家的哥哥似的。

赵筑挑几片沙拉里的叶子给却青："来，吃草不会胖。"

却青嗔怪地瞪他一眼："你可真是我的好哥哥，我是不是得感激你特地带我来吃草？"

"不必,再过些年,还记得你老哥哥的好就行。"

他着重咬住"老"这个字眼。

听起来,他是听到她讲他是"老男人"了。

蒋畅在旁边听得忍俊不禁。

他绝非严肃正经的人,这么揶揄自己的妹妹,倒也有趣。

餐桌上,赵筑没什么规矩,即使有,也是约束他自己的行为准则。

他吃东西斯文得很,不快不慢,没什么动静。

他在咀嚼东西时,是不会说话的,以免食物残渣喷出来。在回答蒋畅的话前,他要么停筷,要么将食物吞咽后再开口。

再有,她们的杯子若见底,他会随手替她们斟满,壶中空了,他问她们是否还需要,得到肯定,叫来服务员,语气亦始终客气礼貌。

当然,这是蒋畅从自己的角度看到的。

她的不善言辞,造就了她喜欢观察的习惯,以一种不参与的姿态。

倘若他不是那么触不可及的人,倘若她的性格不是那么犹豫、畏缩……

算了,现在假设这些也毫无意义。

准备离开之际,赵筑抽走桌上的玫瑰。

"一桌一份,客人可以带走,具体摆什么花,就看店家的想法,跟抽盲盒差不多,鲜花应该插在漂亮女孩子的花瓶里。"

他这般告诉她们。

却青将花推给蒋畅,说道:"你要是愿意把这种话术用在追求人上,估计得祸害不少女孩子。"

赵筑附和:"你什么时候见过我追人?"

她回忆一番,点头道:"也是,从来都是别人追你的。"

赵筑十六岁上大学,听起来天赋异禀,智力超群,其实那也是他最叛逆的时候。

他身边出现过的女生,比她班上的还多。

他不需要为追人费心思,光是站在那儿,自有人"前赴后继"地迎上来。

但女生追他,不过是图他好看、名气响——却青和他不同校,都从同学口中听过他的名号。

互相利用,游戏人间。

他从前不曾喜欢谁，亦不曾不碰谁，只是幼稚地，借此来向某些人"复仇"。哪怕收效甚微。

后来，赵兟转了性，低调行事，仍不乏有人追求，被他冷言冷语拒绝。

却青先前同蒋畅说那些，是希望她别被赵兟现在的样子蒙骗，给她打个预防针。

他浑是真浑过，翘课上网吧熬通宵，第二天上课睡得昏天黑地，学得起劲时，又拿着习题集，堵住数学老师不让走。

他就差把桌椅扛到校长办公室，由校领导盯着他别犯浑了。老师们珍惜他的才智，才更拿他头疼不已。

造的业障、苦果，尽数归他自己受了、吃了，说他完全变了个人也无可厚非。

不过，有一点不变的，便是他不会追人。

看来，他确实不是在追蒋畅。

可惜了，却青心中叹息，刚才见他们聊天，给她一种，他们不是多年知交，就是热恋情侣的错觉。

——同频共振的既视感，旁观者都感受得出来。

而蒋畅想的却是，原来那日收到的月季，不是独一无二。

之前，她感激他于那个夜晚送她一束花，如今心态变了，又开始计较，希望它赋予了一些其他意义，给她值得她珍藏的缘由。

花枝去了刺和部分叶片，因盛放得正好，即使放在花瓶中悉心呵护，过不了几日，也会枯萎。

她忽地意识到，她喜欢的赵兟，就像这枝花，没了任何攻击性，仅仅是漂亮得过分。

连她自己也不知道，能否接受它出现蔫黄之势。

赵兟，到底是什么样的人呢？

蒋畅轻抚着柔软的花瓣，这样想着。

"接下来，你有什么想干的吗？还是送你回家？"

赵兟的声音唤回她的神思。

却青已觉得此局她多余得过分，先行走了。

蒋畅问："你爱看电影吗？我请你。"

赵兟说："我想想……上次去电影院，好像还是陪我侄女看《熊出没》。"

"那是春节的时候?"

"准确地说,是前年春节。"

她"哟"了一声,这个上次,上得是挺久了。

"平时忙,和贺晋茂去看也很奇怪。"赵栊看了眼时间,"现在订票还来得及吗?"

"找一部上映久一点的完全来得及,说不定还能包场。"

蒋畅身上有两个极端的品质,一个是拖延症,一个是头脑发热,想做就立马做了。

她搜索着附近的影院和最近开场的电影,一手拿着花不太方便,赵栊想替她拿,余光瞥到有电动车贴着马路牙子开,改抓住她的手腕,将她往里带。

她重心不稳,撞上他的身体,好巧不巧,压住了花。

花瘪了,几片花瓣摇摇欲坠。

"啊……"

赵栊面露愧色,说:"抱歉,我赔你一枝吧。"

"不用,没事。"蒋畅连连摆手,"这枝本来也是你送我的。"

她回想起他手臂的温度,滚烫的,是因为天气太热,空调的冷气很快就消散了。

他人温和,手下的力道却大,有点疼,她也不好意思责怪他,毕竟是她没看路。

赵栊把她让到道路内侧,两只手插在口袋里,掩饰住掌心的异样感受。

刚刚那一瞬间,两人完全地肌肤相触。

薄薄的一层皮肉底下,是女孩子的纤细腕骨,一捏就要碎掉般,皮肤温热,触感柔滑。

他没来得及多想,否则也不会那样抓她。

两个人并肩走着,各自想着各自的事,直到到达泊车处。

上了车,蒋畅给他看手机屏幕:"这个可以吗?"

他随意瞟上一眼:"客随主便。"

蒋畅蹙起眉:"请我是随我便,我请怎么也是随我便?你是怕我有意见,才让着我吗?"

赵栊笑了,说:"怎么听着,有点指责我的意思?"

她说:"因为我和我朋友出去玩,我通常没什么主见,都是随她便。"

说起来,她和胡蕙投机,绝对也有这个因素在。胡蕙喜欢规划行程,蒋畅没主见,全听她安排。

他朝她伸手:"给我看看。"

她将手机递给他。

赵筅拿到之后,觉得硌手,翻到背后一看,是几个小装饰,卡通图案的。

她理直气壮地说:"好吧,我承认,我是喜欢这些花里胡哨的东西。"

他揶揄道:"没事,我侄女也喜欢,你们如果有机会见面,应该很能聊得来。"

赵筅划拉几下,很快,连座位都勾选好了:"这个吧。"

她付了款,后知后觉地,有些紧张了。

她还没在成年后,单独和异性去过电影院……

电影院,黑暗的环境,放大的声音、屏幕,以及身边的人的存在感。

伸个手就能触碰到。

对于正值暧昧期的男女,这是天时地利;对于普通关系的朋友,这只是一次寻常的观影。

蒋畅尽量让自己这么认为。

不过,因为电影情节紧凑,场面宏大,她确实也抽不开心绪去过多地关注赵筅。

他坐得不那么笔直,他左边的位置是空的,他的手肘压在扶手上,以手撑着头。

蒋畅瞟了他好几次,还转过头,盯着他的眼睛看,想确定他是不是睡着了。

"你是要出去吗?"

赵筅突然开口,吓了她一跳。

他坐在外侧,两条长腿把过路完全堵死了,她如果想上厕所什么的,必须得让他腾地方。

蒋畅连连摇头:"不用。"

刚刚她还不敢动作太大,怕惊扰到他。

赵筅轻声说:"这部电影打着特效大片的宣传语,为什么光剩下特效了呢?"

蒋畅说:"你也觉得剧情很差劲是吗?"

"差劲已经不足以形容了,"他点评道,"像是我想要一份竹筒饭,我要吃的是饭,他端上来一节竹筒。"

她被逗得"噗"地笑出声,捂住嘴巴。

像只受惊的仓鼠,四下张望着。

这部电影上映快一个月,蒋畅一直想看,没找到机会。影厅里稀稀拉拉坐着几个人,这样的音量说话,不会影响别人。

片子是赵犹选的,食之无味弃之可惜。但好歹也是花了钱的,怎么说,竹筒还沾了点饭香味。

赵犹换了个姿势,坐直了身,手臂环在身前。

他说:"为了我的退休生活有点事做,我特地在家装了影音室,结果落灰了,我也没进去过几回。"

蒋畅深有同感:"跟我买书一样,以为自己会看,结果塑封都没拆。"

赵犹说:"本来可以替你省下这笔钱。"

"花都花了,"她耸耸肩,"就当买张票根发朋友圈。"

他笑了笑,蒋畅又说:"在家装影音室,你工作室还有K歌房,真是……穷奢极侈啊。"

"没你想象中的贵。"

"你听得出来吧?我是羡慕。"

"那,"赵犹转头望她,靠近了些,声音压得低了些,"你想去看看吗?"为了使这件事变得具有合理性,他补充说:"替它实现一下使用价值。"

她踌躇了下。

邀请朋友做客,这也没什么,她经常叫胡蕙来玩,也在此之前假借上药的理由,请他到过自己家。

话说回来,他的伤口愈合得真好,一点疤都没留。

蒋畅说:"那我就,勉为其难地答应吧。"说完打了个喷嚏。

她自嘲地想,匹诺曹说谎话鼻子会变长,她说谎会打喷嚏。然而事实是,空调不要命地开,她冻着了。

于是,他们即刻猫着腰,悄无声息地退场。

到赵犹家,他给她准备的是酒店那种一次性拖鞋:"抱歉,我家平时来客人少。"

"我不介意。"蒋畅穿上,想想说,"却青和我说你少年时期的事,感觉和你现在……"

"不像同一个人?"

她点头。

那样肆意随性,和眼前平和正派的人,迥然不同。

"三十岁的人了,总该稳重些了,再叛逆,该遭人笑话了。"赵甝语气淡淡,施施然地走进屋内。

他住的是顶楼复式,非常豪华——不是指装修风格,而是格局,一眼望过去很大,甚至还带有一座露台花园。

蒋畅突然注意到一个问题:"为什么没有门?"

除了承重墙,敲掉了很多墙体,卧室、书房用特殊设计,做了隔断,但没有"门",洗手间前用的是磨砂屏风。

这样显得空间越发的大而空旷。

赵甝说:"这样就会显得整个空间都属于自己,没有任何约束,不是很爽吗?"

"确实……很爽。"

来自金钱的酸爽。

但也多了冷冰冰的感觉。

露台那儿倒做了玻璃推拉门,花园里栽着各式花草,正在开花的,是一些耐高温的品种,诸如无尽夏、洋桔梗之类。

还做了汀步,可以沿路观赏。

蒋畅忽而听到一阵音乐,是赵甝开了蓝牙音响,女声低缓地唱着,她听了几句,说:"是 *Scarborough fair*?"

"是。"

"我听英文歌不多,但我也很喜欢这首歌,心情不好的时候,会听它。"

赵甝笑笑:"我跟你恰恰相反,我心情好才听。"

"哦?"蒋畅偏过头,不光是镜头,用眼睛去看他,同样找不到死角,"所以可以理解为,你现在心情很好吗?"

他到了这样的境界,她通过微表情判断分析,准确度已经不高。

她这句话里头,仿佛还藏着一句:是为什么呢?

赵甝假装不知也不觉,说:"还不错。"

一只狗蹿出来,跳到他的脚边。

蒋畅看过去:"这是呦呦吗?"

"对。"

蒋畅蹲下,试图去抚摸它的脑袋,又不太敢,怕吓到它。

赵桄说:"没关系,它不怕生的,你可以直接抱它。"

小狗非常温和,乖乖地窝在蒋畅的怀里,圆溜溜、黑漆漆的眼珠子,看得她心都软成一摊水了。

只是,它时不时地想去蹭赵桄。

"它好像很黏你。"

"非常。"赵桄从她怀里接过来,"它出生没几天就到我家了,我干什么它都要跟着我。"

蒋畅忽然就能理解,他为什么能接受,乃至享受多年单身生活了。

他的感情需求可以从宠物、植物上获取,而不需要人类。

这一点,跟她也挺像的。

蒋畅又问:"你一个人顾得过来吗?"

"有请阿姨,我不在家时,她会来照顾它们。现在她也在,但她不会出来打扰。"

蒋畅说:"工资应该很高吧?感觉比我目前的工作有'钱途',我现学还来得及吗?"

赵桄竟然认真回答:"那个阿姨经过很专业的培训,还有多年经验,理论上说,比较难,如果你热爱的话,也许可以。"

蒋畅当然是开玩笑的。

她是很受不惯约束,也很注重自我意识的人。

自她从前当家教时,她就认识到,自己这样的性格当不了老师,以及一切需要服务他人的工作。

她向往自由职业,可自由约等于高风险,无法保障她的生活。

只能屈从于现实。

赵桄目前的生活状态,简直是她梦寐以求的。

只图自己舒服,无须顾及世俗的看法,所有的所有,如鱼得水,如风穿堂,全然不受限。

在他的世界里,他主宰一切。

代入赵桄的视角,蒋畅简直爽得浑身发麻。

这辈子大概都实现不了了。

她的生活就是一张干巴巴的草纸，容易烧毁、浸烂、撕破，小心翼翼维持，已属不易。

别的不再敢奢求。

蒋畅参观他的家时，用了参观博物馆的劲头，实际上，这样的布置，确实值得仔细看。

她对赵桄的印象一直在颠覆。

以为是逐利的商人，转而又得知是小众的歌手，现在再看，得多出一项：有些浪漫情调的人。

他给她倒了一杯水，她接过，捧在手里，又问："嗷嗷呢？"

"估计是趴在哪儿睡觉了。"

赵桄自嘲道："不知道为什么养出两个懒家伙，呦呦也不爱出门，大概是随我。"

"难道你也是吗？"

"如非必要，不会出门，一般待在'人间'或者家里。"

蒋畅笑笑，说："真巧，我也一样。"

楼梯呈螺旋式向上，台阶做成悬浮状，影音室在二楼，赵桄推开门，人未进，呦呦已经贴着他的裤腿踏上地毯了。

赵桄抱起狗，坐到沙发上，棕色软皮的，材质舒服。

他打开投影设备，进入片库选择。

往下翻的过程中，蒋畅说："那个——"

"这部怎么样？"

两人同时开口。

"我猜猜，你想说的是《宇宙探索编辑部》。"

蒋畅呆呆地道："你怎么知道？"

"不知道，因为它上线不久，正好我也感兴趣。"赵桄笑道，"只能说是巧合。"

他们相识至今，巧合、相似之处也太多了。

可又不得不承认，他们之间，有种命运使然，上天撮合的宿命感在。

赵桄抱着狗，蒋畅又觉怀中空空，捞过旁边的抱枕，认真看起电影来。

这里，就是彻底的私密空间了。

蒋畅可以合情合理地怀疑，他带着呦呦，是为了避免一男一女单独相处而带来的尴尬感。

如果真是，那他的心思也太缜密了。

这部电影，带着科幻片的标签，却神神道道的，整个叙事语焉不详。

但蒋畅莫名有流泪的冲动。

"如果宇宙是一首诗的话，我们每个人都是组成这首诗的一个个文字。我们繁衍生息，彼此相爱，然后我们这一个个字就变成了一个又一个的句子，这首诗就能一直写下去。当这首诗写得足够长，总有一天，我们可以在这首宇宙之诗里，懂得我们存在的意义。"

它没有什么大道理要传达。

只是像导演跟观众开了个荒诞的玩笑。

蒋畅矫情脆弱的神经，被这一段话给狠狠戳中。

"每个人都有自己的西行路，也有自己的经要去取。"

是赵虠的声音。

他不知道从哪里抽出几张纸巾，递给她，似无奈，又似安慰："别哭了。"

赵虠在他的成长环境里，很少亲眼见到成年女性哭的。

哭，似乎会被看作是不成熟的表现。

但其实，它已经是最没有副作用的情绪宣泄方式了。

不过，赵虠清晰地记得，养他多年的奶奶，一个满头银发的老人，曾为他哭过，眼泪从脸上的沟壑淌下。

那时他怎样的冷心冷肺，才能做到视而不见？

蒋畅的泪静谧而破碎。

她的眼中一片蒙眬，如雾气一般，睫毛也被打湿了，挂着几滴晶莹的泪珠。

影音室里同样的暗，赵虠借着屏幕的光，才看清她眼下的泪痕。

蒋畅接过纸巾，胡乱地擦了把脸，小小声地道谢。

一时安静，只有电影里的角色对白声。

呦呦突然从赵虠腿上一跃而下，不耐烦地原地转了几圈，"汪汪"地叫唤几声。

蒋畅的耳朵动了动："好像要下雨了。"

这里是顶楼，雷声传来，很是明显。

她看到赵桄的脸瞬间变了。

变成一种，既烦躁，又不耐烦的神情。

他眉头皱紧，唇抿成一条直线，眸色沉了几分。他站起身，拉开门。

蒋畅看到，隔着一道玻璃墙，天黑成墨色，磅礴的雨浇下来，天边偶有一道亮光闪过，随即是轰隆隆的雷声。

电影在这样的情况下播完了。

赵桄带呦呦下了楼。

蒋畅跟在后面。

他停下脚步，那副表情淡去几分，仿佛先前是她的错觉。

"抱歉，今天不能送你回家了。"

"没事儿，待会儿雨停了我自己打车回去就好。"

雨淅淅沥沥下个没完，外面雨声喧闹，同屋内的安宁形成强烈对比。

赵桄窝进了单人沙发，手一下下地顺着不知何时出现的嗷嗷。

它是普通的中华田园猫，橘白色为主，养得有些肥了，毛发柔顺。

蒋畅走过去，说："刚刚……不好意思，让你见笑了。"

"不会，"赵桄微摇了下头，说，"能哭，就说明还有痛觉，还没变成一个麻木不仁的'大人'。"

"你也会哭吗？"

"为什么不会？"他反问，又说，"只要是人，无论喜悲，都可以哭。"

蒋畅敏感地感觉到，他情绪不好，不过被理智强行压抑着，像失眠的火山，有随时苏醒喷发的危险。

为什么呢？因为下雨吗？

可那日在天桥，并未见他有如此大的变化。

他也不是情绪始终如一的机器人。

地板很干净，蒋畅想想，在他旁边盘腿坐下，裙摆铺开，如鸢尾盛放。

嗷嗷傲娇地掀起眼皮，懒懒地看她一眼，又闭上，摇着尾巴，继续酣然而憩。

赵桄说："地上凉。"

"我在家也经常坐地上。"她不以为然。

嗷嗷起来，迈着轻盈、慵懒的步子，踩着蒋畅的裙子走过。

它"嗷"地叫了一声，蒋畅说："你爸给你取这个名字，是不是就是因为你老闯祸？"

"喵。"

猫头也不回地走了，回到猫窝，爬上猫爬架。

赵梵完全是居高临下地俯视蒋畅。

女孩子脸上的胶原蛋白还没完全流失，脸颊显得有点肉感，四肢却纤细，发端微卷，一天过去，头发变得毛毛的，妆也脱了。

半晌，他收回视线，声音空远地说："我唯一一次，哭到脱力，是我奶奶去世。"

蒋畅静静地听他继续往下说。

可他不说了。

多过分啊，好比织一件毛衣，织了个领子，就甩手不干了，硬生生地卡住你的脖子。

搞得人不上不下的。

又一阵雷鸣。

蒋畅注意到赵梵的眼皮颤了颤，她直起上半身，抬手捂住他的两只耳朵。

他定住。

离得这么近，她身上的香气传来，他却好似失去了嗅觉和触觉，只是看着她。

她知道自己冲动了，可也不好立马退开。

雷声终于过去，蒋畅给他塞上两只耳机。

她轻声说："不想听到，不听就是了嘛，小孩子都知道。"

她不知道。

雷声像只指甲锋利的爪子，勾起他心底最不想回忆的往事，勾得他的心脏血肉模糊。

这是他多年来的魔，如影随形地跟着他，在每一个雷电交加的雨天爆发，不是简单捂住耳朵就可以驱赶的。

耳机里放着节奏感很强的重金属音乐。

赵梵并不爱听，但为了不拂她的好意，还是戴着。

自十六岁后，第一次有人用这种哄小孩的办法来对他。

贺晋茂他们把他当思想成熟、有自制力的成年人，即使知道他烦躁不安，也是将解决权交付给他自己。

她的掌心柔软温柔，那一瞬间，他的确有种与全世界隔离开的恍惚感。

就好像，另一个次元的空间里，唯剩她一双明亮的眼。

不太妙。

当一个人心中出现类似于"她最独特"的想法时，也就意味着，那一瞬间，他是为她心动的。

两人一高一低地坐着，皆默不作声。

赵梵在自我反省。

也许从最开始，他就有着自己也不曾察觉到的，对她的偏心。

贺晋茂看出来了，杜胤看出来了，却青也看出来了。

不管他怎么修身养性，降低对感情的期待，几近顽固地坚守目前的生活，到底是长了一颗凡夫俗子的心。

但就像他之前对贺晋茂说的。

他是修补过的瓷器，表面再怎么无瑕，里面看，也是支离破碎的。

一个过往支离破碎的人，靠近她，难免有扎伤她的危险。

不知过了多久，雷声消失，雨不见停。

蒋畅望了望窗外，说："时间是不是有点晚了？"

"你饿了？"赵梵摘下耳机，说，"我叫阿姨做饭。"

"不用麻烦了……"

"阿姨领工资，本来就是分内之事，没有什么麻不麻烦的。"

蒋畅不作声了。

她没有蹭饭的意思，只是想说，她该回家了。

阿姨识趣地不打听蒋畅的身份，简单地做了两菜一汤，喂了猫粮狗粮便走了。

桌子很大，大得华而不实，更像是一种装饰用的东西。

两人分坐两边，静默了会儿，赵梵说："那天，也是夏天，雷声大得像要劈开天空。"

蒋畅茫然两秒，反应过来，他接的是那句他奶奶去世的话。

她嘴笨，不知道怎么安慰，也因为，她不曾经历最亲的亲人离世的打击。

赵梵又转移了话题："却青今天跟你说了些什么？关于我的。"

"说你以前挺……调皮的。"

他笑笑:"用词含蓄了,可以说是很顽劣。"

"小时候不懂事嘛,也正常。"她说,"我哥也是,三天两头,闹得能掀掉天花板。"

赵筑摇了摇头:"这是借口,十几岁了,不能说什么都不懂,只是想跟全世界对着干,觉得自己烂得跟荷塘里的泥一样了,干什么都无所谓,没人管,也没人真心在乎。"

蒋畅微微愣怔,夹菜的动作也慢了。

他抬眼看她:"吓到你了吗?"

"就是……从你口里听到这样的话,挺意外的。"

"赵筑这个人,没有你想象的好。"

蒋畅认真地说:"莎士比亚都说,凡是过去,皆为序章,过去怎么样,不影响我现在看到的你。好也不是一个固定的标准,世上没有完美的人。"

说完,她又觉得像表白似的,连忙又找补:"我的意思是说……"

他笑着,心情也转好了,端起手边的小半碗汤:"来,干了这碗'鸡汤'。"

其实就是普通的菜汤。

蒋畅也舀了一勺,自己分明没醉,却莫名其妙地干起奇怪的事,跟他碰"碗":"干。"

也莫名其妙地有些醉意了,托着下巴看他,突然伸出手,在他头上揉了揉,又在他脸上捏了捏。

她早就想这么干了。

实现的这一刻,带着不顾死活的勇气。

赵筑一愣。

蒋畅心想,骂她一句吧,把她骂醒,然后再也再也不要喜欢他了。

他如果像淤泥,那她岂不是深陷其中。

不得而出,越陷越深。

赵筑疑惑地问:"阿姨往汤里加酒了?"

蒋畅失笑:"就是觉得……你挺招人心疼的。"

他作为男人,大抵不知道,女人喜欢一个人,容易对他萌生出母爱和同情。

再这么聊下去,"朋友"的关系就要岌岌可危了。

蒋畅搓了把脸,起身,说:"我吃饱了,今天谢谢你的招待。"

赵斻送她到玄关，说："你这像极了登徒子欺负完黄花大闺女之后落荒而逃。"

"你？你是黄花大闺女吗？"

他反问："为什么不可以是呢？"

蒋畅的心猛地跳了两下。

所以，他是说……

"路上也许雨还会再下，带着吧。"

赵斻打断她的思维发散，将伞递给她，还是上次借给她的那把。

她接过，道了谢："以后有机会再还你，还是……"

"不着急。"

他双手插在裤袋，芝兰玉树般地立着，垂眼看她："漫展，去吗？"

蒋畅纠结，不想这么快决定，所以问："你这是希望我去吗？"

赵斻也在跟她打太极："你想去便去，跟我希不希望有什么关系？"

她故意说："你沈献架子大，耍大牌不肯出席，我就算名不见经传，难道也不能耍耍小牌吗？"

他好笑地说："刚认识你时，你经常低着头，不敢直视人的样子，原来这么伶牙俐齿。"

蒋畅嘟囔："我是社恐，又不是自闭。"

"那这叫，熟能生'巧'？"赵斻轻咳了下，声线变了，换成沈献的，"言归正传，我诚挚邀请你去，可以吗？"

她拿乔："哦，我考虑考虑，最晚明天给你答复。"

他无可无不可："路上注意安全。"

上楼乘电梯需要刷门禁卡，下楼不用。

蒋畅抱着伞，将脸贴在轿厢壁，冰冰凉凉的，刺激她的皮肤。

她感觉，自己整个人都在发热，发麻。

她不仅"轻薄"了赵斻，还跟他说那样的话。

他的脸，还挺软的……

打雷的日子，赵斻也更容易做梦。

不一定是噩梦，大多是纷乱如云般的吊诡情节。

睡得不安稳，凌晨五点多就醒了。

他上了露台，天黑得彻底，远处的建筑连轮廓都隐在黑暗里。

.106.

昨天下午的雨，到现在已蒸发殆尽，不留任何踪迹，空气微凉，带着潮湿之气。

旁边有个吊椅，赵觥坐在上面，敞着玻璃门，放任清晨的风绕过他。

他看着天色一点点亮起来。

那年，他也是坐了一整宿，从天黑坐到天亮。

蜉蝣朝生暮死，他的人生好似在太阳出现的那一瞬间迅速衰败了。

一生薄命，无爱亦无未来。

他甚至想过一了百了，以偿自己造的孽。

奶奶的去世，或许跟他脱不了干系。

奶奶生下赵觥父亲不久后，便开始守寡，后再嫁，生下两个女儿，其中一个，即却青的母亲。

造成赵觥人生支离破碎的，是他的家庭。

赵觥父亲离婚再娶，继母主张把他丢给老人家。

而他那个爷爷，对他从来不待见，直接视而不见。两个姑姑不喜欢他的父亲，连带也不喜欢他。

只有奶奶管他。

赵觥厌恶仇恨家里的长辈，父亲、继母、姑姑、爷爷，他到青春叛逆期，作天作地，好像这样就可以气到他们。

其实何尝不是对自己人生的放逐。

奶奶总是苦口婆心地劝他，好好读书、考大学，走到外面去，到时这些人，这些事，再妨碍不了他。

他心动过。

想象自己如飞鸟飞过山顶，拥有一片广袤的天空。

一个巴掌扇醒他。

继母指着他的鼻子骂："你这样的烂人，除了给你奶奶你爸爸添堵，你还有什么用？"

是啊，他是够烂的。

母亲是那个年代少有的读过书的大学生，下嫁给父亲，一穷二白，受不了，走了。他的"觥"字，是她给他取的，意为锐意进取。

锐是够锐的，他成了一把开了锋的剑，剑锋却无差别地针对所有人。

他有天赋，上学早，又跳了一级，但从不把正心思放在学习上。

学校后街有家台球厅，他是那里的常客，有时翻墙从学校跑出来，不是去打游戏，就是去台球厅。

老板都不收他钱，任由他打。有时陪客人打，赚到钱了，还会分他一笔。

月考想参加就参加，拿个不错的名次，让奶奶高兴高兴；不想考了，撂了笔就走，拿个零分，挨父亲一顿骂。

吵得最狠的一次，他那晚没回家，在街头像个流浪汉。

那会儿，车还没现在多，深夜的马路空空荡荡，他横穿马路，也不会担心飞出一辆车将他撞死。

奶奶不放心他，跑出去找他，没找到，受了一夜风，感冒了。

次日，赵铣回到家，继母扬了他一巴掌，用了十分力气。

他冷眼看着她，脸很快红肿一片。十几岁的少年，眼神似淬了毒的冰刃，又狠又硬。

"你是我妈吗？你凭什么打我？"

继母冷笑："我不是你妈，但我也能骂你。你长到这么大，不感恩你爸养你，还跟他对着干，你有良心吗？"

"他养我？"他不屑地嗤笑，"我学费他出过一分钱吗？不都在你手里？你们不还跟奶奶说，让我出去打工，别上高中了吗？"

"供你读书跟把钱扔进臭水沟有什么区别？"

他气得胸口不停地起伏，捏紧拳头，免得一拳砸断继母的鼻梁骨。

奶奶咳嗽着，喊他的名字："先先，你高三了，收点心，好好考个大学，好不好？"声音低低的，几乎是哀求。

先先，唯独奶奶这么叫他。

那时，赵铣尚未成年，但身量已高出佝偻的奶奶好大一截。

他没作声。

他最后考了个不错的大学，奶奶特别高兴、骄傲，把攒了多年的一笔钱塞给他。

"要买什么，就自己拿去买。别跟你姑姑他们说。"

皱皱巴巴的钱币，还夹着一堆硬币和毛票，上面还留着油手印。

不知道她是怎么攒下来的。

他顿时红了眼，说："以后我好好读书，将来赚钱接你去大城市住。"

"先先啊,从小你爸他们就对你不好,我身体差,年纪大了,也顾不了你,你将来闯出一片天,就别回来了。"

奶奶是被气出病的。

后来,一个普通的午后,她在睡梦中心脏病发作,没有挣扎,没人发现,就这么去了。

赵铣赶回家,只看到奶奶凉透了的遗体。

所有人伸出手指,喷着唾沫,怪他从来不让奶奶省心,现在好了,再也没人管他了,高兴了吧。

他一点反抗的力气也没有。

那一句句骂声,织成一张网,将他密不透风地罩住。

那时他刚上大学,想像奶奶说的,好好经营自己的人生。

奶奶的死,像块石头击破玻璃,他听到噼里啪啦的碎裂声。

却青还在上初中,她抱住他,带着哭腔说:"哥哥,你别难过,奶奶不痛苦的,她在天上看着我们呢。"

他听到雷声,呆呆地向外看去。

这或许是初夏的第一道雷,劈得他神魂俱散。

他不信"变成天上的星星"这种骗小孩的话,人死魂灭,什么都不留下。

但他不知道该信什么。

信岁月可期?信往者不可谏,来者犹可追?

人潮散去,他闷着脸恸哭,坐了一整夜,直至天边发白。

第六章
笨拙的感情

贺晋茂来的时候，赵妩仍维持那个姿势，望着远方发呆。

贺晋茂随口说："你这是在干吗？思考怎么日进斗金吗？想出来了告诉我一声，等我发财了，就把你甩了。"

赵妩转头看他："谁甩谁？"

"好好好，你甩我，行了吧。"贺晋茂把一沓文件放到桌上，"你要的东西。"

赵妩翻了一下，是一家小公司自成立之初到现在的各种资料汇总。

贺晋茂也不客气，翻冰箱，开了瓶水喝，突然看到什么，咋咋呼呼地冲过来。

"赵妩，你家里进过女人！"

赵妩皱眉："大清早的，你抽什么风？"

贺晋茂拈着一根长发："人类毛发，不是你的，也不会是你儿子女儿的，就是女人的！"

"阿姨和却青都是女的。"

他有理有据："这么长，这么长，你家阿姨明明是短头发，却青头发要细软一点。"

"你从哪里捡来的？"

"地上啊，餐桌底下，你们还一起吃过饭了？"

赵妩被他的一惊一乍弄得无奈，抚了下额："你别像福尔摩斯搜证一样行吗？"

贺晋茂八卦地问："谁啊？我认识吗？"

"蒋畅。"

话落,他不想再搭理,转身走开。

贺晋茂觍着脸跟上去:"赵总,你以前行事作风可不是这样的,拒绝就干脆利落,绝不拖泥带水,你现在是在吊人家吗?"

赵甤睨他:"我什么时候说要拒绝她了?"

"你那天跟我说的话,明明是不打算跟她有发展。"

衣帽间也是开放的,除湿机在角落安静地工作。赵甤挑着今日要穿的衣服:"失控了。"

贺晋茂搞不懂他这打哑谜一样的说法,问:"什么?"

赵甤停了很久,久到贺晋茂以为他不会再回答,才听到他妥协般地叹了口气,说:"我的感情。"

贺晋茂闷闷地笑起来:"铁树开花,实属不易。"

"听起来,你在幸灾乐祸。"

"哪有,"贺晋茂立即正色,"恭贺你还来不及。"

"出去。"赵甤把他驱走,"我换衣服了。"

"又不是黄花大闺女,还怕被人看啊?"

贺晋茂吐槽着,还是避开了。

赵甤想到昨天,蒋畅反问他的话。

以前犯浑,他随便交了一些所谓的"女朋友",那段历史确切地存在,他否认不了,也改变不了。

后来再没接触过女生,也是真的。

本科到研究生,赚钱,摆脱过去,成了他唯一的目标。

因为压力太大,他才创造了一个叫"沈献"的人。那句"人间一俗人,以曲觅知音"挂在他的主页,就这么挂了十来载。

恋爱,乃至成家,没被他纳入人生规划里。所以,也没有这个需求。

赵甤笑了声,一抬眼,看镜中自己的身体。

上个月在烧烤店受的伤,处理得不好,留了点淡疤。其实还不止,膝上、脚腕,很多地方有。那些不是功勋,是印记,记录着他罪愆般的年少轻狂。

他拉上衣服,走出去。

车上,赵甤坐在副驾驶座看资料,星期一的早高峰,宿城一如既往地堵,车流缓慢地前进着。

"不过,你喜欢蒋畅什么啊?"

赵觅反问:"你喜欢你老婆什么?"

贺晋茂答不上来。

"她和我挺像的。"说话间,赵觅还能一心二用,仔细阅览手中这份项目详情,"走夜路碰到一个同样没提灯的人,你会忍不住想和她同行。"

"然后一起走进沟里?"

赵觅说:"如果可能把她带到沟里,一开始就会提醒她。"

"所以,你之前是怕?"贺晋茂顺着他的思路,有点咂摸出味道了,"倒也没必要因噎废食吧。"

赵觅的家庭情况,贺晋茂多少了解一点,站在他的角度是同情,站在女生的角度,可能唯恐避之不及了。

"是,"赵觅颔首,轻飘飘地说道,"但她身上有温热明亮的烛火,我忍不住想靠近。"

哪怕是借着这点微末的光,走一段路也好。

而蒋畅今天挺烦的。

周一周一,她的"头七"。

白天工作多,中午连点外卖都没空,她在小冰箱里拿了一瓶酸奶,抽屉里还有两包小饼干,充当午饭了。

加班又加到七点多,坐上地铁时,她有气无力地靠着扶手,单手拿着手机刷。

她跟胡蕙说:别人是上班,我是被班上。

福狒狒:噗。

福狒狒:记得你之前待业的时候,闲得只想找个班上。

大酱炖大肠:谁这么想不开?肯定不是我。如果是我,那就是我被生活潜规则了。

福狒狒:你今天怎么回事?怨气这么重。

大酱炖大肠:饿,累,困。

福狒狒:[这个班我真的一定要上吗.jpg]

大酱炖大肠:对了,你跟谭勤礼怎么样了?

福狒狒:就那样呗。不过听说他家里要给他找个未婚妻,门当户对的那种，估计我这个女配很快就要下线咯。

大酱炖大肠：既然你没那么喜欢他，及早抽身也好。

胡蕙一时没回。

蒋畅抓着扶杆，眼神放空，第无数次想，辞职算了吧，辞职算了吧……这会儿，她的表情一定厌世极了。

讨厌上班，想每天睡到自然醒，讨厌这么久的通勤时间，自由职业多香啊，讨厌跟不熟的同事、大腹便便的油腻中年客户打交道。

讨厌……

手机响了一声。

是赵筅的消息。

好吧，还讨厌她喜欢的人时不时在她面前出现。

ZS：到家了吗？

大酱炖大肠：还在地铁上，待会儿换乘。

ZS：来人间？请你吃晚饭。

大酱炖大肠：这么晚了，你还没吃吗？

ZS：没，跟你一样，刚下班。

蒋畅想想，发了个"好"过去。

出地铁时，路边有个老人挑担卖西瓜，蒋畅又动了该死的恻隐之心，蹲下来问："请问多少钱一斤啊？"

"两块，自家种的，没打农药的，甜得很嘞。"

也不贵。

她挑了两个，一手拎一个，重得肩膀向下沉。

赵筅万年不变的打扮，格子衬衫外套，底下搭黑色短裤、休闲鞋。

任谁看，也不像行走穿梭于钢铁森林的精英人士，就像普通的在校大学生——若是戴眼镜，就更像了。

蒋畅不禁猜想着，他到底有多少不同款式，不同颜色的衬衣。

赵筅看着她手里的西瓜，有些莫名："你这是……"

蒋畅耸了耸肩膀，肌肉开始酸痛了，有些拎不动了。

见状，他接过。骤然一轻，她如蒙大赦，转动着胳膊，说："不好总是白吃白喝你的。"

他拉开椅子，让她坐下："烤鸭吃得惯吗？"

"嗯，可以。"

其实赵轼不是没吃，下午六点的时候，和客户见了一面，菜肴做得丰盛，但他没什么胃口，就动了几筷子。

外卖员前脚刚走，她后脚就到了。

烤鸭没有单人份卖，除了双人份烤鸭，他还拿了一盒糕点，说是客户送的，吃不完她可以带回家。

她低头看看："突然觉得我的西瓜好寒酸。"

屋子里放着轻缓的音乐。

是那种，仔细品，有些伤感的调子。

但看起来，他的心情不错。

"你选的歌是为了，哀曲衬乐景吗？"

赵轼说："可以这么理解。也是稳定自己的情绪。大喜或大悲，都不适合现在的我。"

蒋畅羡慕："真希望我也有你这样的控制能力。"

"年轻时候吃过苦头了。"

她笑说："什么年不年轻，你说得自己多老了似的。"

他也回以浅浅一笑。

赵轼这才发现一件奇怪的事情。

他和蒋畅一起吃饭，总是能将食物吃干净。

也许，是因为她吃饭的样子，让人也能产生食欲。

她吃得不快，但是口小，会塞得腮帮子满满的，像只进食的仓鼠。

如她所说，她不挑食，刺不着嗓子的，一律往嘴巴里送。

没一会儿，烤鸭吃完了。

赵轼洗了一只西瓜，没有刀，他徒手掰开，汁水霎时四溅。

蒋畅看得目瞪口呆。

如果杜胤在，一定会毫不留情地嘲讽赵轼，说他是开屏的孔雀，在雌性面前故意卖弄。

最后下结论：闷骚！

西瓜破成两半，皮薄，但不是很红，蒋畅有种受到诈骗的失落感。

勺子倒有，他递给她一半。

蒋畅抱着半只西瓜，从中间挖起，说："小时候我就喜欢这样吃，我妈每次买西瓜，就给我哥和我一人分一半，自己不吃。"

"这样的故事开头，后面通常会有一个转折。"

"每次有什么好吃的，她自己从来舍不得，就留给我们。"

蒋畅目光茫然："但复杂的另一面是，她顾虑儿子总比我多，前些天，她还帮我哥找我借钱。"

他问："你借了吗？"

她摇头："我又不傻，借出去，我自己就没有退路了。"

他赞道："干得好。"

她转头看他："你不会觉得我自私吗？"

"你没有义务不是吗？抚养你长大的又不是你哥哥。"

"可我妈那样，让我挺难受的。"

蒋畅有点面冷心软，表面上那样决绝地拒绝了，心里又忍不住心疼母亲。她垂着眸子，有一下没一下地戳着西瓜，觉得自己好没出息。

原生家庭在她身上烙的疤，比起痛感本身，最让人绝望的是，它也许一辈子也褪不掉。

"我妈是那种特别传统的妇女，为家庭奉献自己，我爸以前家暴她，她也不离开他。她对我好，又希望我也像她一样。我妈之前打掉过一个孩子，她还遗憾过，要是生下来该多好。我说，如果是男孩，就要我去养他，如果是女孩，跟我落得一样的田地，生下来干吗？"

也许是上班的烦闷，也许是身心的疲惫……总之，现在的她，极其有倾诉欲。

而赵甡的存在，就像想睡觉了，有人递来枕头。

还是格外舒服的那种。

这些事情，经年累月地堆积在那儿，如不趁早清理掉，就要发烂发臭了。

可蒋畅还是有些歉疚，她抬起头，眸子润润的，像对方话说重一点，她就会落泪。

"我没有把你当垃圾桶，就是……要是你觉得烦的话，我就不说了。"

赵甡没接话。

他半蹲下来，张开手臂，轻轻地揽住了她。

两人之间，还隔着那半个西瓜，他拥得松垮，手搭在她的背后，很安分地没有乱碰。

他周身的气息，像来自四月花园，又像雪山之巅。

温暖和凛冽同时存在。

蒋畅的身体僵住了，她听见自己胸腔里，擂鼓似的心跳声。

"嘭、嘭、嘭……"

以为是心脏出故障了。

又听到他在耳边说："抱歉，未经你允许，擅自抱了你。不过我想，这个时候，拥抱比安慰管用。"

拥抱的一瞬，就抵永恒。

蒋畅想到，之前在网上看到过的，一个蒙着眼睛的男生，站在学校操场，每个人都可以上去拥抱他一下。

陌生人从他那里获得了什么力量，她不得而知，但能够知道的是，赵筅给到了她力量。

三秒，或是四秒，总之很短暂。

他退开了："说出来的话，心情有好点吗？你来的时候，看你表情，好像不太开心。"

蒋畅不敢跟人诉说太多自己的忧愁烦苦，人来世上一趟，都有自己的劫难要受，凭什么还得承受她的呢？

更何况，也不是人人都能感同身受。

丧父或丧母的人会说，好歹你父母还健在；上不起学的人又会说，至少供你上了大学。

好像这样的比较，就能消解掉她的不幸。

也不要站在制高点上，给她讲什么虚伪的大道理，讲你可以怎么怎么样，你不该怎么怎么样。

她会很烦。

她只是需要对方听她说，支持她，跟她站在同一阵营，和她一块同仇敌忾。

赵筅很有教养，他当然不可能妄自评判她的家人，所以他抱了她。

"赵筅，你给得太多了。"蒋畅声如蚊蚋，自言自语，"我会贪心的。"

他没有听见。

两人就这么待了好一会儿。

她和他相处，越来越松弛，觉得自己像颜料分子，弥散在水里。

这种感觉，真的很上瘾。

蒋畅用西瓜把自己彻底填饱，打了几个嗝。赵犹在一旁拨着吉他弦，听到，看向她。

她梗起脖子，说："看什么看？没见过人打嗝吗？"

"这么凶啊。"他眼底浮着一层笑，完全没有被凶到的样子。

"我本来就是这样的。"

赵犹说："挺好的，不需要伪装，做自己就好。"

蒋畅放下瓜皮，走过去看他面前的草稿，涂涂改改，幸存的无几："是要写新歌吗？"

"随便写写，能写成，之后再找人作词；写不成，就是一张废纸而已。"

啊，糟糕。

在他这里待得忘了时间，也忘了电脑里还堆着无数未完成的稿件。

蒋畅拎起包："我先走了，谢谢你今天的招待。"

他也站起来："你还欠我句回复。"

"什么？"

他提醒道："漫展。"

哦，是了，她说过今日给他考虑的结果的。

"去……吧。"

赵犹笑："好勉强。我没有想逼你。"

蒋畅换了个语气："去啦。"

"那，周末见。"

怎么，这几天就不能见了吗？

她自然不会直接问的，她挥了挥手："周末见。"

早过了夏至，这个点，天也黑透了。

蒋畅走到路灯下，影子拉得很长。

那只橘猫又上街乱逛，她蹲下去，隔了几步，拍了张照，继而走远。

直到她身影出了视线范围，他才重新坐下，拿起铅笔，在纸上写写画画。

胡蕙发来很长一段话。

蒋畅脑子晕乎乎的，看了两遍，才读通她所说的。

胡蕙说，爱是一场幻觉，她可能有点迷上这种感觉了，尽管她知道，她跟谭勤礼不会有结果。

她又说，男人通常比女人清醒得多，"士之耽兮，犹可说也"，自古就是如此，所以，她是该慧剑斩情丝了。

她还好奇，蒋畅和赵忾又如何了。

蒋畅抬头望一望月，它像一枚淡淡的，圆形的伤疤，星星是自伤口处四溅的血点。

夜晚伤痕累累。

她的感情笨拙又迟钝，她想不明白，她和赵忾现在到底算什么。

自周一之后的连着几天，蒋畅没再见过赵忾。

赵忾说周三到周五在外地出差，他还拍了几张舷窗外的云，发给她。

很好看，很戳蒋畅，也很令她奇怪，她甚至翻了他的朋友圈，沈献的微博，都没有更新。

单单只发给她？

蒋畅特别喜欢分享日常，除了自拍，什么都发，社交平台满满的生活痕迹。

可赵忾不是这样的人。

后来，他还给她发了客户请吃的一顿饭，他说其中一道蟹粉豆腐标价480，好吃是好吃，宰客意图太明显。

她默默算了一下，那一桌，就是小四位数。

蒋畅心情无比复杂。

他或许是忘了，她和胡蕙曾联手套路他，想追求他的事。

又或许没忘，把她当一个普通朋友对待。

但，为什么，他可以那么精准地戳中她的点？

比如早上起来，赵忾给她发了个早安的表情包，非常"老年人"，一朵盛开的荷花上标着亮闪闪的字样。

睡觉前，他说今晚的月亮又圆又亮，她掀窗帘去看，被云层遮住了，什么也看不见，下一秒，他发来照片。

他说，像被橡皮擦过，但没擦干净。

第二天，又是一张月亮，这回他说，像被人重新添了两笔，描了描边。

这样的聊天频率，让蒋畅想起之前被人追的回忆。

差就差在,一个使人厌烦,一个逗人开心。

他还跟她说,家里厨房有几颗红红的果子,他以为是小樱桃,洗来吃,结果是辣的,问阿姨,说是做泡椒用的灯笼椒。

她发了一串"哈哈哈"过去。

那天下班,陈婷看着蒋畅边玩手机边笑,好奇地问:"你谈恋爱了吗?"

蒋畅抬头:"没有呀。"

"感觉你这几天总是在笑哎。"陈婷走在她身边,"之前我跟我前男友暧昧时,就跟你一样。"

蒋畅摸摸自己的嘴角,是吗?

"其实是一个聊得很来的朋友。"她如是解释道。

凭她这样的性格,在现实生活中遇上契合的人,难度不亚于濒临灭绝的雪豹在雪原上遇到同类。

——别人形容人生是旷野,是孤岛,她却认为是雪原。

冷,寒风呼啸,生存环境恶劣,翻越一重又一重的山岭,没有尽头的雪线蔓延。

一个聊得来的朋友,于蒋畅的意义,陈婷作为外向型的人,是难以设身处地地理解的。

更难以理解,她反反复复地喜欢上这个朋友。

是,每一次,她决心放下赵尧不久后,又会再度喜欢上他。

只要他出现,她就会感知到对他的喜欢。

于是蒋畅明白,喜欢不是绵延不断的溪流,是偶尔泛滥的洪水。

漫展连开两天,每天邀请的嘉宾不是同一批人。

却青周六去。

蒋畅早早到了场馆,因为却青说,她请了化妆师,可以为蒋畅弄妆造。

严格来说,后台不算化妆间,大多人是找了块空地,东西摊放在地上,随用随取。

还有一部分人直接带妆过来。

却青起得更早,她头上盘了个复杂的发髻,戴了不少首饰,蒋畅来时,她正用一只团扇掩着面打哈欠。

"你跟我身材差不多,这件你看看可以吗?"

鹅黄色的，款式比较简单日常，也不需要搭华丽的妆面和发饰。

待蒋畅化完妆，却青拉着她自拍，她其实不好意思，但不好拒绝。

却青开了美颜，拍了几张，翻了翻，说："蒋畅，你挺上镜的呀，别太拘束了嘛。"

"我不太习惯面对镜头。"

却青还要说什么，这时有人叫她的名字，她拎着裙摆过去。

蒋畅为缓解尴尬，拿出手机玩。

赵烁给她发了一条消息。

ZS：很漂亮，也很适合你。

大酱炖大肠：？

ZS：却青给我发了照片。

蒋畅脸红，慢慢地敲字回：真的吗？我今天第一次穿。

ZS：嗯，骗你的，其实我是却青请来的水军，专门负责夸你。待会儿截图发给她，她就会给我薪酬。

大酱炖大肠：她给你开多少，我出两倍，跟我说实话。

ZS：实话就是很漂亮。

ZS：便宜我了，一下子血赚三份。

蒋畅笑起来，给他发了个红包，备注：诚实的小孩有糖吃。

赵烁收了。

他可能没想到，真的只是一根棒棒糖的钱。他发了张却青的表情包，表示疑惑。

大酱炖大肠：你发她丑图，小心我告状，转我50，封住我的口。

他当真转了五十过来。

大酱炖大肠：哎，不是，我玩疯狂星期四的梗而已。

ZS：收着吧，当我请你和却青喝奶茶。

蒋畅犹豫，恰好却青回来，于是问她："赵烁请喝奶茶，你喝吗？"

"喝！你帮我点个果茶吧，去冰，半糖，其他随便。"

蒋畅于是收下转账，点了两杯，回赵烁说：谢谢赵总。

赵烁差不多和外卖一起到的。

他穿的就是普通的衬衫搭T恤，配牛仔裤、休闲鞋。

却青拆开吸管包装，晃了晃果茶，眼睛也斜着看他，说："你今天怎么穿这么普通？"

赵兢说："给你们打杂，也用不着盛装出席吧。"

却青笑了："谁这么大的面子，请赵总打杂啊，应该不是我？"

赵兢不答，环视一圈，问："蒋畅呢？"

"上厕所去了，待会儿你带她逛逛，她好社恐的，化妆师是个潮男，刚刚给她上妆，她都缩起脖子了。"

赵兢光听她这么说，就能想象到画面，忍不住笑了笑。

他说："想象得到。"

蒋畅回来时，却青已经上台了，她今天有表演，还有签售，粉丝可以在现场买周边，找她签名。

赵兢站在走廊上，靠着窗户那一侧的墙打电话。

蒋畅戴的耳饰随着走动，轻轻摇晃，发出清脆的细响，腕上有两只细镯子，也是叮当作响。

她下意识地扯扯裙摆，线上聊天无所顾忌，线下见面又不好意思了。

赵兢挂了电话，回首便看见她。

看照片是一回事，见到真人又是另一回事。他怔了怔，她抿着唇，低下头。

他敛神，说："开始了，进去逛逛吗？"

"好啊。"

这完全是另外一个世界，说是"妖魔横行"也不为过。

像赵兢这样穿常服的不多，大多穿cos（扮演）服、汉服，或者JK（高中生制服）制服、Lolita（洛丽塔）小裙子之类，有coser（扮演者）、模特，也有却青这样的网络歌手。知名的，不知名的，汇聚一堂。

蒋畅搞设计，好歹还有点接触，能认出几个小说、游戏经典角色。

漫展展馆很大，分了几个区域，好多个摊位，卖自制的物料、周边，也有官方的，看着缭乱了眼。

她也……更社恐了。

她小声跟赵兢说："你看过那部日本动漫电影吗，男主是妖怪，女主是人类，她跟男主进了妖怪的烟火大会，我觉得我就像那个女主。"

他调侃她："我没记错的话，那个女主角玩得挺开心的。"

确实也是。

赵飐轻轻地拍了下她的肩膀："你是来逛展的，拍别人就好了。"

她看到一个女生邀请cos哈利·波特的男生拍合影，换作她，她是绝对开不了口的。

漫展也可以说是"颜狗"盛宴了。

尤其是一些女生，穿非常显身材的衣服，加上浓艳的妆容，好看至极。

不过，赵飐说得不完全准。

蒋畅被路过的摄影师"抓"去拍照了。

有人陪着，她的社恐症状会相对缓解一些，赵飐一直在旁边看着她，她就配合对方拍了一组。

要走的时候，赵飐低声告诉她："你可以加他联系方式，事后找他要返图。"

蒋畅也小声回："算了吧，我不敢开口。"

"当初加微信，不也是你先要的？"

她辩解说："我那是形势逼人，为了还你钱。"

他拖长音："哦——形势逼人。"

蒋畅好笑地用团扇柄戳戳他："干吗阴阳怪气的。"

"照你这么说，和我结识，倒像是不情不愿，命运弄人了。"

"没有呀，认识你，"她越说，声音越低，越不敢看他，"我挺高兴的。"

他听清了，嘴角扬起一个小弧度，想着，她不像乌龟，像只怕羞的松鼠，没人的时候乱窜，人一来，她就躲到树上。

走了一圈，赵飐看了眼手机的消息，问她："我朋友看到我了，我去跟他们简单打个招呼，一起，还是你自己先逛逛？"

她犹豫，他说："一起吧？他们人挺好的。"

蒋畅还是跟他去了。

那几个人，是不同圈子里的，男女都有，叫他"献总"。

他们的确和善，小声问他："献总，女朋友？"没让蒋畅听见。

赵飐说："朋友。"

"不信。你沈献是出了名的'寡王'，能跟你一起逛漫展了，你说是亲戚家的妹妹，我可能还能被你糊弄过去。"

有的跟他认识多年了，所以线下见过面，也了解他的感情状况——万年"寡王"啊。

赵筅扯唇笑了笑："追求中。"

对方笑了："行，到时候记得请我们吃喜糖。"

"想远了。"

"先预定嘛，你也老大不小了，过两年该成家了。老洛跟你同年的，孩子都能下地跑了。"

赵筅瞟他一眼："再催我走了。"

"不催不催，哎，你下午什么时候走？有空的话，来帮我们搬个东西吧。"

"我随她的时间。"

他去跟蒋畅讲，大意是，请他们在摊位帮点小忙，中午请他们吃饭。

她答应了。

旁边一个摊位，是一个女生穿着汉服，卖她自制的绒花簪子。价格不便宜，但做得特别漂亮。

聊天得知，她是个小歌手，兼做簪娘。

她送了蒋畅一支梨花簪，蒋畅不好意思收，她说："你是献总带过来的朋友嘛，就当是一份见面礼。"

不知道是不是蒋畅的错觉，她觉得对方似乎着重咬了"朋友"这两个字。

也不需要他们做什么，不过就是递一下东西，清理一下桌面。

却青的表演在下午，赵筅和蒋畅一起去看。

观众站得很满了，蒋畅个子矮，被众多人头遮挡，完全看不见台上。

赵筅联系却青身边的工作人员，带蒋畅到舞台侧方。

却青的粉丝很多，且男粉占比不小。一路上，赵筅全程护着她，免得她被人流冲撞到。

她抿着唇，心中微微泛起波澜，忍下瞄他的冲动。

但他一条手臂就横挡在她身前，目光避不开。

他只是看起来瘦，手臂上的肌肉线条还是很明显的，配上那块纯黑的腕表，莫名多了几分禁欲。

蒋畅说："你这样，好像保安。"

赵筅笑笑，说："保你安全，也没错。"

舞台侧方观看效果一般，好处在于，没人遮挡。

蒋畅说："到时候传出去，我也是圈子里有人脉的人了。"

赵觥侧眸："谁？却青，还是我？"

"当然是……"你。

这么斩钉截铁的，似乎过于把他当自己人，会不会有些逾越？

蒋畅卡了下壳，才说："你们都是。"

赵觥重新望向前方，灯光聚焦在舞台中央，两侧暗下来，他的脸部轮廓便不甚清晰。

他轻声说："好没良心啊蒋畅，对你这么好，你还要捎带上别人。"

蒋畅过去交朋友，非常自私地希望，对方待她的好，是唯一的，如若不是，心里还要暗自计较、吃醋。

后来大了，也懂了，人作为群居动物，要跟社会打交道，你怎会是对方的唯一？即使曾在某一段短暂的时间，你独一无二过，也会被别人取代。

知识经济的时代，任何东西都要索取费用。

成长的过程中，被世界教会这些道理，也要付出代价。

如今，在网络上，在现实世界里，希冀拥有一小片自己净土的蒋畅，更加明白，自己才是她的唯一。

赵觥又岂会不知？

所以，听到他口中这一句话时，蒋畅的脖子都僵住了。

不要说得像想成为她的唯一，不要用这种带有几分撒娇意味的话迷惑她，不要再让她不可救药地迷恋他的温柔了。

不要这样了，行不行？

蒋畅简直要恨赵觥，也怪他，她曾对胡蕙夸下海口，说"喜欢得上，也放弃得下"，这下成了一番笑话。

不得她的回应，赵觥又微弯脖颈，低下头来。

这样，也便于让说话的声音，更清晰地传入她的耳中："看入迷了？"

"任把这浮世评弹，化作人口耳相传。"

台上的却青这么唱着。

蒋畅记得，这首歌的曲是沈献写的。

非常落寞寂寥的唱调。

往日，她总觉得，写得出好的词曲的创作者，必然拥有一颗通透的心，才映射得出世间的美好、苦难、悲伤等诸多情感。

起初认识赵桄，觉得他淡然超尘得不像俗世凡人，他偏偏又自称是"人间一俗人"。

她往旁边避让半步，和他拉开距离，四两拨千斤地说："不是你捎带的却青，我才能认识她的吗？"

赵桄注意到她的小动作，只当自己逼得太近，吓到她了。

蒋畅是只生于山林、生性自由，但也不太禁得起吓的松鼠。

他那双常带笑意的眼觑着她，不到两秒，又转开了，看向台上衣袂翩翩的却青。

他父亲和她母亲是同母异父，算来，他们的血缘关系并不太近，但基因很神奇，他们俩长得有两分相像。

主要体现在唇形。

两人一笑，嘴角自然地向上翘，弧度也相似。

却青莲步轻轻挪移，眼波流转间，余光注意到台侧的两人。

她笑了笑，曲毕，她脚步轻快地下台阶，笑盈盈地问赵桄："有给我拍照吗？"

"这么多个摄像头，还缺我的不成？"

却青撇撇嘴："不解风情。"

她又凑到蒋畅耳边，说："我看你俩那么站着，还挺登对的。真的。"

却青的小助理走过来，替她整理些许凌乱的头饰，却青同他们挥挥手："累死了，我先去休息了，走时叫我。"

蒋畅看着她的背影："却青的性子可真好。"

说话轻言细语的，但又不柔弱，反倒很是畅快。

赵桄说："你可能不知道，我以前嫉妒过她。"

"啊？"她惊讶转头。

一个穿着Lolita裙的女生上台跳宅舞，他们俩便退开了。

快到结束的时间，展馆内的人渐渐少了，也方便两人边走边说话。

赵桄说："她有一个哥哥，部队退伍，现在从政，从小她家里人对她要求就不高，称得上是要什么给什么。她是被娇养大的。"

蒋畅不作声。

果然，同人不同命，蒋磊只会从她身上捞便宜，榨好处。

"我带她去爬山，她被咬了一身包，她妈，就是我姑姑，都把我骂了个狗血淋头。"赵犹晒笑了下，"其实我是故意的，想让她吃吃苦头。"

蒋畅没忍住说："我没想到你是这样的。"

"但她是真的没长心眼，暑假没事干，就跟着我到处跑。她还随身带着一把零钱，问我渴不渴，饿不饿，说她请客。"

"所以你就接受她了？"

"准确地说，接受她过得比我好这件事了吧。"

那时年纪小，心智不成熟，嫉妒她受父母哥哥的宠爱，而他只是被丢给奶奶的弃子。

现在回望过去，已不觉有什么。

"好像没听你说过，你有没有兄弟姐妹。"

赵犹轻描淡写地道："有，一个同母异父的弟弟，一个同父异母的妹妹，都不太熟。"

蒋畅失语了。

"我父母自由恋爱结婚，那会儿刚二十出头吧，婚后矛盾很多，我上小学的时候，他们就离婚了，后来各自再婚。"

"那你……"她踌躇着，要不要说下去，又怕戳中他的伤心事。

"我是跟我奶奶长大的，其实我很对不起她，她受我的气，还要为我受家里人的气。学《陈情表》的时候，语文老师哽咽了，我不知道她想到了什么，但我没有反应。现在才懂得，'乌鸟私情，愿乞终养'包含着怎样的感情。但已经来不及了。"

蒋畅眼眶有点酸，她受不了他用这么平淡的语气说他的过去。

她代入进去，那样的童年，得多憋屈啊。

"你这回要是哭的话，我就没有纸给你擦眼泪了。"

他有些无奈，可能没想到，她这么敏感。看电影也哭，听他说这些也哭。

蒋畅噗地笑出声："杀我别用亲情刀。"

却彻底把泪笑出来，一下子刹不住，一个劲地往下流，她想伸手擦眼泪。

赵犹说："别用手，会把化妆品揉进眼睛里。"

他找了位背了包的路人女生借纸，低头，在她眼下轻柔地揩拭，说："我后悔了，不该跟你说这些的。"

更后悔的是，这实在有使苦肉计的嫌疑。

大概有些卑劣了。

这画面，在路人看来，估计挺神奇的。

怎么会有人参加漫展，走着走着，就哭了呢？

还有一个高个子帅哥替她擦眼泪。

蒋畅不敢直视赵犹，看着他的领口，既觉得丢脸，又觉得害羞。

他没有碰她其他部位，力度控制得很轻，或许是常年抚猫练出来的，指腹的温度隔着纸巾，若有似无地传递到皮肤上。

她仿佛成了闹脾气的小猫，这么被他顺着毛。

可她没有猫受得那么心安理得。

他的温柔成了巨大的陷阱，她掉进去，闷头乱撞，也找不到出口。

蒋畅从他手中接过纸，小声说："我自己来吧。"

赵犹见她眼泪止住了，庆幸道："好险，你再哭下去，路人估计就要报警了。"

"哪有那么夸张。"

她吸了吸鼻子："对不起，我情绪容易波动，所以就，有时候一会儿哭一会儿笑的。"

他说："应该说情感丰富，而且，也不必向我道歉。"

他看着她有些红的眼睑，顿了顿，又说："这是你对世界的反馈方式，也许，比我的麻木要好。"

"麻木？"她反问。

"这些年，我逼自己不要太在意外界的人或事，到现在，就成了一种'麻木'的状态。所以不会大喜大悲大怒，我好像，已经失去了这些表达。"

蒋畅说："没什么不好的，自私一点，冷漠一点，你就是无坚不摧的。"

她有太多的痛苦，是一些小事带来的。

她明明不想这样。

赵犹稍稍一抬眉骨："很新奇的一种说法。"

她认真地说："整个社会都在倡导奉献精神，其实对于个人来说，不添乱就很了不起了。更何况，你也不是冷心冷肺，你只是……"

说到这里，她卡壳了，突然觉得语言的贫瘠，无法形容那种感觉。

"在我们不熟的时候，你送我花，帮我付款，还有烧烤店那次，你还会喂猫。你所谓的'麻木'是保护自己,又不是针对别人。总之,你很好,很好,真的。"

赵犹右手握拳,抵着唇,轻咳一声:"你才是却青请来夸我的吧,一把年纪,怪不好意思的。"

场馆里冷气开得很足,蒋畅手指绞着纸,后知后觉地脸有点热,拿着团扇,给自己扇了扇。

"你没看过你粉丝给你的表白吗?那才叫言辞诚恳、感情浓烈。"

他摇头:"不一样。"

"哪里不一样?"她说,"你也可以把我当成是你的粉丝嘛。"

"她们喜欢我,你也是吗?"

蒋畅被口水呛到了,拍着胸口缓过来,眼睛瞟到别处去:"我是喜欢你的……歌的啊。"

"就这样吗?"

"不然呢?"她快步走起来,"快结束了,你朋友那边要收摊了,不是说要去帮忙吗?我们快走吧。"

赵犹笑笑,跟上去。

蒋畅换下汉服交给却青,走到外面,热浪袭来,一整天待在场馆内吹空调,热得顿时冒汗。

赵犹的朋友邀请他们一起去吃饭。

"却青也在,你实在怕尴尬,不想去的话,我就拒绝他们。"

蒋畅听说他们来自全国各个地方,难得来得齐,碰上一面,说:"你自己去就是了嘛。"

他说:"那我送你回家。"

"不用了,我搭地铁挺方便的。"

"这个地方远,你还要换乘公交车,坐着也累。"

"那你朋友……"

"他们明天也在,我回请他们就是了。"

蒋畅今天实在累了,不想费心社交,脚底板也酸,地铁很可能没位置坐,他送她,她当然轻松。

但她又不是他的什么人,阻碍他和他朋友聚会,太说不过去了。

迟疑间,赵梵已经拿出车钥匙,走在她前面,说:"走吧。"
她只好跟上。

赵梵的车子性能好,开得稳,蒋畅上车没多久就睡着了。
醒来时,她发现座椅被他放平,身上还盖了块毯子。
往外看,已经快到她家了,蒋畅噌地坐起来。
赵梵听到动静,告诉她怎么拉起靠背。
她将毯子叠起来,边沿对边沿、角对角,叠得整整齐齐,说:"你车上还备着这个啊。"
"有时候出差,我会盖一下,定期清洗,干净的。"
"这么晚了,你饿了吗?去我家吃点?"
这条路比较通顺,他侧眸看她一眼:"行啊。"

蒋畅平时一个人吃饭吃不了多少,菜只买一点儿,她翻了下冰箱,回头问赵梵:"馄饨面可以吗?"
"可以,"他颔首,"我不挑。"
赵梵其实还蛮挑食的,不合胃口的菜,他吃一口就不会再碰。
不然他也不至于在宿城到处觅食。
不过得看跟谁吃。
蒋畅在汤底里放了点紫菜和虾皮,怕他不够,多舀了几颗馄饨在他碗里,最后问他要不要香菜和葱花。
赵梵说:"要。"
她将两碗馄饨面端出去,说:"我口味比较重,但胡蕙完全不吃葱和香菜,外面餐厅一般也不放,难得碰到一个都吃的。"
她又补充了句:"胡蕙是那次晚会带我去的朋友。"
赵梵点点头,说:"我们俩确实挺多方面很契合。"
蒋畅开玩笑道:"完美饭搭子。"
见他搅了搅,她忙说:"我平时吃得比较随便,别嫌简陋啊。"
"不会,很香。"
味道当然算不上多么惊艳,具体一点,应该是"踏实",会令他想起奶奶煮的饭菜。
老一辈人做饭,只用盐、味精调味,以前他嫌清汤寡水,过去这么多年,最怀念的，还是那一口。

这一顿简单得不能再简单，唯一"奢华"的，就是她另洗了香菜和葱。

但莫名地，他吃出了踏实感。

赵燊吃光了，蒋畅要收碗拿去洗，他说："我来吧。做饭我不会，洗碗技术还是可以的。"

她跟进厨房，闲聊地问："你从来不下厨吗？"

"没钱的时候，在学校食堂吃馒头稀饭，有时加个鸡蛋，一共就两三块钱，后来，是没空自己搞。"

蒋畅感叹："你怎么赚这么多钱的？让我沾沾财气。"

"大学做过各种兼职，唱歌写曲赚了一些，后来有人带进风投圈，也算是运气好，没遭遇太大的挫折。"

赵燊笑笑："可能，过去太悲惨，老天想补偿我一点。"

那会儿，他正长身体，在外面从来吃不饱，因为没钱。

奶奶从自己牙缝里抠出钱，给他买肉、鸡蛋、牛奶补充营养。没办法，赵燊他爹完全不管他。

一直到大学，他除了蹿个子，肉是一点没长，整个人瘦瘦巴巴的。

吃的开销倒还小，学费和生活费才是大头。

继母巴不得他别上学了，怎会心甘情愿出钱供他？

赵燊头铁，骨头硬，自己做兼职，申请助学金、助学贷款，拿奖学金，没向他们伸过手讨钱。

——是，他觉得那跟乞讨无异。

那些年，一心赚钱，压根儿没空闲想其他的。

后来，他觉得自己曾经稀巴烂的，宁愿继续形影相吊下去。

但是现在，倒是希望自己从头到尾一身干净地去喜欢一个人。

蒋畅的感触却和他不一样。

是一种，有些狭隘的念头，想：啊，原来，他也不是云端上的仙人，是同她一样，在人间苦苦挣扎过的普通人。

今天，她同情悲悯他的经历，何尝不是顾影自怜。

所以，她产生了同病相怜的感觉。

她从来不喜欢现在的生活、现在的工作，只是沉湎于安定的状态，不想去改变。

她躺平的思想，简直和宿城的内卷氛围格格不入。

然后，她遇到赵梵，一个整日思考"存多少钱，才能在四十岁退休"的男人。

大概，老天也怕她摆烂摆得太孤单，给她找了一个搭子。

啊不，他们俩压根儿不是同一水平的摆烂标准，她没有生活目标，没有那么"宏伟"的理想。

蒋畅喜欢在心里想东想西，是因为，这样可以免去和人的纷争。

她试图避免一切麻烦，现实的鸡毛蒜皮已经够令人烦恼了，不必要的争端能少则少。

这么胡思乱想着，赵梵已将碗洗净沥干。

那么，接下来，他是不是该离开了？

赵梵只是擦着手，环顾一圈她的小房子，目光再落到她脸上："记得你好像说过，不太爱出门？"

蒋畅觉得，他的眼神所及之处的皮肤，都在微微发热。

她本就不擅隐藏心思，在他的直视之下，它们如同暴露在阳光之下的蝙蝠，慌张乱窜，无所遁行。

她"嗯"了声："若非必要，绝不出门。"

他说："那么，如果在这个天气不错的夏日夜晚，邀请你出去走走，你会拒绝我吗？"

赵梵稍微偏着一点头，耐心地等着她的答案。

饭后散步吗？

在她的认知里，这是属于亲近之人一起做的事情。吐槽，话家常，好像不属于他们关系领域里的。

蒋畅说："我送你下楼吧。"

赵梵有些遗憾地耸耸肩："哦，好吧。"

搞得她有点愧疚是怎么回事？她挠挠脸，送他下楼。

赵梵扶着半开的车门，不急着上去，和她说："接下来的半个月，我应该都不出宿城。工作之余，除了家，我会待在'人间'。"

"你干吗……跟我汇报行程？"

"我的意思是，"他停顿了下，笑了笑，"假如你缺一个饭搭子，可以联系我。"

蒋畅有点蒙，一直到他的车开走，自己回到家，还没完全回过神。

又过了一阵，他发来一条语音。

她这个时候不太想听到他的声音，点了文字转换：当然，不缺饭搭子的话，也可以联系我。

蒋畅这晚又有些失眠了，在床上辗转的时候，拿过手机，点开语音条，播放。

阒静的半夜，他的声音清晰得就像在耳边。

脑海中又响起他走前说的话。

串联起来就是，无条件的，可以随便联系他。

对面发来一条消息。

这么巧，她差点以为她不小心"拍了拍"他。

仍是语音，长达一分钟。

她既担心惹得自己越发睡不着，心里又实在好奇。

到底还是屈从于欲望的驱使了。

开头空白了几秒，后面响起一段旋律，很轻缓的口琴声。

ZS：今天在漫展突然有的灵感，简单录了一段。

ZS：晚安。

语音放到最后，是他的声音。

也是"晚安"。

从他和他朋友口里，大概知道，他这些年一直是空窗，可谁知道他私底下又是什么样的？

否则，他为什么这么像情场高手？

蒋畅把脸狠狠地埋在枕头里。

好烦。

赵甡没有得到蒋畅的回复，只当她睡了，也没太在意。

他睡得晚，却起得早，换了身运动服，出门遛狗。

呦呦很懒，没别人家的狗爱遛弯，但他心情不错，硬把它给拖出来了。

夏天太阳升得早，七点多就晒起来了。

呦呦耍赖，不肯再走，赵犹把它抱起来，撸了下头："跟嗷嗷打架的那个劲呢？"

它蹭了蹭他，舒服地窝着。

他笑了声，想起蒋畅。昨天她睡着，也是这般，下意识地蹭了蹭椅背。

临近中午，赵犹再出门，家里交给阿姨，呦呦送他到玄关。

"在家里乖乖的。"他拍了拍它的头，语气温柔。

昨日他没去聚餐，他们闹了闹，没真的跟他生气，揶揄地说他重色轻友，他说他请客，他们才作罢。

菜上齐，赵犹看了眼手机。

坐在旁边的一人敏锐地捕捉到了，说："频繁看消息，等佳人回信哪？"

赵犹收回视线，颇有些疑惑地问："当初你追你女朋友，也这样吗？"

那人笑得差点上不来气："你不是吧，献总，这个年纪才初恋啊？这么纯情。"

赵犹也不知道算不算，但听得出对方在嘲笑他，他屈肘顶了下好友："老油条，就别笑我了。"

其实蒋畅是忘了回。

她睡到十点，洗漱完，给自己搞了顿早午饭，又开始干活。

下午，她抽空看了眼消息。

她手机常年静音，快递放驿站，外卖备注放门口，10086、诈骗电话一律挂掉，群消息屏蔽，和甲方交接设计方案以 QQ 为主，总之，微信上一般没人找她。

所以，赵犹新发的消息在最顶上。

ZS：怎么办，我实在想不到理由说服我自己，蒋畅其实不是不想回我，只是在忙。

啊，她立即腾出手打字。

大酱炖大肠：抱歉啊，我意念回复了。

他几乎是秒回。

ZS：所以，回的是什么？

大酱炖大肠：你怎么那么晚还没睡？

大酱炖大肠：[鼠鼠劝你别熬夜.jpg]

ZS：[我不困我还能熬.jpg]

大酱炖大肠：[发呆]你上哪儿找的表情包？

ZS：嗯，我觉得我挺年轻的，这方面，应该不会跟你有隔阂吧？

大酱炖大肠：既然如此，那年轻的赵总，你猜得到，打工人是没有周末的。

ZS：在加班？

大酱炖大肠：不算，是副业。

她拍了张电脑屏幕照片发过去，说：我是真忘了回复你。

大酱炖大肠：[小蓝人鞠躬头磕地.jpg]

聊了这么几句，赵烸也没再打扰她。

蒋畅往上翻了下记录，始终觉得诡异，电脑上QQ有了新消息，是甲方的。

明明早就定了稿，时隔多日，他们又有了新想法，想改设计。

做设计的，甲方就是爸爸，总是免不了受气的。

她尽量心平气和地跟对方沟通。

双休两天一下子就过去了。

蒋畅这些天没有找赵烸，她性子很被动，除了关系顶顶要好的，没有事，不会主动联系别人。

赵烸倒是隔三岔五地给她发信息，一般都是挑她上班前或者下班后的通勤时间。

这天下午，蒋畅准时下班，看手机，空空如也，竟不习惯。

大酱炖大肠：dd。

ZS：嗯？

大酱炖大肠：想试一下你的灵敏度。

ZS：03号竭诚为您服务。请问小姐有什么需要吗？自动回复如下：扣1，一起吃晚饭；扣2，陪聊五毛钱的天。

蒋畅在地铁口笑起来。

大酱炖大肠：TD。

ZS：退订无效。

天哪，怎么会有人连这样的把戏都陪她玩。她嘴角压根儿压不下去了。

大酱炖大肠：你在"人间"？

ZS：可以在。

大酱炖大肠：？

ZS：下班了？

大酱炖大肠：嗯，今天工作比较少，现在在等地铁了。
ZS：稍等。

蒋畅以为他有什么急事要处理，就退出聊天界面，随手刷着微博。
转移一下注意力，免得一直像个傻子一样地笑。
官方发了前几日漫展上却青的舞台录制视频，镜头转换间，还拍到了蒋畅和赵筑。
就一瞬间，也许不到一秒，就晃过去了。
她倒回、暂停好几次，才完整地截下来。
四舍五入，这也算是，他们俩的第一张合照？
蒋畅裁掉周边多余的景，放大数倍，图已经糊了，但赵筑偏头的动作很是明显。
她回忆了下，当时他问她："看入迷了？"
离得近，他吐息间的热气，就萦绕在她的脖颈、脸颊一带。
脖子莫名有点痒，她摸了摸。
其实是被冷气吹得。
地铁门开了，蒋畅被人群裹挟着进去。晚高峰的车厢挤得要命，角落的位置都没了，她缩在车门处。
站久了，脚开始酸麻。
幸好，马上到流金大道了，换乘后，人会少很多。
换乘的路线，蒋畅熟得闭着眼都能走，她在老位置等。
地铁运行的呼啸声远远传来，一束强光照着隧道。
到了。
这一节车厢没有空座位，蒋畅抓着扶杆，看到自对面的列车上下来一个高个子男人，他快步朝她的方向走了几步，却被人群挡住。
"嘀嘀"的关门提示音响起。
随即，门缓缓关闭，地铁启动，赵筑的身影在她面前消失。

第七章
日落盛宴

赵觉慢了两步，无奈，只能眼睁睁地看着地铁开走。

蒋畅还怔在原地，反复确认得知，刚刚那毋庸置疑是赵觉。

一站大概行驶三分钟，她却头一回嫌弃，三分钟怎么这么漫长。

她在下一站返程，回到流金大道站。

赵觉站在原地。

她心头涌出一股朝他奔去的冲动，脚步稍微迟疑片刻，却是他向她走来。

他身高肩宽，影子能够完整地罩住她。

他的表情就像是，早知道她会回来一样。

因为急切，她鬓边有一缕发丝乱了，沾在唇上，他伸手，轻轻地拨开，替她别到耳后。

他的眼神温柔地落在她身上，他说："蒋小姐，1 or 2？"

蒋畅微微呼出一口气，吐槽说："什么人工智能啊，才两个选项。"

赵觉手垂下去，牵唇一笑："新研发出来的，功能不完善，谅解一下。"

她说："那，1吧。"

他问："想吃什么？"

"不是该你列出一张菜单，任我挑选吗？你工号是03是吧，我要给你打差评。"

赵觉语气恭敬："那蒋小姐，你想简单一点，还是奢华一点？"

蒋畅想起去银行办业务，还有去海底捞，太客气或太热情的服务，会令她尴尬。他这么一本正经的，却莫名滑稽。

她憋着笑："简单点的。"

"就从这里出站吧,我记得附近有家不错的传统老川菜馆,他们家的水煮肉片、辣子鸡都很不错。"他补充了句,"嗯,还有干煸肥肠也许你会喜欢。"

蒋畅心想,自己也不是贪吃的人,怎么总被他带去各种餐厅吃东西。

还完全拒绝不了诱惑。

不过,可能有个"和他一起"的前提条件,"吃饭"这件事才多了几分可期待的价值。

吃完果然撑了,赵龀给她倒了一杯果汁助消化。

蒋畅捏捏肚子上的肉,苦恼道:"我有预感,这段时间,我一定胖了。"

"没事,趁着你的脂肪还没反应过来,赶紧把热量消耗掉。"

她拎起包起身,走前看了眼小票,边走边给他转账。

赵龀听到声音,问:"这是?"

"AA 啊。"

他说:"不用,是我请你。"

她故作惊讶:"AI 还有支付功能了吗?"

赵龀说:"是啊,蒋畅专属人工客服的独特设计。"

蒋畅正色道:"收下吧。"

"再说吧。"他望一望天上的月,忽地说,"今晚月色挺好的。"

她抿抿唇,不知道他知不知道夏目漱石的这个梗。

——今晚月色真美,风也温柔,我爱你。

蒋畅的心四处撞着,像一只被囚困的、疯狂想逃脱的萤火虫。

她想,这么有名,他应该有所耳闻,这话是不能随便对女孩子说的;又想,他如果知道,那是不是故意……

赵龀的下一句话是:"走走吧。"

蒋畅落了他一掌的距离,跟在他后面,不知不觉间,走到江边。

沿着坡一路往下,是宽阔的江面。风自对岸吹来,失去了温柔,将她的碎发胡乱地抹在脸上。

月色好不好,她无心欣赏,她努力地把头发拨开,免得像一个疯女人。

赵龀回头,见她如此,实在好笑不已。

"下去吗?"

斜坡上种着草,插着禁止下水游泳的标示牌。

台阶密而陡，他们拾阶而下，赵桄说："小心点。"

他伸出手，似乎是想牵她。蒋畅拽着自己的包带，说："我穿的平底鞋，没关系。"

他便又收回去了。

赵桄走在前面，有些束手无策了。对蒋畅，好像有很多法子不好使。

之前邀她散步，她直接拒绝；请她吃饭，她说AA；牵她下台阶，她好似不懂。

还是说，要表达得直白一点，他在追她？

身边没有相似的案例可以借鉴，尤其是贺晋茂、杜胤两个，若叫他们知道，指定会嘲笑他，或者，问问却青？

同为女生，她也许更能揣摩出蒋畅的想法。

但那也是今晚之后的事了。

有小孩牵着风筝跑过去，周围空旷，江边风大，风筝飞得很高。

赵桄说："以前我带却青跑到楼顶放风筝，线断了，找不回来，她还哭。"

"你赔她了吗？"

"我给她做了一个，但是放不起来。"他又问她，"想放吗？"

"算了吧，买回家放着也是落灰。"

"你有现金吗？"

她翻了下包："你要多少？"

"十块吧。"

她递给他，他追上前面的小孩，说了几句什么，接着就把风筝牵过来了。

蒋畅说："十块钱买不到吧？"

"借的，说漂亮姐姐请他吃糖葫芦。"他把风筝盘递给她。

她接过，见它有下落的趋势，手忙脚乱地去拽线，生怕风筝落下："我、我、我该怎么做，跑吗？"

"不用，风很大，慢慢放线。"

赵桄是一位很耐心的师父，教她逆着风，松一下紧一下地放线，风筝很快就飞高了。

蒋畅拉着线往前小跑着，似乎能听到风在空中猎猎作响，她腾不出手去拨头发了，就任由它们乱着。

风筝还是她童年时的玩具，现在再玩，竟然挺解压的。

赵犹不远不近地跟着，她停，他就停；她走，他便提步跟上。

像个看着孩子玩闹的大人。

"哎，赵犹，"蒋畅在前头，隔着好几步的距离叫他，"可以帮我拍照吗？好有成就感。"

他对着她拍了几张，她说："不是拍我，拍风筝。"

他不解，她解释道："你不觉得，风筝后面的尾巴，像风的形状吗？自由的形状。"

说这话时，她眼睛亮亮的，不见一点晦暗低沉。

像天黑了，千颗万颗的星星就出现了。

蒋畅放过瘾了，收了线，由赵犹还给那个小孩，回来见她面上犹带笑意，他问："很开心吗？"

"开心啊，"她气喘吁吁的，衣服被汗浸湿了，"果然，只要不上班，干什么都挺开心的。"

他笑笑，心满意足的样子："开心就好。"

她背着手，低头看着脚下的影子，因灯光不甚明亮，影子也黯然："你之前，是特地来找我的吗？"

赵犹反问："很明显吗？"

"我还以为……是巧合。"

"我原本在公司，收到你的消息后，才出来的。"他侧着头，始终看着她，"蒋畅，世上没那么多巧合。"

赵犹没开车来，搭地铁送蒋畅到家。

她说："谢谢你送我。那……我先上去了。"

"服务结束，不应该给我打个分吗？还是差评吗？"

"五星好评，可以吗？"

他说："嗯，感谢使用，欢迎下次召唤03号。"

蒋畅这一晚上都在笑，脸部肌肉都有些僵了："你还玩上瘾了？"

"逗你开心啊。"

读大学时，宿舍楼下总有一些难分难舍的小情侣，拉个手，拥个抱，腻腻歪歪的。

室友还吐槽过，有这么分不开吗？

现在，蒋畅有点懂那种滋味了。

尽管他们并不是那种关系。

她万分真诚地说:"我很开心,真的,赵㲀。"

跟他待在一起,特别舒服,不用费心找话题,也不用去考虑会不会说错话惹得他多想。

他身上有一种,温柔包容的气质,仿佛可以原宥一切笨拙的人。

赵㲀不动声色地向前走了半步,因为身高差,头需要低得更低。

他的语气并不带有压迫感,问的话却逼得她不得不正面回答:"是拥有一个合拍的饭搭子开心,还是仅仅因为我?"

"都有啊。"

"那我不是,"他慢条斯理地说,"我仅仅是因为你。"

蒋畅不记得,这是今晚第几次心脏超负荷跳动了。

从在地铁看见他的那一刻开始,就隐隐有什么东西加速脱离她的设想范围。

但她不懂怎么去把握住它,仿佛,它一直由赵㲀牵引着。她身在局中,全然不知自己起到的作用。

路上蚊子多,蒋畅被咬得东一块,西一块,他说:"你上去吧,我走了。"

"嗯,拜拜。"她又加了句,"晚安。"

蒋畅上楼后,赵㲀没急着走,看到她家亮起灯后,才给却青发出一条消息。

ZS:还在宿城吗?

青青子衿:在啊,录歌呢。

ZS:什么时候有空,找个借口,约蒋畅出来玩。

青青子衿:?

青青子衿:你自己怎么不约,非舍近求远?

ZS:到时跟你细说,钱我出,别选那种人多的地方。

青青子衿:赵总追人大气啊。行,等我过几天有空了谋划一下,包赵总满意。

赵㲀收起手机,又望了眼蒋畅家的位置,转身离开。

蒋畅鬼鬼祟祟地站在窗户边,扒着窗沿,见赵㲀走了,才坐到沙发上,咬着指关节,思索发微博的内容。

距离上次提他,已经过去了多日,期间,甚至有粉丝私信问她,进展怎么样了。

@锵锵呛呛将将：

我到底是太胆小了，也不是怕表白失败，连朋友都做不成，就是开不了这个口。连试探也不敢。[枯萎]我只能在这个他不知道的小天地，跟你们分享一下。

这段日子跟他接触越多，我越觉得，喜欢一个人，约等于喜欢上一个，理想中的自己。特别神奇，我曾经对异性完全心无波澜，自认识他，我有一种即将坠落的不安，矛盾的是，见到他后，又有被云层包裹的踏实感。

…………

我说得可能有些乱七八糟，总之，我想，即使无法在一起，我日后也会怀念他给我带来的种种体验。

ZS，衷心希望，世界待你，如你待世界一般温柔。

编辑完，她也不再检查有无错字、语病，直接发出去了。

连胡蕙都不知道"锵锵呛呛将将"这个ID。

粉丝同样不知道，这个ID后面是个什么样的人。

彼此之间，完全是陌生的，也是安全的，她的表达欲，让她想在这样的平台诉说。

蒋畅一直都知道自己性格里的缺陷，但她已经接受，并与之和谐相处数年。

强硬要求别人忍受，则是一件霸道无理的事，可相处之中，赵铣毫不介意，甚至以温和的姿态包容她，化解她的尴尬。

她翻了下多出来的评论，有鼓励她的，有夸她很好的，也有祝她成功的……

他们是陌生人，也是朋友，在这种几乎有些无措和无助的时候，这些言论很管用。

有一条评论给了她详细的建议，是说，可以在一些细节上，留点小钩子，对方如果喜欢她，钩得他来表白，也未尝不可。

蒋畅思忖良久。

于她，这事操作起来，八成不容易。

但……是有那么点诱惑力。

她在网易云挑出一首沈献的歌，设成微信主页状态，添了一行字：其实是因为你。晚安。

挂二十四小时,他应该看得到吧?

怕自己后悔,她干脆退出去,眼不见为净。

她洗完澡后,再看手机,有两条未读消息。

ZS:刚到家。

ZS:知道了。晚安。[月亮]

第二天,蒋畅看到转账退回提醒,才知道赵筅没收钱。

她找却青要了赵筅的电话号码,在支付宝搜索。账号实名认证,尾字的确是筅,她把钱给他转过去。

这回他不收也得收了。

结果没过多久,他又把钱转回来,但在她再转账时,发现被他拉黑了。

蒋畅切到微信聊天界面,发了个问号。

ZS:蒋小姐,有没有一种可能,我更想收到你的约饭,而不是钱。

大酱炖大肠:好吧,你想吃什么,下次我请你——月底之前。

ZS:你擅长做什么菜?

大酱炖大肠:番茄炒鸡蛋?土豆丝?辣椒炒肉?

ZS:那就这三样吧。

大酱炖大肠:我实话告诉你,我预判到你想说的,故意挑的简单的菜。

ZS:简单吗?我怎么觉得堪比国宴了呢?

蒋畅被他逗得笑得咳起来。

幸好在自己家里,不会招来奇异的目光。

到了星期六,蒋畅出门买菜。

比起网上订的,菜市场的肉要更新鲜。

蒋畅走到肉类区,那里弥漫着一股肉腥味,熏得她皱了皱鼻子。

老板热情地招呼她:"姑娘,买排骨吗?现宰的黑猪,可新鲜嘞。"

蒋畅想想,可以炖排骨汤,停下来,让老板挑了一斤最好的,剁成小块。

她又称了一些蔬菜、水果,处理不来的,就拜托老板帮忙削去皮。

想到以前跟母亲逛菜市场,她用的娴熟的杀价技巧,学着说:"老板,可以便宜点吗?"

有的说是最便宜的价了,蒋畅也不会争,老老实实付钱,有的不给砍价,但会给她塞把葱。

她拎着大袋小袋出菜市场时,感觉一个月的社交量都用完了。

赵筅给她发消息说,临时有个视频会议,不如她来他家,他给报销车费。

他家小区物业管理较严,做了来客登记,蒋畅才进得去。

给她开门的是阿姨,阿姨递来一双新拖鞋,又接过她手里菜:"赵先生吩咐我给蒋小姐您买的。"

"谢谢阿姨。"蒋畅换了鞋,看到手心都被勒出红印了,"他不在吗?"

"赵先生在开会。"

阿姨给她端来点心茶水,接着去料理那些菜了。

蒋畅起身:"哎……我来吧。"

"蒋小姐您坐就好。"

蒋畅没事干,就逗嗷嗷,它扒着一个毛线球,扒到她面前,是想跟她玩的意思。

赵筅出来的时候,一人一猫玩得正开心。

"嗷嗷还挺喜欢你的。"

蒋畅闻声仰头,见他一身普通的休闲服,头发像早上才洗过,很是蓬松,也显得整个人柔软几分。

"是吗?"

"它高冷起来,连我都不理。"

赵筅在她身边蹲下来,伸手撸了把嗷嗷的头。

他身上有一种木质调的微微苦涩味,又混着一点柠檬香。

她吸了吸鼻子,感觉鼻头有点痒,动手揉了下。

两个人离得很近,几乎是肩抵着肩的,头稍偏一点,彼此的气息都要交错。

蒋畅试图往旁边挪,结果蹲久了,腿麻了,险些一屁股蹲坐地上。

赵筅笑了声,站起身,伸手:"我拉你。"

她把手搭上去,这样无意外造成的、意识清醒下发生的肌肤相触,在她印象中是头一次。

她的手收回时,手指稍稍向下勾,指尖若有似无地擦过他的掌心。

赵筅感觉那一块,如同窜过一阵细小的电流,又麻又痒,再看她,全然无知无觉的样子。

阿姨在厨房忙碌，偌大的客厅，只有他们两人，和一猫一狗。

蒋畅有些埋怨地说："说好我请你吃饭的。"

"菜是你买的，不算吗？"

她腹诽，他总是有道理应付她的。

阿姨把蒋畅带来的那些食材，换着花样做了四道菜，还有一份水果摆盘。

打扫完卫生，阿姨便走了。

赵犹的会议只开到一半，下午还得继续，蒋畅本欲告辞，他说："屋里的东西你都可以用，我用不了多久。"

蒋畅于是留下来。

她坐到露台吊篮里，跷着脚晃悠。

天气很好，没出大太阳，高层还刮着清凉的风。

今天起得太早，又吃得很饱，晃着晃着，她就困了，头往旁边一靠，闭上眼睛睡着了。

她睡得不踏实，做了一堆纷杂的梦，又是猫变得巨大，可以供一个人躺在它的肚皮上，又是和一个男人走在路上，牵手、拥抱、亲吻。

蒋畅倏地醒了，发觉身上盖着一条薄毯。

感觉风更凉了些，再一看，梦中另一个主人公，此时正浇着花，水雾被风吹过来了。

赵犹关了开关，说："本来想抱你回屋睡，外面紫外线强，但又怕弄醒你。"

因为那个梦，蒋畅莫名产生了轻薄他的罪恶感，低低地"嗯"了声。

旁边是一丛无尽夏，叶片和花瓣上点缀着无数颗水珠，折射着光，梦幻一如梦境里的掠影。

她的表情可能有一种，没完全醒过神的呆憨，他看得发笑，说："你知道吗？你现在很像刚睡醒的呦呦。"

蒋畅说："……我竟然一时听不出，你在夸我还是损我。"

"夸你，很可爱。"

以前，对人类异性有这种感觉，对象都是六岁以下的。

说着呦呦，呦呦就来了。

赵犹蹲下，抱起它。它圆圆的小脑袋转着，然后看着蒋畅。

蒋畅和它对视半响，眨了眨眼，蹙着眉心，说："我哪里和它像了？"

赵犹拎着呦呦，挨近她的脸，打量比较一番："嗯，很像，憨憨呆呆的。"

蒋畅把狗从他手里抢过去:"打劫!如果不想我撕票的话,就收回你刚刚那句话。"

"你抱着吧,看它也挺喜欢你的。"

赵鉌走回屋子,听到蒋畅在背后说他坏话:"你爸爸好讨厌是不是?要不跟姐姐回家得了。"

这是什么辈分关系?

他失笑。

赵鉌靠着桌子,给自己倒了杯水,远远地看着她的侧影。

那一瞬间,他突然就觉得,家里多个人,比想象中的感觉要好很多。

他对家庭从来没有什么向往之情,两个人结合的同时,带来的责任和麻烦,远高于单身的两倍。

譬如父亲再婚,夫妻俩的争端不见减少,只是他们一把年纪,不想反复折腾,将就着过下去。

这些年,独自生活,已经成了一种惯性,他清心寡欲到,生活里只有花草和猫狗。赚的钱,也是为日后所备,用得不多。

破天荒的,因为一个女生,有了凡俗的念头。

看她犯困睡着,看她把自己的腮帮子填满,看她逗猫逗狗玩,看她拍一些琐碎日常……

原来,桩桩件件,还挺有意思的。

最最难得的是,在许多方面,这样一个性格和他迥异的女生,竟十分契合。

也许,他比他自己预料的更要对她着迷。

在到不可救药的地步之前,他想,他应该也把她拉入爱情深渊。

那天,她设的微信状态,便是一个征兆。

蒋畅不知道赵鉌在看她。

放走呦呦,它跑到不知哪儿去了,赵鉌人也不在。

狗狗灵敏的嗅觉,令它轻易找到主人,蒋畅找到它时,它正绕着赵鉌打转。

他在换衣服。

蒋畅立马转过身:"对不起,我不是故意的。"

谁叫他家不安门……

当初装修这个房子,赵鉌纯粹只为自己考虑,卧室、衣帽间、书房三者几乎融为一体，视觉效果上，空间大得多。

贺晋茂、却青他们来此，也不会留宿。自然不会有被人撞见换衣服的风险。

赵兟不过是换了件上衣，她看到的，仅仅是他的后背而已。

网上那么多晒肌肉的模特、明星，更何况，仓促一瞥，根本看不到什么。

但他听到她说："你……身材练得挺好的哈。"

赵兟低头看看，为了不早早得"三高"，他很注意身体健康——当然，熬夜这事，有时实在控制不了。

他说："虽然到了和你差辈的年纪，但确实还不错。"

蒋畅窘迫地说："我随口一说而已。"

她又惆怅道："我前两天还被一个上初中的小孩子叫阿姨，我有这么老吗？"

"是吗？"赵兟语气惊讶，"那我岂不是该被叫大爷了？"

她笑："你别逗我开心了，你分明没大我多少。"

"你不觉得现在说话的姿势，很奇怪吗？"他说，"我换好了，你转过来吧。"

他在整理衣领，又是一件衬衣。

"你是要出门吗？"

"送你回家，顺便去美术馆。"

蒋畅问："有什么展吗？"

"我之前投资了一个工作室，那里是一些美院毕业的学生，他们会创作一些作品用于售卖版权，或者开办画展。今天就有个展，我去看看。"

他顿了顿："你感兴趣吗？我可能没空顾及你，但如果你想去，我可以带你一起。"

"好啊。"

蒋畅答应得十分爽快，难免令他怀疑，她对画展的兴趣，比对他大得多。

停车场内，赵兟的两辆车停在一块。

系上安全带后，蒋畅指指旁边的牧马人，问："你买它，是为了自驾出去旅游吗？"

他摇头："其实是一个朋友当时手头比较紧，但急需用钱，为了帮他这个忙，我就收了。"

她嘀咕了句"真败家"。

他听清了，启动车前，看她一眼，意有所指地说："毕竟没有女朋友管，手容易松。"

她问："照这么说，你会听女朋友的话，把钱交给她管咯？"

"不知道，也许应该分人。"

蒋畅"哦"了一声。

点到即止，她按下再往深处打探的念头。

车驶出车库。

云不知何时散开了，阳光倾泻，天地一片大亮，她眯起眼。

耳边又传来他的声音："爱情有时是一种统治与臣服关系，如若我愿意为她所掌控，自然事事听她的。"

这番话，像是要将自己献祭给爱情。

宿城有多所大大小小的美术馆，有的是免费对公众开放的，有的需付门票。

赵觥带蒋畅来的这一家，是一所私人美术馆，它背靠一家集团，所展出的作品种类繁杂。

有位负责人来迎接赵觥，客气地喊："赵总。"

赵觥和他握一握手，告知对方，蒋畅是他的朋友。对方便要求自己的助理陪她逛，她连忙摆手拒绝。

其实，蒋畅之前听别人这般叫他，关于他多么有钱有势，她没有太强烈的实感，八成原因在于，他身上没半点架子。

这一刻，突然觉得，他的确很了不起。

对方负责人为了蒋畅有更好的体验感，极力推荐助理陪同。

那是个小姑娘，看着同蒋畅差不多大的年纪，一身干练的职业装，气质便成熟不少。

她说，叫她小黎就好。

周末，馆内人不少。

小黎偶尔轻声附上一两句讲解，比如这件作品的独特技巧，那件的获奖历史。

蒋畅听得似懂非懂，她对这些略有涉足，但了解不深。

这座美术馆建得不小，分三层，每层各有两三个展厅，设计得也非常具有艺术感。

小黎说，这些是赵犹投资的工作室里那些学生的作品，他们有的刚毕业没多久，有的还在读研，但非常具有商业潜力。

蒋畅问她："你也认识赵犹吗？"

小黎说："赵总跟我们老板认识一两年了，来往不算多吧，我认识赵总，赵总不见得记得我呢。"

蒋畅问："那你觉得，他是个什么样的人呢？"

小黎笑容合宜得体："背后论赵总的是与非，不太好。"

蒋畅说："我只是比较想知道，我认识的他，和别人认识的，有什么区别。"她目光往下，俯瞰楼下的风景。

大厅里，赵犹和人坐在一座沙发上，聊着什么。

小黎思忖片刻，把握分寸地说："我们老板对他的评价不错，说他是一个眼光犀利的投资者，但称不上一个野心家。"

蒋畅转过头："为什么？"

"因为他的目标就是能赚就行。不过，赵总确实少有亏损的情况。"小黎又笑了笑，"但高风险高回报，谁不希望钱投进去，有十数倍的收益呢。"

蒋畅大概懂了。

"我个人来看，赵总是极优秀的了。毕竟嘛，男人多是四条腿的蛤蟆，赵总得是一只眉清目秀的妙蛙种子了。"

蒋畅被逗得笑出声。

小黎忙又说："蒋小姐，您可千万别叫赵总和我老板知道。"

"好，放心。"

从美术馆出来，赵犹低头看了下时间，说："你急着回家吗？不急的话，我带你去一个地方。"

蒋畅倒是好奇："去哪儿？"

他答："一个你应该会喜欢的地方。"

赵犹驱车，周围高楼越发稀疏，这是往郊区开了。

蒋畅说："赵总，别费心思绑架我了，我家没钱赎我。"

他手闲适地搭在方向盘上，听罢，轻轻地瞟她一眼："不，我绑架了一场日落给你欣赏。"

地方很快就到了。

赵苋将车泊在路边，领着蒋畅一路蜿蜒，走到河岸边。

她知道他说的话是什么意思了。

七月的风，低低地徘徊着，靠近上游一点的江，比市中心的更清澈，波光粼粼的。岸边种着一片桦树，直而高，自有直冲云霄般的气势。

不远处，架着一座钢索桥，再远，是一川平坦，农田繁茂，间或有一栋栋自建楼，白墙红瓦。

最色彩浓烈的，是天边渐渐显出的晚霞。

蓝、紫、红、橙、粉，几样饱和的颜色融在一起，似天公的信手涂鸦，然而却能给世人带来震撼。

与其说他绑架了一场日落，不如说她为日落所绑架。

蒋畅看得走不动道了，眼看着颜色变幻，再一点点暗下来。

直到盛宴终落幕。

回程的路上，蒋畅心中波澜仍难以平息，问："你开车带我来这么远的地方，就是看日落？"

"是啊，"赵苋颔首，"今天看到一幅画，问起，说是在这里画的，就带你来了。"

她轻声说："好像有点疯。"

开大老远车，只是为了看场日落。

疯得又令她过分着迷，因而产生一种强烈到压得她心脏发疼的预感——将来，她会爱惨了这个男人。

赵苋说："古代君王为博美人一笑，使尽手段，又是烽火戏诸侯，又是一日撕百匹帛，我这还是小儿科。"

蒋畅说："那是昏君。"

他笑："但目的是一样的。"

蒋畅捂了下脸，把头转过去，留给他一个后脑勺。

完了，说要给他下钩子，可他随意放个招，她就根本招架不住。

比起他，她才是小儿科才对。

赵苋到底喜欢她吗？还是觉得生活无趣，撩她有趣？

如果不喜欢，何苦这么煞费心机讨她开心。

如果喜欢，为何迟迟不表明心意，而是做这些似是而非的事，说这些似是而非的话。

蒋畅决计不想由他完全占据上风，又想不到如何反客为主。

沉默间，车已开回市区。

路过一家网红饮品店，似乎是搞第二杯半价的活动，门口排起长队，她便问他："你喝吗？我请你。"

赵桄放她先下，他找好停车位再来。

蒋畅扫码下单，前面排的号太多，还只能站着等。

他过了很久才过来，城市繁华地带，实在很难找到地方停车。

他到时，她也刚从店员手里接过饮品。

她说："以前这种第二杯半价，我从来不买。"

"为什么？"

"我自己喝不了，而且不好意思找人拼单，久而久之，就没想法了。"蒋畅咬住吸管，"饭搭子，现在还好有你。"

如果赵桄没记错的话，这个营销噱头，一开始的目标人群是情侣，结果被她讲成"拼单搭子"。

嗯，他现在格外反感这个词。

赵桄其实不喜欢跟人一起吃饭，饭桌是他家的矛盾聚集地。上中学时，大家喜欢成群结队地一起吃饭，他经常独来独往，饭盆一倒，手一插兜就走。

过了那段叛逆期，他开始接受将社交场搬到饭桌边，尤其是工作后。

但说实在的，他不觉得一起分享食物是件能促进食欲的事。

到了蒋畅这儿，是个例外。

或者说，遇上她后，有了很多例外。

比如，带姑娘大老远去看日落，是这辈子也没做过的事。

他觉得浪漫，可她竟然说，有点疯。

更例外的是，送她到家后，他胳膊交叠着，压在方向盘上，坐了很久，思考着，该怎么向她表白。

曾经浑得过分，自甘堕落，翘课玩游戏，夜不归宿，在街上流浪，还把一堆女生放在身边当摆设，给众人看个清楚明白，他赵桄是摊怎样也扶不上墙的烂泥。

没谁在意他，他也不在意任何人。

有一次，他站在楼顶，突然觉得好没意思。他跟最后一个"女朋友"说了分手，问旁边的狐朋狗友："你说，跳下去的痛苦，跟继续活下去相比，哪个更难挨？"

朋友恶狠狠地说："你大爷的赵桄，你敢跳一个试试，你投胎了我化成厉鬼都要纠缠你。"

"下辈子是下辈子。"

朋友说："活着吧，你死了，我就活不好了。"

赵桄笑了，趴在栏杆上眺望。

"你要不然，换个女生谈谈试试？"

"她们不是真的喜欢我，我也不喜欢她们，换来换去，有什么意思。"

朋友皱着脸，十分苦恼，似乎想不通他怎么这样："那你觉得什么才有意思？"

"把你一脚踹下去，看你血肉模糊，可能有点。"

朋友一把勒住赵桄的脖子，骂骂咧咧，反而惹得他笑了。

没跳，倒不是有什么眷恋，只是想，他的命本不值钱，这么坠落下去，就更加一文不值了。

他就那么浑浑噩噩地熬过一天又一天。

现在日子也不甚明朗，但第一次，他有认真追求一个姑娘的念头。

一开始，他想处久一点，让她习惯自己的存在，也让她更了解自己。和她讲自己家里的事，便是出于这个考虑。

现在又觉得，如若拖得太久，有那么点不负责的意思。

但贸然说"我喜欢你"，太敷衍，也不正式。

白在圈子里混这么多年了。

蒋畅不知道赵桄还在楼下没走。

她正认真地编辑微博：

跨越大半座城市看日落，有点疯，但我想说的其实是，跟你在一起看日落，很浪漫……

好酸。

她自己都觉得像喝了一大杯浓缩柠檬汁，酸得浑身起鸡皮疙瘩，连忙把这句给删掉。

@锵锵呛呛将将：

"在我心上用力地开一枪，让一切归零在这声巨响。"

我是这场日落的人质。

配的几张图是傍晚拍的，赵犹估计不知道，她拍到他了。

她修过，出现在照片中的，就是一个轮廓不甚清晰的暗影，没人会认出来，但粉丝猜，这个人是不是ZS。

她回复：是他。

蒋畅又挑了一张，混在其他的照片中间，发了朋友圈。

配文是：人质在这一刻得到释放。

蒋畅想，如果像上次一样，知道她发的是歌词，那他应该会知道，里面有一句"你的温柔是我唯一沉溺"。

她不敢堂而皇之地把这首歌发给他。

那意图太明显了。

她像某种昆虫，暗戳戳地伸出细细长长的触角，试探着。

如果他知道，如果他能懂。

过了几分钟，那条朋友圈底下，多了一颗来自赵犹的小红心。

看时间，他应该还在路上才是，这么快就到家了？

光点赞是什么意思呢？知道还是不知道？

蒋畅咬着下唇，又起死皮了，她忍着不去撕破。

一晃神，她见赵犹发来一张照片。

同样是夕阳，不过焦点所落之处不一样，她拍的主体是天空，而他的镜头里，天空则成了背景板。

中间的女生，穿着一袭棉质长裙，头发扎得松垮，抬着胳膊，在拍照。

是她。

同一片夕阳之下，他们在彼此不知道的时候，拍了对方。

蒋畅是临时得到消息，说表姐夫没了的。

母亲打电话通知她，让她回老家参加丧礼。

她当时很蒙，说："好端端的，怎么人就没了？"

母亲解释："这段时间不是雨水多吗，他去钓鱼，鱼竿挥到高压线上，就电死了。"

母亲还说，高压线掉得很低，容易出安全隐患，投诉了很多次，仍未采取措施，这次人没了，他们还在闹。

如果不是这次突发事件，蒋畅并不想回去。

但表姐曾经对她多有照顾，小姨和母亲关系也很亲近，总之，她不得不向老板请了两天假，买高铁票回老家。

老家离宿城不算很近，高铁要几个小时，蒋畅只简单收拾了一下，带了几身换洗衣服和必需品，就上车了。

她的座位靠窗，邻座是个中年男人，她拿着手机，低声说："麻烦能让一下吗？"

他看她一眼，把腿缩起来。

整个车程很难熬。

旁边的男人一直在嗑瓜子、短视频外放，加上车厢内有小孩哭闹，蒋畅烦得不行。

实在忍无可忍了，蒋畅对他说："请问可以不要外放吗？广播里都提醒了……"

估计因为她声音软，语气客气，男人没当回事，调小音量，继续刷。

蒋畅吐了口闷气。

算了，算了，免得起争端。

她戴上耳机，点开音乐软件，闭目养神。蓦地，她又想起，她没跟赵铣说这件事。

高铁上信号不好，消息转了一会儿圈才发出去。

大酱炖大肠：你的饭搭子这两天得回老家一趟。

她买的是工作日早上的票，他这个时候本应该在忙，却很快就回了。

ZS：出什么事了吗？

大酱炖大肠：亲戚白事，过两天就回来了。

ZS：好，路上注意安全。[咖啡]

蒋畅头靠着窗户发怔，景色在眼前迅速地倒退着，快得成了残影。

很多时候，她都会觉得无力，尤其是早上睁开眼的一瞬间，灵魂仿佛被一只无形的手，死死地拖着，醒不来。

疲惫，觉得精气被生活吸干了，剩一副躯壳，无意识地在世间行走着。

每天就在想，地球什么时候毁灭啊，人类什么时候灭绝啊。

但地球运转得好好的，人类也依旧按着既定的文明发展历程前进着。

老家是一座地铁都没修建的三线小城市,名为容城。

她出站后,搭公交车回家。

太阳炙烤着,天气闷热,人像被盖上一层无纺布,放在蒸屉上蒸一样。

蒋畅到家,精疲力竭,一是累,二是热,还有休息不够的困倦。

一大家子人住在一套老房子里。

母亲已经退休,父亲尚在工作,嫂子在家带孩子,哥哥蒋磊在上班。

母亲来门口迎她:"吃过饭了吗?"

"没有。"

出站口有麦当劳,但不想吃,实际上,她也没胃口吃饭。

"我去给你下碗面,你坐着等一会儿吧。"

母亲系上围裙,复又走进厨房,打燃煤气灶。

这套房子,是蒋畅从小到大居住的地方,不过几个月没回来,竟感到陌生如斯。

侄子在客厅看电视,蒋畅把零食给他,去屋里看看侄女。

刚满百日的小女孩,还不会说话,肉嘟嘟的,胳膊跟藕节似的,白嫩绵软,戳一下,指端会陷进去。

她朝蒋畅眯着眼睛,咧开嘴巴"咯咯"地笑。

蒋畅的心情暂时得到些许好转,戳着侄女的软肉玩。

嫂子文佩佩坐在一旁,说:"畅畅,你在宿城过得还好吗?"

"还可以。"

"看你好像有点瘦了。"

"没有吧,最近吃挺多的。"

嫂子说:"一个女孩子独自在外面,对自己好点。"

蒋畅点头:"嗯,好。"

然后就没话说了。

姑嫂俩虽同住一个屋檐下,但交流并不频繁,甚至还没有蒋畅和蒋磊吵的架多。

母亲在外面喊蒋畅:"面下好了,来吃吧。"

她走出去。

愿星河下坠
夜色里拥我入怀

挂面，上面盖了个荷包蛋和几片菜叶子，汤里加一勺辣椒酱，是蒋家的经典吃法。

蒋畅挑了一块子，吹了吹，母亲开口说："你现在存多少钱了？"

"没钱，你别打我主意。"她语气冷淡，头埋下去。

"你表姐夫才三十出头，就算赔钱，赔那几十万，又管什么用呢，他们俩还有个孩子。"

母亲叹了口气，继续说："你在外面存不下钱，就回来算了。"

蒋畅抬头看母亲，这么多年，她为家庭操劳许多，黑发现银丝，被染发剂遮掩，脸上的沧桑却压不住。

"回来有什么意义呢？你不记得蒋磊说的，这房子，你们百年后的遗产，我拿不到一分钱？"

"他就那么一说而已，你们是亲兄妹。"

蒋畅冷笑一声："爸爸疼他那孙子疼得要命，要什么给什么，哪有我的份啊？"

父亲是传统的大男子主义者，在家里，他指点江山，横行霸道，到外面，又唯唯诺诺，不敢反抗。

他一点家务都不做，对她们指手画脚厉害得很，倒是嫂子，会帮着母亲做点。

到了他孙子那儿，要月亮绝不给星星的，宠溺极了。

在他口中，蒋畅结婚收的彩礼，是要给他花的。

母亲被欺压惯了，封建思想根深蒂固，她大概不会觉得，蒋畅是要嫁出去的，分不到家产有什么问题。

蒋畅读这么多年书，是为了有勇气脱离这个家的，怎么可能会听母亲的话。

"妈，你别说了，让我好好吃顿饭吧。"

母亲起身："你吃吧，冰箱里还有半个西瓜。"

嫂子这时走出来倒水，显然是听到母女俩刚才的对话了，但也没说什么。

这个三世同堂的家里，蒋畅是孤立无援的。

文佩佩有时厌弃蒋磊是一回事，是否帮蒋畅是另一回事。

蒋畅也没指望他们。

她权当自己才是那个外来者。

侄子跑到厨房，翻着冰箱，母亲跟过来说："不能吃了，你今天吃了两根了。"

他尖叫："不，我就要吃。"

在侄子的撒泼耍赖下，母亲还是给他掏出一根冰棒。

蒋畅忍不住说："他这么小，会吃坏肚子的。"

母亲无奈："他要吃，也没办法。"

蒋畅说："他要星星要月亮，你难道也爬上去给摘吗？他迟早被你们给惯成蒋磊那个样。"

母亲没作声。

晚上，蒋磊和父亲回来，一家人一起去吃白事饭，在容城又叫豆腐饭。

摆了好几张桌子，人围着圆桌坐成一圈，端上的菜都是用不锈钢大碗装的，不像酒宴那么精致。

蒋畅见到表姐，她精神状态不好，罩着粗麻布，更显得面色憔悴。然而，她还要带着孩子，应付一众亲朋好友。

表姐走过来时，蒋畅说："节哀。"

自己的日子过得也糟糕，她安慰不了什么。

表姐苦笑着点点头。

一桌子，都是亲戚，小姨、舅舅，还有几个蒋畅的同辈。

蒋畅是未婚的同辈人中，年龄最大的，哪怕她再低调，话题还是绕到她身上。

"蒋畅啊，你今年二十五了吧，还没找男朋友吗？"

她闷声应："嗯，没有。"

"过两年都奔三了，到时候生孩子就晚啦。你爸妈也是，都不着急的吗？"

蒋磊说："着什么急，她自己有主张得很，没谁管得到的。谁知道她在外面是不是谈男朋友了，不敢跟家里说。"

他睨她一眼："在外面待了两年，也晓得打扮了，没交男朋友谁信啊。"

整顿饭吃下来，不是亲戚纷纷劝说蒋畅赶紧结婚，就是蒋磊明里暗里地嘲讽她。

蒋畅忍着，一言不发，到了家，才说："蒋磊，你是不是有病啊？"

·156·

"怎么了，架势大了，还说不得了？"

蒋家祖上也不知道是不是有北方血脉，蒋磊有一米八几，到她，估计遗传到母亲的基因，才过一米六。

蒋磊高出她一截，居高临下地、睥睨般地看着她。

同样是这般身高，赵觥就从来不会用这样的眼神看人。

她胸口堵着一股无名火："你这么想谈男朋友，你自己去谈一个啊，说我干什么？"

蒋磊看她腕上的手链，红绳上串着黄金转运珠："你那不是你男朋友送你的？"

"就不能是我自己买的吗？"

"你不是口口声声说没钱吗？"

"有钱也不会借给你。"

从小到大，兄妹俩针锋相对为多，和平相处居少。

蒋磊从来心胸狭隘，以自我为中心，还小气抠门。

蒋畅知道，这么无意义地争吵下去，伤到的，是她自己的心情。她进了房间，嘭的一声，把门重重甩上。

蒋磊说："本事不大，脾气不小，这样有谁敢娶。"

声音不小，是故意说给她听的。

她懒得理他。

床上母亲新铺了凉席。

蒋畅还没洗澡，但累极了，直挺挺地倒在床上，拿起手机，发消息问赵觥：今天宿城的月亮亮吗？

ZS：嗯……我看看。

过了半分钟。

ZS：挺亮的，快到十五了，也很圆。

大酱炖大肠：可以拍给我看看吗？我家楼层矮，被房子遮挡了，看不到。

ZS：[图片]

蒋畅放大，看了又看，亮而薄的一片，像贴在黑布上的圆形金箔。

大酱炖大肠：感觉，月亮是治疗我失眠的那片药。

"对方正在输入"闪了好一会儿。

很难得地，赵觥也有犹豫的时候。

ZS：你不开心吗？

能够从这样一句矫情的话里，看出她情绪的人，大概世所罕见。

而赵犹这般的人，更是稀有得如陨石坠落地球，刚好降临在她面前。

蒋畅不会轻易把负面情绪倾倒给别人，除了亲近之人，比如胡蕙。

可这里明明是她的家，周围是她至亲的亲人，她一腔烦闷，却无从诉起。

苦夏一词，也许就是这么来的。

她想，此时此刻，只有对面的人了。

大酱炖大肠：佩索阿写过一句：我每天都在吞咽人生，像是在吃药，每日必服的药物。

大酱炖大肠：有时候卡在喉咙里，想吐掉，又迫于无奈，不得不吞下去。

大酱炖大肠：我不开心，赵犹，我真的很不开心。

蒋畅总是会想，她体内有一台晃晃悠悠的天平，一边是喜，一边是哀，时而往这边倾，时而往那边倾。

现在，就是"哀"的这一端被沉沉压下。砝码是今天遇到的人，听到的话。

她找不到合适的事，去压"乐"的那端，平衡自己的心情。

但她知道，她暂时还不会崩溃。

砝码再沉再重，也未到压坏天平的重量。

只是她怀疑，长此以往，天平的调节能力是否会失效。

ZS：你现在方便接电话吗？

大酱炖大肠：嗯……我家人可能会过问。

也不是完全不行，但她此时实在不太想听见他的声音，不想听见他用温柔的声线安慰她。

赵犹不会勉强她。

ZS：或许，有什么能让你开心一点的事吗？吃东西，或者看部喜剧电影，听听歌？

大酱炖大肠：不知道，我想睡觉。

ZS：那行，你今晚好好休息，祝你睡个好觉。

觉睡得不太好，一大早就醒了。

母亲忙里忙外地做早餐，把蒋磊和父亲送去上班，又要喂侄子吃饭、洗几个人的衣服、打扫卫生。

蒋畅有时候挺心疼她的，又觉得她明明可以反抗。

父亲凭什么当甩手掌柜呢？哥哥凭什么把孩子全权交给父母管，还要吃他们的，花他们的呢？

蒋畅帮着把碗洗了，说："妈，你之前不是说不舒服吗？去医院检查了没？"

母亲摇头："后来好了就没去了。"

"正好今天我在家，我带你去一趟医院吧。"

"老毛病了，费那个钱干啥。"

"病不能拖，越拖越严重，不管怎么样，做个检查总归要放心点。"

蒋畅还是把母亲劝去医院了，缴费、排队、检查，花了一上午时间，第二天来取报告。

快到中午，要做饭，她们顺便去趟菜市场。

母亲问蒋畅："你想吃什么？炒个排骨吧？你也这么久没吃家里的饭了。"

"我都行。"

母亲躬身，在菜摊上挑着菜，说："你以前最喜欢吃茄子了。"

蒋畅早就不喜欢了，但没说什么。

这个季节茄子、豆角、丝瓜大量成熟，亲戚年年夏天送来一大堆，天天吃，快吃吐了。

母亲又去挑了条鱼。

池子里，氧气机嗡嗡地运作着，老板手起刀落，飞快地刮掉鳞片，开膛破肚，血混着水一起滴落。

蒋畅看着不忍心，撇开脸。

买完，几个袋子给蒋畅拎着，母亲问："要不要给你买两身衣服？"

"不用了，我这么大的人了，自己会买。"

不知母亲想到什么，沉默下来。

也许想，她现在大了，翅膀硬了，敢跟家里人叫板了；又或许，想她跟家里人疏远了，没出事，十天半月也不会主动联系。

蒋畅从小本分老实，最叛逆的时候，也不会顶撞老师、长辈，安分守己到大学。

现在她倒是敢了，也只敢将刺对着家里人。

她当然不是没有感情的人，但她既改变不了他们的思想，也改变不了家里的现状，她能怎么办呢？

每每想到这些，她就心累。

待在宿城，好歹可以选择性地忘记，回了容城，就不得不面对。

小城市打车不贵，太阳大，又拎着东西，蒋畅叫了辆网约车，和母亲一起回家。

上楼碰到邻居，对方同她们打招呼："蒋畅怎么回来了啊？没上班吗？"

"家里有事，就回来了。"

其实姐夫也不是容城的人，这边办场丧礼，那边还要再办一场。但他们一家人也不会去，这两天她身心俱疲，宁愿早点回宿城。

母亲中午烧了四个菜，吃过，带着侄子去午睡。

嫂子一直待在空调房里带侄女。

蒋畅房间没装空调，起初是有的，蒋磊房间的坏了，就把她房间的拿走了，没再装新的，说她反正也不怎么回家。

风扇吹出来的是热风，坐着也能出一身的汗。

她唯一庆幸的一点是，她的房间好歹没沦为杂物间。

明天是周六，蒋畅打算陪母亲拿了检查报告，周日回宿城。

老板为了减少员工请假频率，提高了请假的扣钱金额，请一天就是300，她多请不了。

她买完高铁票，退出 App，才发现赵甡不久前给她发了消息，但没有弹出提示。

ZS：现在方便吗？我在你家附近。

ZS：或者什么时候方便？想见你一面。

ZS：望看到后回复。

不到下午两点，外面又热又晒，搁往常，蒋畅是决计不会出门遭这个罪的。

然而，看到这两句话的下一秒，她就抓起手机和钥匙，换鞋下楼。

这短短的几十秒，蒋畅的大脑里，是好似烟火散尽后的大片空白。

蒋畅来不及去想他为何而来，何时来的，只是受本能的驱使，想立即见到他。

想念是本能，爱也是一种本能。

蒋畅从未失去这些本能，只是它们沉睡太久，在苏醒过来时，才这样轰轰烈烈。

第八章
万万重要的人

赵桄站在荫凉处，戴一顶白色鸭舌帽，低着头，漫不经心地划拉着手机，脸上被遮下一片阴影。

或许是担心打搅她，他没有打电话催她，就那么安静地伫立着，宛如一棵顶着风雪，屹立不倒地坚守着的白杨。

她的嗓子眼好似堵住了，唤他名字也唤不出。

还是赵桄先看见的她。

他收了手机，朝她走过去。

她立在阳光之下，一动不动，视线渐渐模糊。

不敢相信，他真的一直在这里等着她，如果她一直没看到消息呢？

赵桄定住脚步，打量她两秒，说："这样的表情，是还在不开心吗？需要一个拥抱吗？"说着，就张开了双臂。

蒋畅毫不犹豫，扑过去，拥住他的腰身。

熟悉的气息，夹杂着微微潮湿的汗意，环绕住她。

赵桄回拥住她，轻轻地拍着她的背，无声地安慰。

她收紧了手臂，将脸贴在他的心口处。男人有力而富有节奏的心跳，直直地传入她的耳蜗里。

他说："你可以像上次那样发泄出来，哭也好，诉说也好，就像淤泥填塞管道，要清空才能好，不是吗？"

"赵桄……"

赵桄，两个音节，如石子一般，卡在喉咙里，卡得她难受，几乎疼得眼眶发酸。

"我的情绪调节能力总是很差,被人撞了没有道歉,我会很烦;一个稿件反反复复改,我会很烦;高铁上有各种噪声,我也很烦。每当我觉得,生活特别乏味的时候,又会有奇奇怪怪的事吸引我,前些天看的一部电影很好看,我侄女笑起来很可爱,你带我看的那场日落很漂亮……我也很想像你一样情绪稳定,但是我做不到。

"吃饭、睡觉、工作,这些日复一日的寻常事情,我既满足安定,又深深厌烦。生活在人群里,他们总是对我有这样那样的要求,考一个好大学,尽善尽美地完成任务,结婚生子,完成人生大事……我向往自由,又被自由困住。我不知道往哪儿逃,我感觉我是从一个牢笼,钻进另一个。规矩、秩序,是一道道精铁所制的枷锁,死死地铐牢我。

"在很多时候,我讨厌极了人类,包括我自己。我经常躲避和人的交流,我习惯一个人待着,对别人,我可以说我享受孤独,对自己,我得承认,我是害怕搞砸一切关系。好比我的家庭,好比我到现在,没什么朋友。"

蒋畅说了很久很久,她哽咽着,断断续续的,已分不清,她到底是在对他说,还是自言自语。

期间,赵铣没有打断她,直到她说累了,再说不下去。

他带她去买了瓶水,和一包湿纸巾。

周围没有店铺可供歇脚,旁边是机关单位的家属区,铁栏杆围着。栏杆内,栽着桂树、南瓜藤、仙人掌、竹子等,枝叶伸出来,遮下一片浓荫,还有一根藤上坠着两个西葫芦。

他们就站在树荫下。

蝉声一阵大,一阵小,总之叫得没完。

赵铣撕了两张单独包装的湿巾,擦去她的眼泪,又帮她擦手,然后说:"我无法完全得知你所经历的,但我想,痛苦很大一部分源自于理想和现实的不匹配。人口太多,时代发展得太快,大部队着急往前赶,但其实,个别人不跟上也没有关系的。走了这么远,你已经很了不起了。"

蒋畅好不容易止住的眼泪,又有决堤的趋势。

脸上冰冰凉凉,是他摁着湿巾,替她揩脸,淡淡的茉莉香气,驻扎在她心间。

赵铣把她完全哄好,用了半包湿巾。

她捧着水瓶，慢慢地补充眼泪和汗水丧失掉的水分。

以往，蒋畅和家人吵架，气得哭，母亲求和的方式是做好饭，叫她吃。

而母亲和她抱怨父亲的行径，抱怨父亲家那边亲戚的刁难、看轻，她也无从开解。

彼此好像从来不知道该怎么互相安慰。

这样的狼狈，蒋畅会藏在人后，不让外人得见，她却在赵甓面前失态了不止一次。

她面红耳赤，眼睛也是红的，像快被天地间的热气蒸熟了般。

"你……今天早上来的吗？"

"嗯，落地后就去办了酒店入住，"他笑笑，语调温润，"因为不知道一天的时间够不够。"

她垂眼，无意识地抠着矿泉水瓶的包装纸："其实我很快就回去了，你没必要跑这趟，还耽误你的工作。"

"不会，我工作时间没那么死板。"

赵甓稍微弯下点腰，去看她的脸，伸出手，想去碰。

害羞迟迟地到来，蒋畅下意识地躲掉了。

他收回手，若无其事地道："脸上有根头发。"

她问："在哪儿？"

他点点自己的左脸颊，她弄掉头发。

有什么东西，在两人之间，蠢蠢欲动着，将要钻破那层窗户纸。

然而这种时候，没有谁会去主动促使它快速壮大。

蒋畅抬头："你吃饭了吗？"

"还没有。"赵甓又补了句，"早餐也没来得及。"

好吧，他是存了点小心思，叫她念他为她奔波数百里而来的好，也多心疼他一点。

早已过了午餐点，蒋畅带他去一家快餐店："可以吗？"

"可以。"

蒋畅点了一份单人套餐，又为自己单点了一份薯条，没别的客人，餐出得很快，她端着餐盘坐到他面前。

"这家汉堡的面皮还挺好吃的，以前我还想，要是能单卖就好了。"

"我拆下来给你？"

"不用不用，我不饿，我在家吃过饭了。"

简单的汉堡，赵筑吃得也斯文极了，蒋畅一手托着下巴，一手拈起薯条蘸番茄酱吃。

"我明天要陪我妈去医院拿体检报告，买的后天早上的票，那你呢？"

"没有要事的话，我可以等你一起。"

赵筑一去不知归期，且与工作无关，贺晋茂定然要过问。

贺晋茂得知后，狠狠嘲弄他一番，说他曾经当日往返宿城、茗城两地，是舍不得儿子女儿，这有了心上人之后，连它们也得靠边站了。

这的确是极为反常的事，但赵筑就这么做了。

可能，不仅是爱情本身不讲逻辑，陷入爱情的人，也会不顾原有的行为准则，任性而为。

@锵锵呛呛将将：

也许是因为我曾经对世界，对别人，对自己都不抱有什么希望，所以当他突然来到我面前时，我竟会生出一种老天也曾眷顾我的错觉。

@锵锵呛呛将将：

我实在不是一个记性好的人，这大概是一种自我保护机制，但我有些担心，若干年后，会忘了他今天拥抱我的感觉。

@锵锵呛呛将将：

我那个时候脸红，他看到了吗？不过他可以理解为，是天气太热作的祟，绝不是因为我这辈子第一次，这样被人紧紧搂着。好像要带着我一起飞出天际。

…………

这些微博蒋畅都没有发出去，太过私人的感受，类似于偷摘了一串别人家的葡萄，不可宣之于口。

她又想要记录下来，于是存进了草稿箱。

赵筑是她的缓释胶囊，能够缓解她的症状，但她明白，病症一旦埋入体内，只能靠自身免疫力杀死病毒。

他当时起了镇痛效果。

哭一场，把心里话说出来，是她的免疫系统在运转。

她在自己的迷宫里兜转，他指引不了正确的出口方向，好歹安抚了她焦躁的情绪。

蒋畅抬起胳膊，对着光，愣愣地看着手背上的标志。

下午，赵甈找快餐店店员要了一支中性笔，对她说："手伸出来。"

她伸了，有一种无条件信任他的孤勇。

他写了一串数字。

她说："这是什么意思？"

他笑着说："蒋小姐，这是你来到地球的天数，迄今已经九千零六十四天了。"

"你怎么知道我生日的？"

她又问："等等，你怎么知道我家在哪儿？"

刚刚光顾着情绪崩溃，而忽略了这个最重要的问题。

赵甈说："我联系了谭勤礼，要了你朋友的联系方式，她给了我一个大致的位置。"

哦，是了，胡蕙给她寄过东西，所以有她家地址。

"至于你生日，是你来我家那趟，登记过身份证号码，保安找我确认。"

"然后你就记下来了？"

他略略偏头，看了她一会儿，笑了。

"行吧，我坦白，我是故意看的，本想到你生日时再给你惊喜。"他又问，"你会介意我打听你的隐私吗？"

蒋畅并不在意，或者说，她默许他进入她的生活领域，换作别人，她会生气。

人都会双标的。

皮肤上的笔迹很容易弄花，她不敢去碰，问："那为什么要写这个？"

赵甈说："地球不缺任何一个人，但你降生的日子，其实是件万万重要的事。

"地球不记得，我会替它记下。"

蒋畅拍了拍胡蕙的头像。

福狒狒：见到赵甈了吧，怎么样？

大酱炖大肠：不知道，心情就像我的网名一样，味道复杂。

福狒狒：[省略号.jpg]

福狒狒：那不是复杂，那是纯恶心。

福狒狒：不过说真的，他问我你家地址的时候，我还挺警惕的，结果他说他要来找你，什么品种的男人啊，大老远的，图啥啊。

大酱炖大肠：图我漂亮，图我善解人意，图我年轻有能力。

福狒狒：[省略号.jpg]

大酱炖大肠：开玩笑的。

蒋畅想了一会儿，才继续打字：他喜欢我这件事，让我没有真实感。而且，他不表白，我担心他只是享受这种暧昧的感觉。

福狒狒：你说得对，有时候男人嘛，就是犯贱，一个劲地上赶着追求你，你越不答应，他越有征服欲。

大酱炖大肠：那如果他表白呢？

福狒狒：看他表现咯。再说了，之后表现不好，再一脚踹开就是了。

蒋畅笑了笑，把手机充上电，收拾东西去洗澡。

客厅里，蒋磊和父母在讲新房即将交房、装修的事。

母亲说："首付就是我们出的，你们只要还贷款就行了，你工资都花哪里去了？"

蒋磊不耐烦地说："佩佩没上班，一家四口都是我一个人负责开销，哪还有钱啊？"

母亲愠怒道："你胡说八道，你女儿奶粉都是我买的。"

"反正就是没钱了，要不然拖到明年再装修算了。"

父亲说："这房子这么小，你不嫌挤啊？"

"蒋畅平时又不回来，把她房间腾出来不就完了？"

蒋畅瞥了蒋磊一眼，后者一副理所应当的样子。

蒋磊是典型的，对别人小气，对自己大方的人，他还了房贷之后，剩下的工资全大手大脚花完，一点也攒不下来。

三十岁的人了，到现在还要靠父母接济，妹妹也不过是他压榨的对象之一罢了。

蒋畅现身，说："行啊，那你自觉点，别开口找我借一分钱。你不是觉得自己挺有本事？天天摆一副'老子看得起谁'的表情，我那仨瓜俩枣你最好别惦记了，跟个窝囊废一样。"

她说完就进去洗漱了。

他们俩长大后的吵架，父母一般不会干涉。母亲顶多在事后斡旋，调节两人之间的矛盾。

蒋畅本来不记仇，是蒋磊非要三天两头刺她。刺到最后，不过是两败俱伤的结局罢了。

第二天，天蒙蒙亮，蒋畅就醒了。
天气实在太热，她出了一身汗，干脆洗了个澡，出门买早餐。
赵筅定的酒店就在附近。
她发消息问他：你起来了吗？
ZS：刚醒。
大酱炖大肠：这么早？
ZS：睡得早。
大酱炖大肠：好老年人作息哦。
他发来一条语音，那边的背景音窸窸窣窣的，八成是在翻行李："那么，年轻的蒋小姐，你又是为什么起这么早呢？"
大酱炖大肠：我房间的空调被我哥卸了，热醒的。
大早上的，这一条街已经热闹起来，尤其是早餐铺，腾腾的热气混着香气飘散，摆摊卖菜的也格外多。
蒋畅吃了碗粉，拍照发给赵筅，说是容城特色，一定要尝尝。
她又买了些豆浆、烤饼、包子什么的拎回家，竟然正好碰到赵筅出来。
他穿的是白T恤和黑色短裤，没有刻意打扮的精致感，但看着很清爽。

"好巧。"
"不巧，我是来找你的，不熟悉路，耽误了工夫，没想到你已经吃完了。"
蒋畅拈着一只烧卖，递到他面前："请你吃，这个有肉有香菇，挺好吃的。"
赵筅叼走，一整个塞满嘴巴，边咀嚼，边看着她。
这个投喂动作，其实过于亲昵，人不像动物，给什么吃什么，尤其是成年人，更称得上亲密。
两个人都知道，但她喂了，他也吃了。
视线交汇的每一秒，每一寸，都有什么在拉扯着。
指腹上有点油，她捻了捻，故作若无其事地说："我先回家了。"
他吞下，才点头应："好。"
蒋畅脚步带着自己也未察觉的匆忙，旁观的赵筅见了，低低地笑出声。

上午,蒋畅陪母亲去医院拿了检查报告,经年的老毛病了,不到住院的程度,开了一大袋子药。

母亲抱怨说:"医院的药坑死了,干吗非做这个检查。"

"反正刷的是我的卡。"蒋畅把报告叠了叠,塞进袋子,"你年纪大了,少操劳点。"

"家里那么多事,你哥哥爸爸又不会替我分担点,一回家就当老大爷,等着我去伺候。"

蒋畅说:"你就是惯得他们,他们没手吗?连杯水都要喊人倒。"

抱怨归抱怨,母亲还是不辞劳苦地打理家务。

蒋畅不理解她这种所谓的奉献精神,父亲曾经家暴她,她还死死地守着这桩婚姻,更是令人匪夷所思。

记得胡蕙跟她讲过一句话——如果家不是港湾,那就自己远航吧。

出生在这样的家庭,她只能庆幸,还好自己读了书,走了出去。

中午吃饭,依旧是母亲跟在侄子屁股后头,一勺一勺地喂,侄子玩着水枪,不肯乖乖就范。

也不知道这个年纪的男孩子,怎么如此能闹腾。

蒋畅看得心累。

如果这就是"传宗接代"必须付出的代价,她宁肯断子绝孙。

午后,知了声不歇。

蒋磊和嫂子躲到空调房里,侄子也安分了。

蒋畅很想睡一觉,但热得翻来覆去,衣服黏在后背上,躺下去就嫌热。

赵尧好似通晓她的情绪,发消息问她:*要不要来我这里午睡?我给你开个钟点房。*

及时雨一样。

或许在网上聊天,她胆子大得多,居然回他:*别浪费钱了吧,我去找你。*

可真到了他房间门口,她又萌生后悔、退缩之意。

他一个人住,订的应该是大床房吧。

她跟羊主动入虎口有什么区别?

傻得出奇。

但蒋畅也的确想试探一下,孤男寡女,他当作何反应。

没等她按门铃，门已经从里面被打开。

一阵凉气扑面而来，蒋畅爽得鸡皮疙瘩都起来了。

房间挺大，中间是张大床，旁边还摆了沙发和小茶几，一台笔记本电脑亮着屏幕，看起来，他刚刚正在工作。

窗帘拉得严实，隔绝掉外界的热气，唯一的光源是几盏小灯。

赵梵让她进来，在她背后关上门，说："你睡吧，我坐沙发上。"

他拧开一瓶矿泉水，合上，放到床头柜上，方便她随时喝的意思。

他又弯腰关了床头的灯，只留茶几那边的。

从头到尾，动作无比妥帖得体。

被子铺得整整齐齐，没有一丝褶子，一看便知是客房服务的手法。

她挑了离他远的那边，脱鞋躺下。

她原以为可能因为害羞、尴尬而难以入眠，结果很快就睡熟了。

迅速得不像第一次和异性共处一房，且是酒店这么暧昧不明的地方。

听不到任何翻身的动静，赵梵才从资料上抬起眼。

没有这么着急处理的工作，但有这么着急想见的人。

电脑打开，目的是掩饰。

提出要来他房间的是她，却显得一开始希望她舒服睡个午觉的人，心怀不轨。

蒋畅是不是单纯想替他省钱，赵梵不知道，但他知道的是，她不是没有男女边界感的女生。

她进来后，没说一句话，倒头就睡，像只是冲舒适的睡眠环境而来，又令他费解了。

两个人就像隔着一道纱窥探彼此，对面朦朦胧胧、影影绰绰，勾得人心痒，想掀开，看个直接明白。

他们迟疑，思虑良多，没有人先伸出手。

赵梵当然不会挑这个时候开口。

她家中有人过世，心情经历一番跌落，怎么看，都不是个好时机。

这是这两日来，蒋畅睡得最好的一个觉，因为睡得太沉，醒来时，甚至以为已经第二天了。

直到看着天花板,她才想起,哦,我在赵犹的房间里。

窗帘拉得紧,判断不出时间。

她拿起手机,发现自己睡了两个多小时。

她又转头看向赵犹,发现他背靠着沙发,以手撑头,眼睛闭着,一动不动。

这个姿势怎么睡得着的?

蒋畅轻手轻脚掀开被子,赤足下地。

木质的地板,微凉,她猫一般地靠近,连衣服布料摩挲的动静都没有。

她瞥了眼电脑,开机中的指示灯还亮着,屏幕自动黑了,映着他们的身影。

看来,他是真睡了。

她走到他面前,小心放轻呼吸,担心扰他休息,蹲下,仰着头看他。

赵犹的脸收拾得很干净,不知是天生抗衰老,还是保养得好,皮肤很光滑,她见了都羡慕。

他睡得十分安静,呼吸匀长。

灯光暖黄,温暖安然。像供奉已久的一座神明,降临到人间。

蒋畅的胆子也就大到这种程度了,她也不好意思乘人之危。

蹲久了,膝盖有点酸,她直起身,结果手不小心挥到电脑,接连两声。

"嘭!"

"呦——"

蒋畅心尖颤巍巍的,看向赵犹。

他睁开了眼,眼皮上抬,和她对视。

一秒,两秒,他醒过神,弄清楚此时的情况,然后嘴角上扬,"矜持"地咳了声。

"蒋小姐,我不是那么随便的男人。"

蒋畅一时之间,无法判断出来,赵犹是认真的,还是开玩笑。

她有表现出要非礼他的样子吗?

权当他是开玩笑吧。

他调侃完,问:"刚刚是撞到了?痛吗?"

全天下独一份了,上一秒内涵她是"登徒子",下一秒又关心她撞到痛不痛。

她说:"我比较皮糙肉厚,你得问一下你的电脑。"

赵犹不甚在意地瞄了一眼,说:"被蒋小姐'亲吻',是它的荣幸。"

她忍俊不禁。

他起身去洗手间。

蒋畅趁机回到床边穿上鞋,对着全身镜理了理头发和衣服。

他洗了把脸,用纸巾吸走脸上的水,她好奇地问了句:"你平时用的什么护肤品?"

赵铣:"嗯?"

他说了几个品牌,不是常见的,她上官网搜了下,被价格吓得立马退出去。

她说:"那你会敷面膜什么的吗?"

他摇头:"只是偶尔想起来会涂一下。"

"健身呢?"

上次在他家,无意撞见他换衣服,他背部肌肉线条有锻炼的痕迹。

他有什么答什么:"办了年卡,一周会去四次左右。"

"哦。"

他笑了笑:"我不抽烟不喝酒,偶尔因为一些工作上的事会熬夜,空闲时间不多,一般待在'人间'或者家里。亲戚较多,但不太走动。如非工作需要,我通常喜欢独处。除此之外,你还有什么想问的吗?我必定知无不言,言无不尽。"

详尽得,就像他俩在相亲似的——虽然她没相过,但也知道大致流程如此。

他身上、车里,都有香味,以及生活的处处细节,虽不是多精致讲究的人,但也会收拾自己,且审美不错。

没有不良嗜好,健康作息,保持锻炼。

若是过度了,刻板印象使然,她会觉得他是高岭上的人,令人难以接近;这样不多不少,反而增加她对他的好感。

"哦,对了,我有样东西送你。昨天仓促,忘了带。"

赵铣从行李箱里拿出一只盒子,打开来,是一把……木琴?

U形轮廓,两侧有凹槽,看着手感很润,上方排列着数根细钢片,标有数字和字母。

她没见过,他说:"是卡林巴,又叫拇指琴。这个琴键很顺滑,不会费劲,适合新手玩。"

"你原本是打算,用玩具哄小孩吗?"

"嗯……"他思忖两秒,"我想,转移注意力的方法,对任何年龄段的人都适用。"

她没接,说:"你会用吗?"

赵犹便弹了半首曲子,是《水边的阿狄丽娜》。

没弹完,是因为他不记得谱了。

蒋畅用指甲拨着,挺有趣的,玩了会儿,递还给他说:"你先替我收着吧,回宿城再给我,可以吗?"

赵犹自是没什么不可以的。

她有没有音乐天赋这事不好说,但这么个小玩意儿,不说价值与否,倒是能激起她一时的兴趣。

细想起来,相识这么久,她只送过他一个钥匙扣,还是饭店送的。

赵犹边戴上腕表,边问:"你回家吃饭,还是赏个脸,由我请你?"

"我是东道主,我请你吧。"

宿城作为大城市,外来人口多,容城不是,容城到处是说方言的本地人。

这是蒋畅的地盘,她自在得多,她带赵犹去了一家容城菜餐馆。

去的路上,母亲打电话来,问她回不回家吃饭,她说同朋友在外面吃。

母亲又问了句:"男的女的?"

母亲好像忘记了,蒋畅早就是个成年人了,这种防止孩子早恋的问法,只会令她厌烦。

蒋畅说:"女的,行了吧。"

当时,赵犹听到,看她一眼,不予置评。

因在暑假期间,这一带人流量很大,店里生意爆满,点完单后,等了许久才上菜。

赵犹问她:"日后,你有回家乡发展的打算吗?抑或留在宿城?"

蒋畅说:"我想过,以我的性格,更适合留在小城市摆烂。宿城人太'赶'了,赶着生活,赶着赚钱,我只想慢下来。"

"但是?"他又听出她话里的纠结了。

她说:"老话说,病是闲出来的,忙一点也好,至少不会有太多的空闲去矫情、拧巴。"

蒋畅习惯用一些负面的词形容自己,显得态度消极。

或者说,她的消极是常态化,积极只是被某些事情所刺激。

他说:"我认为,敏感不能完全算坏事,这是你感知世界的优势,体会痛苦的同时,也在体会美好,不是吗?而内耗意味着,你自我挣扎了,才能从樊笼里挣脱。"

蒋畅有一下没一下地用筷子拨着碗里的菜,笑了笑,说:"你还挺会安慰人。"

"不完全是安慰你,也是在自我审视。"

赵铣手指叩了叩手机:"工作太久,和利益、利益相关人打交道太多,难免变得趋利至上而冷漠,或许,我也需要借助一些感情来缓冲。"

"所以,"她偏头,"你来容城找我,是想追我,缓冲你的冷漠麻木?"

容城菜口味重,他有点呛到,捂着嘴,低低地咳了一会儿,脸咳得微红。

她给他倒杯水:"要不加两个清淡点的吧?"

"没事,就是有些意外。"

他没吃上几口菜,光顾着和她讲话了,意外她突然说得这么直白。

蒋畅当然没想现在挑破的,只是头脑一热,就脱口而出了。

可能是他的态度太松弛,令她放松了警惕。又可能,是不满他话中的"借助"二字。

看吧,她还是没办法,做到一如既往地理智和稳定。

泼出去的水收不回来了,她只能假装淡定地看着这个被浇得浑身湿透的人。

赵铣喝了口水,缓过来了,正欲开口,蒋畅淡定不了了,忙不迭说:"先吃饭吧,免得待会儿都凉了。"

她眼神既真诚又慌乱,生怕他说出她接不下的话。

吃完饭后,两人逛着街。又热,人又多。

容城也开始借短视频发展的东风,在网上打造热门景点,收效颇丰。各种网红店、品牌美食店驻扎在此。

赵铣买了两份水果捞,一份递给蒋畅。

其实她有点担心会遇到蒋磊,他刚结婚时,爱和文佩佩逛街吃东西,不知现在是否还如此。

真若碰到,她解释不了她和赵铣的关系。

朋友,还是未界定关系的暧昧对象?

今天就是十五,月亮已圆满,再往后,就要开始亏缺。

有时,人的关系也是月满则亏,水满则溢。

蒋畅有很多想问的。

譬如，他究竟知不知道"今晚月色真美"的意思，再如，他答应做朋友，又为何改变主意，这样超出朋友范围地对她好。

可是，他现在为什么不说啊？

若不是喜欢她，为她一句"我不开心"，大老远跑来安抚她的情绪？

若不是喜欢她，怕她热，睡不好午觉，想为她开间钟点房？

哪个"普通朋友"会这样干？

那他倒是表白啊，她已经戳破了窗户纸，他只要撕掉就好了啊。

蒋畅自然要等到他开口才行，她说不出来。

她可以写几百字，上千字的小作文，记录她对他的暗恋，或者，在微信上，明里暗里地向他袒露自己的心思。

但，"说"不出来。

她从来就不擅嘴皮子功夫。

而且，面对面的，她的情绪他可以一览无遗，她会很紧张。

就像大学每一次上台演讲，各种面试考试，只要是正式场合，对上同学、考官的眼睛，她就紧张到大脑空白。

"蒋畅，"不负她所望，他终究是叫了她的名字，郑重地，"我来容城，是一件不受理智控制的事。"

她没有作声，脚步仍在往前，只是变慢了。

"如果换作却青，或者别的一个精神正脆弱的朋友，我会打电话，或者用文字、语音来劝慰，只会做到这种程度了。因为我也有我的事情。我说过，我本质没你想得那么好。"

他的声音不轻不重，离远一点，大概就听不全内容了。

但刚好够字字入她耳。

"那天，看到你那句话的第一反应，就是想抱抱你。我想，你可能正在哭，或者很丧，像只淋了雨的蘑菇。拥抱是一个成本很低，又有效的安慰方式。过去的我，不曾这样对谁做过，即使是却青——或许因为她有自己的闺密、亲哥哥，我不会是她的第一考虑人。

"你相信吗？长到这么大，我从来没感受到，情感上的'互相需要'是种什么样的滋味。不仅是你需要倾诉对象，我同样需要你的依赖。我养猫养狗，就是基于此。在它们的世界里，我是最重要的，它们不会和人一样，随意抛弃我，离我而去。"

他说到这里，顿了顿。

她终于忍不住，抬起头看他。

人间灯火，无一为她而亮，也无一为他而燃，但此时，光真实地落在他眼底，落在她脸上。

"请原谅我，并不是一个完美的人，过去不是，现在不是，未来也做不到。也请原谅我，当初我想过拒绝你，回到正常社交距离，却发现，早已逾越了我给自己设定的安全范围。"

蒋畅听得发蒙，所以，刚刚那么长的时间，他是在打腹稿，组织这么长一段话？

她简直要怀疑，这是否是表白。

严谨得像做案例分析。

"说实话，和我预想中的情形有些出入，至少，不是在人群拥挤的街上，也不是彼此手上还端着水果捞。"

赵觥皱皱眉，继续道："但如果拖到你回家后，或者明天，又太对不住你。那么，还请原谅，我说的这些，实在有些凌乱而潦草了，唯一祈盼你知悉的是，它们没有修饰、作伪。对你，我用的是十二万分的真心。"

胡蕙听完后，问："然后呢？那你答应了吗？"

蒋畅说："没有，我说我知道了，但我需要一些时间冷静，然后给他答复。"

胡蕙笑了："'冷静'？不行啊，蒋畅，这样会让对方觉得，你昏了头脑，容易被他拿捏啊。"

"他说，没关系，他其实也要冷静一下，他第一次表白，有点忙乱。"

"第一次？"胡蕙质疑，"赵觥？他这样的人，没有经验？"

"不知道，当时我没细究。还不是女朋友的话，深挖情史，是不是不太好？"

蒋畅停下脚步，立在路边的树荫下，刚过正午，烈日当空，手机隐隐发烫。

通话那端的胡蕙说："这个且不论吧，毕竟，我也不了解他。"

蒋畅心道：如果说他是沈献，你大概就不会这么说了。

不过，根据他入圈这么多年，粉丝和朋友的说法，可信度高达百分之七八十。

她微眯双眼，看马路对面走来的赵觥，光线的缘故，觉得他的模样，格外地不真实。

母亲原本叫蒋磊开车送她,不待蒋磊拒绝,她先说"不用了,我自己打车去"。

她挂了与胡蕙的电话。

返回宿城,蒋畅多了很多东西,包括留在家里的衣物、零碎物品,以及母亲叫她带的特产、腌菜之类。

赵筅替她拎到车后备厢,和她一起上了后座。

然后,两人进站、检票。

赵筅自己仅仅一个小型行李箱——其中一半是被那架拇指琴所占,他腾出一只手,帮蒋畅提着。

"是不是很重?"

"还好。"

母亲的爱如果可以具体化,大概就等同于这些东西。

沉甸甸的,于她,有时是种负担,有时又会转移到别人那里。

赵筅和蒋畅不在同一个车厢,他买的商务座,他说:"你去我那儿坐吧。"

她说:"没关系,我坐二等座就好了。"

"时间长,坐着舒服点,也不会吵。"

原来他记得她跟他抱怨的,她厌烦高铁上的嘈杂。

"好好地休息一下。去吧。"

他轻轻地拍了一下她的肩,往她的车厢方向走。

蒋畅从来没坐过商务座,一来,觉得没必要多花两倍的钱,二来,她也没那个享受命,买不起。

但确实能买得到舒适。

人很少,拉上隔板,空间完全独立,腿也可以舒展开来,太适合她了。

她放了包,给他发了条消息:谢谢你。

ZS:同我不必客气。

他的语气变了。

从前他至多不过说一句不客气,现在像将她纳为自己人了。

"同我"。

她和他。

蒋畅的心上像爬过无数只蚂蚁,痒得难受,挠不到,只能生挨着。

他字字不提喜欢，又句句诚恳。

比起"我喜欢你，做我女朋友吧"，这样直白而简单的话，她更中意他选择的方式。

她从而得知，在相处过程中，纠结的不单单是她，令她有了一种平衡感。

爱情或许是独属于成年人的较劲游戏，不愿落下风，攻守之间，又总有人要先俯首称臣，将城池拱手相让。

这个人是赵甦。

现在，主动权在蒋畅手里。

她可以得到他的真心后，再狠狠甩掉，她也可以坦然接受，心安理得地享受他的好。

但赵甦好似全然不惧怕。

他的底气从何而来呢？仗着她喜欢他吗？

蒋畅觉得，她可能有点回避型依恋，尽管喜欢他，却又怀疑长期稳定的亲密关系是否存在。

她已经在父女、母女、兄妹这些关系中，深受伤害，不愿在另一段感情里重蹈覆辙。

以前，鼓起勇气，开始一段友情后，她便有些许的患得患失，敏感多疑——对方是不是嫌弃她了，是不是不如她想象中的那般在乎她们的友谊？

后来，经过慢慢调整，看淡身边人的来去，症状有所缓解。

爱情，作为一个陌生的领域，她首先不是期待，而是畏怯。

如何经营，如何维护，她畏怯于此。

她不需要一个多么有钱、多么品貌好的男朋友，她更需要一个会让她感慨，他们心意相通的 soulmate（灵魂伴侣）。

必要时，她想得到他的倾听、关怀，以及陪伴。

她应该相信的，大抵不是爱情本身，爱情有保质期，也有保值期，会变质，贬值，腐烂。

而是应该相信赵甦。

蒋畅想，要尝试着去接受，去体会。这段感情，会是她人生中重要的经历，成败与否，至少得先开始。

这么想了一路。

她下载了一部电影，用来打发漫长的旅途，却完全没看进去。

下车之后，他找个时机，跟他说清楚吧。

到站后，赵犹在扶手电梯口等她。
"待会儿贺晋茂会送你回家，我临时有事，需要去处理一下。"
"啊。好吧。"
蒋畅又说："我一直没搞明白，他究竟是你的司机、助理，还是朋友？"
赵犹说："前些年，他母亲被骗了很多钱，还负了债，我借了他一笔钱，他就当苦力还债。"
"你对朋友，都这样慷慨吗？"
"在力所能及范围内，帮个忙而已。我走到今天，也不是全靠自己。人得了运气，适当回馈，才不会败掉。"
蒋畅问："如果不会一直好运，那坏运呢？"
赵犹看着她："'一切都会好的'，十几岁的我，会认为这是毒鸡汤，用来灌给没有一点希望的人。"
出站的人流量极大，担心被冲散，蒋畅几乎是贴着他走。
他继续说："但我已过而立，我明白，不是人生会好，是心态。没有任何一个困境，能困住人的一生。"

赵犹将蒋畅送上车，对贺晋茂说："晚上你不用来接我，将她安全送到即可。"
贺晋茂感受到他们之间诡异的氛围，又不便当着姑娘的面直说，简单应了。
周日下午，路上不那么堵。
贺晋茂问道："你还没吃饭吧？你想吃什么吗？我替赵犹请你吃个饭。"
"不麻烦你了，我回家做点就可以。"
贺晋茂倒不勉强，送她到家楼下，又帮她把东西拎上楼。
"谢谢你。"
随后，蒋畅关上门，也不说请他喝杯水什么的。
贺晋茂寻思着，这姑娘这么冷冷淡淡，赵犹是怎么看上的。
他想不明白赵犹的眼光，摇了摇头，下楼走人。

蒋畅稍微打扫了一下卫生，蓝牙音响里放着音乐，到晚饭点，她做了份咖喱鸡盖浇饭，就着综艺吃完。

然后，她振了振精神，开始清理积压的稿件。

有部分甲方会在一直不停地催，她烦也没办法，还得勤勤恳恳做。

不然单靠那点工资，完全攒不下钱。攒不下钱，就意味着没有应对风险的能力，毕竟家庭不是她的后盾。

到了晚上十点，赵筅才说他到家了。

蒋畅回他：这么晚，是很棘手吗？

ZS：其实是我家里人闹了点事，这些年我和他们来往很少，能让他们想到我的，就是钱。

大酱炖大肠：你有什么希望我为你做的吗？虽然我唱歌不如你好听，但《外婆桥》之类的还可以。

ZS：通视频可以吗？

蒋畅犹豫了。

她是能打电话就绝不打视频，能语音就绝不打电话，能文字就绝不语音的人……如果排个社交方式厌恶等级，第一非通视频莫属。

ZS：你可以做自己的事，我能够看到你就好。

蒋畅到底心软了，把手机架在支架上，主动拨过去。

对面镜头晃了一下，随即被固定住。

她问："你这是在……酒店里？"

他说："嗯，我回苓县了。"

苓县是宿城下辖的一个县，是他的老家——蒋畅记得听却青说过。

"没住家里吗？"

他停了很久，才说："这里虽然是我的家乡，但没有我的家。"

蒋畅听得心微微一抽，不知道怎么回答。

世上的所有人，都受着程度不一，不为人知的苦。

赵筅也有自己的关要过，她想像他一样，为他提供精神支持，却无从入手。

他揭过这个话题，提起另一茬："我应该没和你说过？我爷爷在我很小的时候就去世了，现在这个，是我奶奶第二任丈夫。他患了癌症，他们在商量分遗产的事。"

"治不好了吗？"

"主要是各种基础病多，毕竟年纪大了。"

蒋畅即使知道生老病死是人之常情，但她实在无法以平常心面对，听起来，他要冷静得多。

"按他们的说法，我如今挣到钱了，不用来分遗产，但治疗费用，我又该出一份，毕竟我小时候，他养过我。"

她生气道："怎么能这样？好事归他们，担子就归你吗？"

赵觥笑笑，这件事激不起他心里太大的波澜，倒是乐得见她替他义愤填膺。

他说："没事了，早点休息吧，明天不是要上班？"

"我还在忙呢，睡不了。"

"那我陪你。"

这种感觉挺奇怪的。

分明不在同一空间，但一偏头，就能看到对方。

"陪"的意思是，他开了电脑，时不时敲打着键盘。

蒋畅能看到他的屏幕一角，应该也是在工作，隔行如隔山，她看不懂。

两个人没有说话，偶尔有键盘、鼠标的声音。

渐渐地，她忘了还开着视频，坐久了腰酸，抻懒腰时，瞥到手机屏幕。

赵觥神情专注，左手抵着脸，眉心稍拢，左手边搁着一瓶矿泉水，他拿起来想喝，发现空了。

他起身，她转开眼，还是被他抓包了。

"蒋小姐，你可以光明正大一点。"他声音低低的，含着零星笑意，"又不收费。"

蒋畅恼羞成怒，挡了下镜头："谁想看你。"

到了十一点多，她撑不住了，打起了哈欠。

赵觥听到，问："困了？"

"嗯。"

"那晚安。"

蒋畅等着他先挂，但他迟迟没有动作，她便伸手去摁了挂断键，瞬间的黑屏，让她有些怅然若失的感觉。

赵觥在芩县只多留了一日，他实在不愿费心思同他们纠缠。

一大帮子人围在走廊上，惹得过路的医护人员、病人家属不断瞥眼看去。

如若不是护士提醒，医院不能大声喧哗，他们已经吵起来了。

他们在计算，遗产究竟该怎么分，是按孩子数量，还是按家庭。

老人的名下有房产，还有拆迁费，再加上多年积蓄，不算丰厚，但对于这群如狼似虎的人来说，也值得一啃。

一开始的矛头直指赵桄。

他父亲是最大的，他也是同辈里第二大的，却青的哥哥比他还大点，但他未婚，又有钱，不用给他分。

父亲一直没作声，倒是继母恨铁不成钢，梗着脖子，舌战群雄。

可能对于一个母亲来说，为孩子思虑未来，谋取利益，是她的"伟大"之处。

继母的意思是，她丈夫虽非老人家亲生，但也实打实地照顾过他，逢年过节也去看望，和亲生的没差。

暗指她们几个亲女儿比不得他。

继母又说，按孩子数量来算，赵桄要为他们家占一份。

却青原本在外地，也赶了回来，她环着手臂，低声和赵桄说："舅舅怎么都不帮你说句话的？"

"他一贯是这副德行。"

赵桄靠着墙，语气浅淡，表情也是意兴阑珊："我在他们眼里，不过是从逆子，变成摇钱树罢了。"

母亲那边几乎彻底和他断了来往，顶多是逢年过节发个祝福，打点钱。

继母口口声声道他发达了，要帮衬着家里，也闹大过，他很冷静地指着当年被她扇过的半边脸，说，所有情分，都被那一巴掌打散了。

奶奶养大他，上大学继母、父亲也没出过钱，现在倒来以亲情要挟了。

他不吃这一套。

赵桄过年不回苓县，有工作忙工作，没工作便待在家里。

这么多年，他的亲缘关系淡得不能再淡，独却青心善，把他当亲哥哥。

此趟若不是老人家患癌，他也不会回来。

赵桄说："你们该怎么分便怎么分，何必特意把我叫到这里，听你们掰扯个不休。"

他又哂笑一声："反正，他也没把我当过孙子，叫我占了他的遗产，他到了泉下，怕是也不甘心。"

爷爷从来就不喜欢他，除了无血缘，也是因为他从小不服管。

谁的遗产赵桄都没打算要，尽数留给父亲和继母的孩子。

他不想再沾这个家的事。

说完，他借口有工作要忙，先回宿城。

那帮子亲戚心知肚明，他压根儿没把他们当家人，也不拦他。

车开在高速上，赵觥想到的是那日，蒋畅一边抱着他，一边哭着说那些话。

至少她能发泄出来，情绪来得快，去得也快。

相当长一段时间，他的痛苦无从释放，三番五次萌生了一了百了的想法，他想尽办法，做着一切离经叛道的事情，也转移不了注意力。

真要说什么时候想通了，大约就是继母扇他那天。

对着别人的车后视镜，看到自己脸肿得老大一块，想，那女人是真用尽全力，带着想扇死他的劲吧。

他想，他总有一天，要还回去的。

她骂他是废物，骂他出了社会是渣滓，他赌着一口气，为奶奶，也为这记巴掌。

当时父亲就在她身边，没有劝阻，反而以冷漠的眼神看着他。大概，心里也是那么想的。

奶奶看不到了，但继母会看到他考上大学，活得比她的孩子优越。

赵觥又用了相当长的时间，把自己逼成现在这个，蒋畅觉得温柔、宽容的样子。

可一到那群人面前，原形毕露。

他继而又提不起劲来，他没有"大仇得报"的快感，只感到悲哀。

一群人，狗苟蝇营，争着那点遗产，不顾亲情，不顾脸面，也要把钱争到手。

恨他们那么多年，第一次觉得，平白无故地浪费时间。

赵觥回宿城时，蒋畅正和老板出差去了。

老板的一个朋友做珠宝生意，送了她们几个女生一人一条银手链，不算值钱，但做得精致。

他们在酒店歇下脚，第二日早上开车回宿城。

蒋畅和陈婷一个房间，她洗澡时，陈婷在外面问她："我想点烤串，你吃吗？一起拼个满减？"

"行啊，你看着挑吧。"

蒋畅吹干头发出来，外卖也送到了。

说是烤串，现在商家为了出单快，都是用油炸，没有烤出来的香，满是调料的辛辣味。

两人面对面地盘腿坐在床边,陈婷说:"果然是深夜放纵来得爽,减肥什么的,见鬼去吧。"

陈婷嚷着减肥嚷了几个月了,一边控制饮食,一边偶尔放纵。

她问蒋畅:"你怎么都吃不胖的?好羡慕。"

"没有,我之前大学放假在家,通常都会胖,因为我哥很爱吃,也很爱捣鼓吃的。"

蒋磊的工资起码有三分之一花在吃上面了,他婚后胖了二十多斤,减下来之后,又继续吃。寒暑假跟着吃,蒋畅绝对会胖。

她毕业后独自生活,饮食就比较敷衍,吃得也少。

不过……

她捏了捏自己的小肚子,好像又有点胖了。

陈婷说:"以后找男朋友,一定要找个会做饭的,幸福指数会翻倍,真的。"

蒋畅想到赵恍,他声称自己的厨艺,是连蛋炒饭都能炒煳的水平,不免笑了下。

"哟哟哟,这是想到谁了啊?"

蒋畅低头咬掉串上的掌中宝,含糊其词:"没谁。"

也许她跟赵恍的确在冥冥之中,有着科学解释不清的缘分,刚想完他,他的消息就发来了。

她单手点开。

ZS:你的琴忘了拿。

蒋畅想想,回:改日去"人间"找你拿吧。

ZS:明天可以吗?

大酱炖大肠:你家里的事情已经解决了吗?

ZS:还要过些天才能出院,不过医生说,这个年纪,即使治好,日子也不多了。

蒋畅心情复杂,干巴巴地咀嚼着,见他又发来一条:下午一直在忙,很饿,但没胃口,不太想吃东西。

她看看手里的串,忽然觉得罪恶。

大晚上的,吃这么油腻,而他在忍饥挨饿。

大酱炖大肠:可以吃点清淡的垫垫肚子。

ZS：想吃你做的馄饨面。

有些真正想表达的话，藏在字面之下，迂回曲折，百转千回的，只有局中人读得懂。

所以，这句话的意思其实是：想见你。

不是想吃馄饨面，是想你。

蒋畅抿了抿唇，把烤串放到锡纸上，两只手捧着手机，万分郑重地打出一句：哦，那你就想着吧，我和老板在出差。

她能想象到，赵秔一定在笑，嘴角微抬，眉毛下压，带点无奈的意味。

其实她也有点想见他了。

吃得太油腻，饱腹感很强，结果睡不着，蒋畅拿起手机刷微博。

因为她关注了沈献的超话，所以经常会有帖子自动推送到主页。原本要刷过去的，因为看到熟悉的穿衣风格，又停下来了。

一个粉丝搬运他发布于其他平台的视频，镜头只对着他脖子以下，照例没有露脸。

她伸手去摸蓝牙耳机，发现在包里，没拿出来。

看了眼陈婷，她也在躺着玩手机，蒋畅缩进被窝，把音量拉低。

视频很短，他弹着吉他，低低地唱着：

我在夜晚狂想，
和你一起流浪，
一起陷入痴狂，
看春风浩荡。
流泪的你的模样，
编造的永恒的信仰，
我怕是大梦黄粱。

戛然而止，就这么短短几句。

这是谁的歌？他的歌她都翻出来听过，包括许多年前的，她印象里没有这首。

她看了下评论区，他们说"这是不是献总新歌，是新的风格哎"。

沈献唱的歌比较杂，有轻快的，有苦情的，有气场大开的，但，没有这种抒情式的情歌。

旋律很熟悉，蒋畅又听了几遍，才想起来，是漫展那晚，他用口琴吹的那段。

看视频发布时间，是她回容城的前一天。

这么快就写好词了吗？

突然听见陈婷问："你蒙在被子里干吗呢？"

蒋畅伸出头，头发被捂得有点乱糟糟的："我在听歌，怕吵到你。"

"没关系啊，你外放就是了。"

闻言，蒋畅没忍住，又放了一遍。

两张床隔得近，陈婷听到是男声，就凑过来，问："声音感觉挺好听的，让我也听听。"

蒋畅调大音量。

"好听哎，但是我好像没听过，谁啊？"

"沈献，算是一个网络歌手吧。"

陈婷划拉着屏幕，应该是在搜索他。

"原来这部剧的片尾曲是他唱的啊，当时我还觉得挺好听的来着。"

私心里，蒋畅不想和同事分享他的歌、他的声音，但另一方面，她又希望有更多人认识到，他有多好。

就很矛盾。

她把枕头立起来，人靠坐着，受想见赵觥的欲望驱使，她给他发消息：我同事夸你。

他几乎是秒回。

ZS：嗯？

大酱炖大肠：她在听你的歌，夸你声音好听。

ZS：哦。我还以为，这是"我有一个朋友"系列。

通常以"我有一个朋友"作为开头的，都是指自己。他是说，他以为是她夸他。

大酱炖大肠：你什么时候发新歌？

ZS：近期不会，我比较忙。

大酱炖大肠：[分享微博链接]

大酱炖大肠：这个呢？

ZS：你现在才看到吗？

什么意思？说得像是发给她看的似的。

大酱炖大肠：我平时不玩这个 App。

ZS：这样啊。

不知道为什么，蒋畅莫名从这三个字里品出了遗憾。

ZS：写着玩的，也不完整，就这一小段，曲子倒有整首，改日我发你 demo（录音样带）。

大酱炖大肠：词也是你自己写的？

ZS：嗯。如果出歌，你给取个名？

大酱炖大肠：啊？我会毁了你的歌吧。

ZS：没关系。就算用你的 ID 命名也不是不可以。

蒋畅知道他在开玩笑，但这么说，就给她一种，这首歌是属于她的错觉。

他这样的人，如果愿意，多得是女生愿意为他前赴后继。图他色也好，才也罢，抑或是财，无论怎样，应当不至于多年单身。

看吧，只要他花点心思去哄女生，连她这样多年心如止水的人，也吃不消。

大酱炖大肠：那我会被你粉丝骂死。

ZS：反正是给你写的，不发表，给你当私人收藏，不好吗？

第九章
烟花下的吻

第二天一大早,他们一行整理好,返回宿城。

蒋畅白天上班,下班搭地铁,提前出了站,到达"人间"。

赵㤅蹲在门口撸猫,喂它吃东西,脸上带着笑,口中还模仿着"喵呜"的叫声,猫在他掌下分外温顺。

见蒋畅来了,他便放开猫,起身,推门让她先进。

桌上摆着那个琴,还有打包的食物。

"这是什么?"

"清补凉,麻糍团,还有日料。"他又说,"怕你吃不惯生食,点的都是熟的。"

"是吃不惯,心理上过不去。"蒋畅坐下,问起,"之前却青说,你以前还吃过知了,那玩意儿真的好吃吗?"

"还行,很脆,炸或者烤过,撒点调料就很香。"

光是想想,她就要抖落一身鸡皮疙瘩。她连直面都不敢,更别提吃进口里了。

日料的包装盒做得很精致,薄薄的木盒,里面分成一格一格的。

赵㤅说:"有机会带你到店里吃,师傅现场做,再端上来。"

说到这个,蒋畅想起来,这几日被各种事情耽搁,一直没有好好同他摊开讲。

有些事,也是有保鲜期的,得当场解决,越拖越不利。

他没有半分着急的意思,端的是进退自如的架势,无论她的态度如何,也不会叫她不自在。

这时，赵甤曾提过的养猫的大爷，背着手散漫地走着，瞥到店里亮着灯，推门进来。

"小赵啊，好像有段时间没见你了。"

赵甤搬来条凳子给大爷坐："嗯，这段时间有事。"

大爷摆摆手，带着浓厚的宿城口音："不忙，我就跟你打声招呼。"

大爷穿着普通白色背心，黑色裤衩，一双破破旧旧的拖鞋。

但蒋畅知道，不能以貌取人，这种宿城本地老大爷，说不定人家名下又是几栋房，又是几间门面的，反正既不差钱，也不差闲。

大爷看向蒋畅："小赵，交女朋友啦？"

"女朋友……"赵甤也掉转目光，落到她身上，笑着，"得她来说是不是。"

蒋畅被两个人同时盯着，脸有点热，也答不上来话。

大爷看出来她不好意思，和蔼一笑："有空去我那儿吃饭，带上姑娘一起啊。"

"行。"

"我找我那猫去了，不知道又蹿到哪儿了。"

他拍了拍赵甤的背，走了。

蒋畅开始尴尬了，对着脸，用手扇了扇，没话找话："你和大爷很熟？"

赵甤说："嗯，这家铺面原本就是他的，他孙女说喜欢我，放假常常跑来我这里，一来二去就熟了。"

"他孙女……"

"她说我长得跟明星似的，很好看。"他补充说，"小姑娘今年还在上小学。"

"哦，你还真是……男女老少通吃啊。"

蒋畅以前认识过这样的女生——社交场上非常游刃有余的类型。羡慕归羡慕，但人各有路，不必同道而行。

"那你是不知道，以前我有多人憎狗嫌。"

赵甤伸手感受了下空调风口："是不是温度太高了？感觉你有点热。"

不是热，是被那句话臊的。

什么让她来说是不是他女朋友。

他又没说过让她做他女朋友。

"没有。"蒋畅问，"为什么这么说？"

"却青大概不会跟你说，毕竟不是什么光荣的事。我想，不管是准女朋友，还是未成功的追求者，都应该知道。"

他现在越来越不拐弯抹角了。

蒋畅吃了面对面交谈的亏。若是在微信上，还不知谁胜谁负呢。

"我小时候跳级，是想少读两年书，刚好成绩也很不错。后来到了叛逆期，浑到路上的狗多冲我叫两声，都要丢石子过去的程度。"

想想那个情形，她有些想笑，又觉得不是该笑的时候。

"老师经常让我叫家长来，我爸嫌丢脸，不肯去，我奶奶觍着老脸去了几回，老师不忍心说重话，沟通也困难，干脆放弃了。"

赵轼沉默了下，继续道："因为家里，我整个人变得很极端，很阴晴不定，想气他们，想转移注意力，还有点犯中二病，做了很多不好的事。"

"比如呢？能有多不好？"

赵轼手里拿着一支笔，无意识地转着："跟一个讨人厌的男老师对呛，我吐槽他，全班人哄笑，他差点给我揪到教导主任办公室。"

蒋畅彻底憋不住，笑了。

这样的话从他口里说出来，的确难以想象。

反差太大了。

会让她想到中学班上顽劣的男同学，完全联系不上温柔有礼的赵轼。

赵轼放下笔，慢慢地说着："当时，我身边有很多女生。"

蒋畅托着下巴："怎么个多法？"

"不记得了，有的甚至连名字也没记下来。"

她轻轻地"哦"了一声："那是挺浑的，你可能是我那会儿最讨厌的男生。"

他看着她："我不会为过去的自己辩解，因为的确发生过。"

她半玩笑半认真地说："你可以狡辩一下的，反正我没参与过你人生的前半程。辨别不了真假，可能就被你唬过去了。"

"这是考验吗？我说的真心，是自始至终，不掺杂任何欺瞒的，所以我现在和你坦言相告。"

"如果我说我介意呢？"

"那我会恳请蒋小姐，给我一个好好表现的机会。"

蒋畅坐直身，用手挡了唇边的笑意，克制地说："难怪你这么会。"

"会什么？"他不解。

她形容不出来："总之不像恋爱新手。"

赵甤笑笑，自嘲道："我那时特别以自我为中心，没哄过谁，与其说是恋爱，不如说是游戏。"

"那些女生们……"她其实不太想问，"知道你是这种态度吗？"

"一开始就知道，她们也一样。"

他故意把自己名声搞坏，别人都知道他是个什么样的人，跟他不过就是玩玩。

她脱口而出："可我是认真的。"

安静了。

她还来得及改口吗？

赵甤走过去，因她是坐着，他便蹲下，仰视她："'不懂事'是块遮羞布，可以为人们遮盖很多不该为而为之的事。"

她垂着眼看他，他眼底有灯光，还有她的身影。

无比温柔。

"假如我当时成熟一点，很多事情，不会采取那样的处理方式。后来我觉得无所谓，往后一个人过，也祸害不到谁。晚会那次，本来是想把话说再重一点，让你不要对我有任何想法。"

"然后呢？"

"没狠得下心，但贺晋茂还是指责我说得太直白了。"

"所以，"她下结论，"其实是你先有的想法。"

"嗯，"他笑着，"我也不知道为什么。"

她忽然转了话题："我以前跟班上男生打过架，因为他说话很难听，我揪着他的头发，拳打脚踢。最后一起被叫到老师办公室。我不肯道歉，我说是他先骂我，我不会原谅他。老师就把我妈叫过来了。"

"没想到蒋小姐过去这么勇猛。"他有些意外。

"虽说江山易改，本性难移，可只要人的根没烂，一直抽条、长新枝，就会全然换了模样。你过去，是一时长歪了，及时扶正，依然在茁壮成长，不是吗？"

蒋畅抿抿唇，润了润嗓，继续说："我不是替你开脱，只是，你跟我说过，'走这么远，已经很了不起了'，我想，说这样话的人，一定是有颗真正温柔的心。赵甤，我想说，你变成现在这样，也很了不起。"

当理想和现实发出激烈对冲，她会痛苦，她有时无端地就会讨厌人类，讨厌世界。

然后，她又觉得，人间还是有真情，世界也挺美好。

她自己就是一个矛盾的、在挣扎中的、经常消极的普通人。

要求一个人没有瑕疵地活着，那不是理想，那是幻想。

喜欢他，首先就要接受他的缺点、他的过去。

要爱具体的人，不要爱抽象的人。

网上说，勇敢的人先享受世界，她觉得勇敢是个稀缺的品质，因为她自己不够勇敢，长大后，越发消退下去。

过去，她打着"不想"的幌子，实际上是"不敢"。

她还没爱过，但她想爱，也想被爱。

"可以抱一下吗？"蒋畅问。

赵梵起身，俯低，将她拥住。

她有些眼热，不知道什么情绪煽动了她敏感的心，也许是心疼他，也许是心疼自己。

蒋畅，不要不敢了，试一下吧。

她在他颈边蹭了蹭："我想摸摸你的头。"

他和她分开，疑惑地"嗯"了声。

"刚刚你那么蹲着，很像一只大狗狗，我就很想揉揉你的脑袋。"

赵梵说："以前杜胤揉的话，会被我打一顿。"

蒋畅苦恼地蹙眉："女朋友也不可以吗？"

他反问："你是吗？"

她模仿他的口气："不是吗？"

他笑起来，再度蹲下："女朋友，揉吧。"

赵梵头发很干爽，发质不软不硬，揉了两下，真的有种揉宠物的感觉。

他说："虽然奶奶去世，不是我直接造成的，但他们骂我骂得对，我脱不了干系，她身体不好，我却让她受了很多气。"

"没办法偿还她，于是就对世界好一点吗？"

看吧，蒋畅是懂他的。

这个心思敏感、心肠柔软的姑娘，无须他直言，就能懂。

她说他是个多好多好的人，可在他眼里，他配不上她的清澈。

赵辄伸手去碰她的手——小他许多,一掌就可以完全包住。

她不习惯,随即想到他们的关系,也没躲。

他说:"你不知道,我有多感激,能被准许爱你。"

赵辄送蒋畅到家。

作为男女朋友,这是正常的,但要如何告别,蒋畅为难。

尤其是他解了安全带,也下了车。

有一些打工人这会儿才下班回家,疲惫地从车边经过,要么低头玩手机,要么目视前方,不会在意路边这对男女。

蒋畅犹犹豫豫地开口:"嗯……那我先回去了。"

赵辄点头:"好。"

"你路上注意安全。"

流程是这样吧?

哦,还应该加一句:"到家后,给我发条消息。"

他笑了:"不用拘束,就当和之前一样,慢慢来。"

她微偏过脸,看几只蚊子围剿着地上的一块秽物,说:"总感觉答应得有些草率了。"

"这么快就反悔了?"赵辄凑近看她,身上淡淡的香气也四面八方地围困她,"对不起了蒋小姐,你已经是我的女朋友了。"

"赵先生,"蒋畅加重这个称呼的重音,"我是说,感觉应该让你再追我一阵子。"

她这会儿有些拿乔了。

他不以为然,说:"好姑娘,回家睡觉吧,晚安。"

怎么像哄耍脾气的小孩?

她觉得他语气有点不一样了,又说不上来具体是哪里。

权当是女朋友的专属特权吧。

这么一想,她又有些为关系的转换而感到别扭。他呢,不愧有过经验的,如此泰然。

回到家后,蒋畅没第一时间跟胡蕙分享恋情,她自己还不适应呢。

她从冰箱里翻出一根冰棍,叼在口里,渐渐地醒过神。

相较于别人一确定恋爱关系,就要公之于众的迫不及待,她有种更私密的，不足为外人道的欣喜和恍惚。

她登上微博。

@锵锵呛呛将将：

Z先生，这么叫他吧，可能有点矫情，但目前想不到更恰当的称呼了。

其实想跟他说，恋爱第一天快乐，但没好意思。

这条微博发出去也挺不好意思的，不过网友不认识她，每次开着仅粉丝可见，也不会被无关紧要的人刷到，发就发了。

@达芬不好奇：啊啊啊恋爱了，恭喜酱酱！

@花开十里：从一束花的缘分到现在，也太快了吧，恭喜恭喜！

快？

蒋畅回忆了一下，好像是挺快的。

她比较慢热，跟胡蕙是混了大半年才到无话不谈的程度，可从那个阴风沉沉的周四晚上，到今天这个无风也无月的周三夜晚，才不到三个月。

和赵銋真正相处的时间，更是短暂，难怪她别扭。

评论区都很暖心。

因仅有的一点交集，她就一直很珍惜地，把她们当素未谋面的朋友，所以，她几乎把微博当朋友圈在发了。

半个多小时后，赵銋发来消息：我到家了。

她没给他备注，所以他在通讯录里排最底下。她将他的微信聊天框置顶，问他：你朋友通常怎么叫你？除了赵总。

ZS：一般都是叫名字。

直呼其名，显得不太熟的样子。

蒋畅灵光一闪，说：叫你先先？

以前班里流行过将字拆开，以代替全名，比如姓李的，就叫木子，名字里带晶、鑫的，就叫三日、三金。

ZS：以前我奶奶会这么叫我。

大酱炖大肠：这么巧？

ZS：她没读过什么书，不认识这个字。

ZS：我很小的时候，在课本封面写名字，她很奇怪地问我，你不是叫赵深吗，怎么写成赵先先啦？

ZS：她还说，乱写名字要挨老师骂的。

蒋畅觉得好可爱啊,他奶奶可爱,这个名字也可爱。

大酱炖大肠:那我叫你先先,你不介意吧?

ZS:不会。

大酱炖大肠:先先。

ZS:嗯。

大酱炖大肠:[揉揉狗头.gif]

线上和线下的蒋畅完全判若两人,她还敢调戏他了。

赵姺也配合她,发了张蹭蹭的表情包。

大酱炖大肠:怎么办,你恋爱谈得这么游刃有余,我可能会小心眼地计较。

ZS:如果跟你说,刚刚在你家楼下,关于"要不要吻你的额头",我纠结了几分钟,你还这样觉得吗?

大酱炖大肠:为什么决定不亲呢?

ZS:因为,我还在适应"蒋畅男朋友"这个身份。

蒋畅抠着手机壳边沿,嘴角上扬得肌肉发酸,跟个傻子似的。

谈恋爱这件事本身有多快乐,各人有各人的答案,如果让她来形容,就像冬天从寒风凛冽的室外,回到暖气充沛的屋里,烤红薯、烤板栗散发香气,她抖落一身风雪。

——冷久的人,骤然接触到温暖,会有恍如隔世的感觉。

蒋畅第二天醒来,才彻底从梦境回到现实。

童话里的公主,可不用上班打卡。

今天有点起晚了,她洗漱完,打算下楼买个三明治,边走边吃,赶在上地铁前就可以解决掉。

她知道这样不健康,但没办法,早起不了。

她不是很清醒,竟然忽略掉赵姺的车,径直走过去。

他大概也很惊讶,愣了几秒,才按了下喇叭。

她像躲起来的猫,被吓了一跳,脖子都缩了下。

她往声源处看。

赵姺降下车窗,探头,扬起一抹清晨日光般的笑:"蒋小姐,我差点以为是我看错了人。"

她走过来,面带歉疚:"对不起啊,我还有点困。"

"我送你去公司。"

上了车，蒋畅才说："其实说不准地铁比较快。"

他微抬眉骨："那蒋小姐为什么还要上来？"

"哦，给你一个表现的机会。"

"谢谢蒋小姐恩赐。"赵㲀拿起一个纸袋，"给你带的早餐。"

芝士香肠烤吐司，加一杯热腾腾的红枣豆浆。

蒋畅惊喜道："好巧，你怎么知道我正打算买三明治？"

他驱动车："我猜猜，你中午想吃什么。"

她咬下一口，口齿不清地说："我自己都还不知道呢。"

"那到中午时，我再猜。"

蒋畅问："你为什么老叫我'蒋小姐'？我们俩是相亲初次见面吗？"

他好笑："叫你畅畅？"

她咬住吸管头："随便你。"

他们双方，好像都不曾有过这样的亲密，以至于，她隐隐感觉到，他也犯尴尬。

只不过，他擅长运用成熟的情绪掩饰。

路上时堵时疏的，不比挤地铁快。蒋畅说："你下次还是不要送我了。"

"好吧，"赵㲀语气有些失落，"我特意放贺晋茂半天假，亲自送女朋友上班，她却不喜欢。"

她急匆匆地说："我没有，我只是不想耽误你工作，你的时间可比我的值钱多了。"

"但女朋友千金不换。"他笑笑，"好了，去吧。"

蒋畅的手已经搭在门把上，又停下动作，似在思忖什么。

他看她："怎么了？"

她咬咬牙，终于下定决心。

她转过身，探过去，飞快地在他右脸颊上啄了一下——真的是啄，唇瓣都没有完全压下去。

"再见。"她仓促地下车走了。

赵㲀一时未动，待她身影消失在门口，方伸手碰了碰那一小块皮肤，笑了。

像刚把嗷嗷接到家，它为了和他熟悉起来，也是这般小心翼翼地，伸出舌头，舔舐他的指尖。

猫儿大的胆子。

忙到快十二点，陈婷问蒋畅，待会儿去哪儿吃饭。

公司里有小冰箱、微波炉，有的同事会选择自己带饭，有的去楼下餐厅吃。

蒋畅偶尔带饭，嫌麻烦就点外卖，或将就啃点面包之类的。

听到陈婷的问话，她才想起，早上赵𫍯说的那番话。

她问他：你猜到我中午想吃什么了吗？

实际上，她自己也不知道，换着法地套菜单。

他的回复还没抵达，外卖的电话先到了。

看起来是店家自己派人送的，对方拎着外送盒，送到她工位上一一摆开，她签收后才离开。

她有点尴尬，虽说到了午饭点，但这架势，吸引得同事纷纷看向她。

菠萝海鲜炒饭、轻食沙拉、草莓西多士，还有一小盅鲜汤。

份量不算多，但丰盛得过分。

同事"哇"了声，说："蒋畅，你发财了吗？吃这么高级。"

一些小公司里，有上着薪资不高的班，却处处打扮精致的年轻人，他们通常是宿城本地的，家里有房，没有生活压力，随便找个工作打发时间罢了。

如果不是蒋畅"朴素"地打了这么长一段时间工，他们估计也要这么认为了。

赵𫍯这时才回她：拿到餐了吗？

果然是他点的。

大酱炖大肠：拿到了。

ZS：算猜中了吗？

大酱炖大肠：没有，但是挺符合我口味的。

ZS：那便好。

大酱炖大肠：先先，你可以不对我这么好的。

这才第一天。

她毫不怀疑他是不是三分钟热度，毕竟他的耐心好到她难以想象。

ZS：我知道你是别人对你三分好，你要还五分的人。

ZS：我有时候，很想送你什么，就莫名想送，又怕你有负担，想着还，所以左挑右挑，只送了个小玩意儿给你。

之前在高速服务站,他说了不必,她还是执意将钱还他。吃他一顿饭,又想方设法,再回一顿。

生怕欠他什么,导致日后牵扯不清。

又或者,是她性格使然,总和人划清界限。她守她的岛,别人航别人的海,不必有牵涉。

ZS:现在我们是男女朋友,我付出这些,是情之所至,也是理所应当。

ZS:我们,不再是一加一等于二,而是两个二分之一合成一。

ZS:畅畅,你也可以不用有任何负担。当然,如果你真的不需要,可以跟我直说。

他真是温柔得……让人想犯罪了。

陈婷问:"小蒋,我可以吃一个西多士吗?看起来好好吃,我请你喝奶茶。"

"不用了,你吃吧。"

蒋畅眉梢眼角挂着柔软的笑意,陈婷一下看愣了,从未见过她这副神情。

蒋畅心情很好,初春的湖水被白天鹅拨开一阵阵涟漪的那种好。

她慷慨地将西多士都分给同事,这才坐下来吃。

她拍了张照,用P图软件在上面框了个大大的爱心,发在朋友圈。

赵燚也点了个小小的红心。

午休完,蒋畅继续工作。

赵燚今天比较忙,她下班后直接回了家。

晚上,却青给她发来消息,问她这周末有没有空,一起去露营。

大酱炖大肠:都有谁呀?

青青子衿:你、我、赵燚,还有杜胤,你应该也认识他?

大酱炖大肠:认识的,我没什么事。

青青子衿:周六早上六点,我坐杜胤的车,你跟赵燚一块好了,可以吗?

大酱炖大肠:好,我没问题。

青青子衿:好,那就这么说定了哦,不见不散!

蒋畅有点不明白,为什么不是赵燚和她说这件事。

转念一想,或许是两人关系定得突然,他还没来得及同却青讲。

周五晚上,赵燚接蒋畅一起逛超市采购。

她问:"帐篷是租还是自备啊?"

"我有,"他在挑零食,仔细看过配方表,问她要不要,得到肯定回答后放入购物车,"以前放假会一起出去玩。"

"哦,我还以为你很宅呢。"

"是挺宅的,偶尔一时兴起罢了。东西收在储物室里,已经落灰了。"

赵觥一手推着购物车,一手垂下来,自然地去牵她的手。

掌心对掌心,五指扣五指的牵法。

蒋畅手指蜷了下,当下左顾右盼着,怕被人看到似的。

于是,他笑道:"我们不是十六七岁早恋了。"

她趁他不注意时,低头看他们交握的手。

他的皮肤很好,掌心也不粗糙,温热又干燥。

手背青筋若隐若现,既不文弱,也不过分粗壮,恰到好处,有着男性的力量感。

她手心可能有些出汗,这么握着,并不舒服,但他没松开,如果要停下来挑东西,就用另一只手。

而且,他一只手也能将车推得稳当。

"畅畅,"他叫她,手朝她伸过来,她心脏骤然一停,他却是去拿她背后货架的调料粉,"想吃荷叶鸡吗?"

那一瞬间,他离她很近,像下一秒就能亲下来。

她的目光恰恰落在他的唇上。

真是上天眷顾,他的唇形生得极好,唇色淡粉,看起来……很好亲。

她想起他那天晚上说的,他想吻她的额头。

不过,周围还有人。

她敛神:"……啊?你会做?"

他拿完,继续推车往前走:"杜胤会,一般出去都是他负责做。"

太久没见杜胤,蒋畅回忆了下,觉得他那样的潮男,似乎和厨房不太搭。

赵觥笑了笑,说:"叫他就是因为他很会做饭。"

她也笑,同情起杜胤来:"大冤种朋友。"

赵觥挑东西,会很仔细地研究,从生产日期,到配料,再到营养表。

挑蔬果和肉也是,专挑好的、贵的。

他还特别在意蒋畅的需求,问她喜不喜欢,喜欢的话,就多买一点。

她说她没什么特别喜欢的,他看着来就好。

上次和人逛超市，已经是颇为遥远的记忆了。

自从工作，蒋畅的社交圈变得越发狭窄，窄到不想出门和人交流，能选择网购的话，她甚少到店里挑。

何况大型超市离家也远。

赵辣虽喜欢独处，但他不反感社交，甚至相当拿手。

他和超市导购员沟通非常轻松，蒋畅跟着他，完全不用操心任何问题。

偌大一个超市，来往形形色色的人，她也不必担心犯社恐。

太省心了。

两个人手牵着手，时不时低声交谈两句，一如世上所有普通平凡的情侣。

蒋畅偷偷地拍下他们脚下的影子。

可能，心动不是个动词，它类似于快乐、难过这一类情绪。

她忽然晃晃他的手："你知道村上春树怎么形容喜欢吗？关于小熊的。"

他想想，说："春天原野上，可爱的小熊对你说：'你好小姐，和我一块儿打滚玩好吗？'然后你们一起玩了一整天，棒不棒？"

她笑："太棒了。"

"但我对你的喜欢程度是，下过雨的潮湿的晚上，雷电停了，刮着微风，雨从花瓣上滴落，一滴一滴，啪嗒，啪嗒。"

经历过劫难，陡然获得重生般的舒适。

还有，喜欢是温暖的，也是潮湿的。

心间湿漉漉的，恰如他们初遇的那天晚上，雨打风吹，有花，还有一个被命运送到他面前的女孩子。

她忽然转了话题："今晚月色真美。"

他们在超市里，哪里看得到月亮？

路过的人听到这句，怪异地瞥她一眼。

赵辣握紧了她的手，将头偏向她，让话音只入她一人的耳——

"嗯，我也喜欢你。"

她扬眉，一副"我就知道"的表情："你果然知道，你还装。"

"我早同你讲过，虽然和你们年轻人差了点岁数，但我心态没老。"

蒋畅笑着用肩膀轻轻顶了他一下："先先，你还年轻着呢。"

他叹了口气："男性退休年龄为六十岁，在我决定四十岁退休时，就已经做好比别人提早二十年进入老年生活的准备了。"

"别这样,到时看你整天侍弄花草,养养猫狗,我会嫉妒的。"

"我在家为你洗手作羹汤不好吗?"

蒋畅顿住了。

他们竟然不知不觉聊到了未来,甚至是共同生活的未来。

好不真实。

赵弑捏了捏她的手心,轻声说:"以前,我没想过和人一起生活,不过如果是你的话,我其实有些期待。"

她抬眼看他,轻轻地"嗯"了声。

结完账,两大袋子东西,赵弑一手拎一个,走在她前面。

他身形高,挡住她的视线,她不知道有车开来,他突然停步,她反应不及,没半点缓冲,直直地撞上去。

撞到了,但没撞动他。

赵弑锻炼得很好,背部结实,她揉了揉鼻子。

他放下东西,回身捧起她的脸,低头查看:"没撞痛吧?"

神情仔细得堪比捧着一盏珍贵的古董瓷器。

"没有。"

代替痛感的是,脸上来自他的热度。地下停车场没有空调,他提了一路东西,掌心越发地烫。

烫到她错以为,自己的脸也开始发烫了。

他没立即松手,反而稍稍用力地揉了揉她的脸蛋,她呆呆地问:"你干吗?"

"你这样,"他笑,"有点可爱。"

蒋畅的眼睛不算大,但偏圆,双眼皮,这时睁大了点,多了呆萌感。

——自然,她本人是不会知道的。

她不知道恋爱中的人是不是皆是如此,莫名地被对方夸可爱,也莫名地觉得对方可爱。

今晚蒋畅逼着自己早点睡下。

第二天早上五点的闹钟,她强撑着起床,开始收拾自己。

这趟短途旅行,加上"和男朋友的第一次"的前缀的话,意义就显得不一样了。

可惜，她的化妆技术实在差劲。

她跟着教程，费了半个小时，觉得不满意，又见快到约定时间，擦掉，改成淡妆。

不过她很快发现，化妆没太大必要。

赵尧给她买了早餐，不过她暂时没胃口吃，刚上高速没多久，她便彻底睡过去了。

睡醒后，她发现车停在服务站。

她听到解开安全带的细响，半睁开眼："话说，我们要开车到哪儿？"

"涟溪。"他笑，"你心倒是大，这么放心我吗？"

"总不会把我卖了。"

忽然，她余光瞥到，黑色皮质的座椅靠垫上，被她蹭上了粉底液。

她有点尴尬，想悄悄去擦，他看见了，说："没关系，回来再送车去洗。"

他眼睛转向窗外："却青他们过来了，你下车吗？还是继续休息？"

"我下车走走吧，腰有点酸。"

杜胤打扮仍然时髦，他热情地和蒋畅打招呼："你好，这是我们第三次见面？"

"对。"

却青戴着防晒面罩，只露出一双眼睛，手上也套了防晒冰袖，裹得严严实实的，蒋畅险些没认出来。

却青解释说："我很怕晒，晒一下就容易脸通红。"

他们稍作休整后，就上车了。

蒋畅道："却青和你朋友，感觉关系怪怪的。"

赵尧有些意外："你看出来了？"

她讶然："所以真的有点什么吗？"

"他们俩之前谈过一段，"他说，"具体的我不了解，可能现在旧情复燃了。"

蒋畅饿了，在吃他带的芝士海苔饭团，塞得口里满满的："你不关心你妹妹、你朋友的恋情吗？"

"我不太打听别人的八卦，而且他们分分合合，也纠缠了很久。"

她说："那他们还互相喜欢？"

"或许是吧。却青我不好说，杜胤表面上装得已经放下了，分手后却一直没谈。"

赵桄瞥了她一眼:"慢点吃,不噎吗?"

"饿。"

她吐字不清,发成了"哦"的音。

他好笑,捏捏她的脸。

他们上午十一点左右才到达涟溪。

涟溪是一座不出名的小镇,地理环境的缘故,正值八月,气温也不是很高,入夜后估计还会有点冷。

露营地很大,有地方租帐篷,看起来材质一般,游客不多,且分得很散。他们选了块空旷的地方,紧邻着一条小溪,再远一点,有店铺和农家乐。虽说是露营,但也不是僻远之地,生活比较方便。

赵桄和杜胤两人也许久没碰帐篷了,研究了一会儿,才正式开始搭建。

蒋畅和却青架遮阳篷、桌子、便携式燃气灶,洗了菜和碗筷。

几个人忙活出一身汗,清风徐徐,吹着也凉爽。

中午简单煮了个麻辣烫,下午找石块和柴搭了个窑。然后,他们将提前腌好冷藏的鸡裹上荷叶和锡纸,还有红薯、玉米、土豆,一起放里面烤。

风将香气和溪水的潺潺声一起送来。

蒋畅吃饱喝足,躺在椅子上,如果不是有蚊子,她已经睡过去了。

啪的一声,又是一巴掌拍在胳膊上。

蒋畅终于忍受不了,起身。

她记得自己带了驱蚊贴,打算去找来,一大片阴影覆下来,她抬头。

赵桄搬了个小马扎,坐到她旁边。

赵桄手里还拿着一瓶花露水,问蒋畅:"哪里被咬了?"

还好她穿的是长裤,就胳膊遭罪。

她伸出胳膊,他左手托着。

蒋畅骨架小,胳膊纤细,但因为不怎么锻炼,肉有些软乎乎的。

他在有红印的地方喷了几下,强烈的薄荷香气刺激她的鼻腔,她偏过脸,打了两个喷嚏。

他合上盖子,笑着问:"这里舒服吗?"

"嗯,"她点头说,"我很喜欢这种避开人群的地方,城市太嘈杂了。"

充斥着各种噪声,人声是吵的,雨声是闹的,汽车鸣笛是刺耳的,地铁广播报站、手机短视频外放……一切都令人生厌。

而大自然的声音使人安心。

她偶尔觉得，需要躲到乡野治愈自己，但又离不开城市的便捷，毕竟她是个挺懒的人。

"你喜欢的话，以后可以在周末或者假期出来玩。"

她狐疑："为什么感觉你很闲？"

"没有，只是我会让自己节奏慢一点。"

他将花露水放在地上，两条胳膊闲适地搭在腿上，手自然地下垂："工作不是我生命的全部——尽管它的确占了大部分。"

蒋畅脚后跟点地，磨蹭得砂石哗哗作响："真羡慕你的生活态度和自由。"

不仅是财富、能力带来的底气，还有他自身的松弛感。

他在朝自己理想的生活努力，却不给自己施压，大抵也有他看淡那些东西背后的浮华的缘故在。

蜉蝣的一生，在人类看来是一弹指顷，而人看似漫长的一辈子，于宇宙天地万物，也不过瞬息变化。

蒋畅用手圈住膝盖，说："我想，要是我能成为一棵树该多好。"

"树？"

"深扎土壤，却是最自在的。它不会寂寞，有风，有鸟，可以静看世界变化。它没有责任、羁绊，抽条换新叶，或是衰老枯败，不受制于旁人。"

蒋畅又笑笑："而且，如果拥有城市户口，还会被人类加以保护。"

她的想法总是消极，但他不会予以纠正，也不认为是错的。

他还在夸赞："很不错的愿望。"

赵毪母亲为他取"毪"字，自是希望他锐意进取。

父母，乃至整个社会，对新一代赋予殷殷期盼，望他们积极向上，何尝不是一种束缚。

有人想停在原地，不是罪过。

他轻轻一拍她的头，带着安抚的意味。

娴熟的手法，让她觉得自己像呦呦……他之前就这么说。

两人坐得近，他的腿长到无处安放，他们几乎是膝盖抵着膝盖。

蒋畅盯着他的眼睛，他眸底很深，像一泓不见底的深潭，又像银河倒悬。

半晌，她蓦地直起腰背，四下张望："却青他们呢？"

却青和杜胤坐在溪边，地上架着鱼竿，顾及不到他们。

赵筅起身："吃东西吗？我去拿。"

"好。"

临近日暮时分，他们把窑灶推倒，扒拉出烤好的食物。

锡纸外壳一拨，香气顷刻散发。

火上还架了块铁板，下面燃着无烟炭，杜胤把肉从冷藏箱里取出，切成薄片，边烤边撒调料。

蒋畅吸了吸鼻子："不考虑上班的话，真想在这里多留几天。"

鸡烤得久，骨肉轻松分离，赵筅撕下一只鸡腿，放到她碗里："这个季节蚊虫太多，明年春天可以再来一次。"

才一个下午，她就被咬了好几个大包。

蒋畅低头啃了一口，有汁水沾在她唇边，他摘了一次性手套，抽了两张纸递给她。

这一系列动作有一种无言的默契，却青多看了两眼，说："你以前不是懒得出来玩吗？"

赵筅说："难得凑齐人，也不想费工夫。"

她笑眼盈盈，向蒋畅瞥去："那怎么现在又愿意了？"

他说："陪女朋友自然是愿意的。"

"什么时候的事？我怎么不知道？"却青一蒙，"那我们今天带的……"

赵筅打断她："就前几天。"

杜胤张了张口，也惊讶，说："赵总，闷声干大事啊。"

"谁追的谁啊你们？"他摸下巴思索片刻，"你们俩都不像会主动追人的。"

赵筅嘛，是从来没追过；蒋畅呢，又是社恐类型的。

赵筅主动说："我追的她。"

"哟哟哟。"杜胤乐不可支，"铁树百年开次花，赵筅百年追回人啊，以前我还怀疑你暗恋我呢。"

赵筅捡了块石子丢过去："怎么说话的。"

却青倒了几杯酒："恭喜我老哥终于脱单。"她举杯敬蒋畅，"感谢你收下赵筅，免他一人孤苦无依。"

赵筅说："倒不必将我形容得那么惨。"

从头到尾，蒋畅都没作声。

说到底，她还是脸皮薄，面对的人一多，又不那么熟，就说不上话了。

边烤边吃边聊天，一下子太阳就彻底落山了。

赵梵和却青都不是话密的人，不过他们很照顾蒋畅，话题间不会冷落她。蒋畅慢热，慢慢和杜胤聊熟了，倒也自在许多。

杜胤的手艺的确很好，一贯吃得不多的却青，也不停地在吃。

他还用小锅煮了银耳鸡蛋酒酿，放入红枣、枸杞，给两位女士喝。

蒋畅看到自己肚子鼓出一大块，打了个嗝。

"你们还吃吗？我吃不下了。"

看时间，他们竟然吃了将近三个小时。

更具体一点，从到达这里，就断断续续地在吃各种东西。

她感觉她的胃在超负荷运作。

赵梵说："把火灭了吧，餐具明天早上拿去洗。"

他又问蒋畅："去走走吗？"

"好。"

趁蒋畅不注意，赵梵给却青使了个眼神，却青意会，比了个"OK"的手势。

这里不如城市灯火通明，只靠远处的灯光，还有月光照明。

前方，手电筒照不到的地方黑黢黢的，风吹得灌木丛和树林沙沙作响，蒋畅有点脊背发凉："这里不会有蛇吧。"

"这种地方的蛇一般挺怕人的。"赵梵转头看她，"你可以抓住我的手。"

她噗地笑了，也没那么怕了，说："我保护你？什么老一套的话术啊。"

"不，"他笑着摇头，"我的意思是，如果真有蛇，我带着你一起跑。"

"那还是算了吧。"

话虽如此，走了一段，蒋畅还是挽住了他。

入了夜，风吹着，是挺冷的。

她靠近他，是为了取暖。她这样想。

赵梵的身体的确暖和，像个移动的暖宝宝，她一手握住他的手，不由自主地将脸也贴上他的胳膊。

情侣之间，亲昵的肌肤接触，可以促进感情。

从最开始的牵手都害羞，她已经能接受这种程度的相偎了。

在南方，蒋畅算不得个子娇小玲珑，且独立生活数年，不是娇滴滴、爱撒娇的性子。

然而，她不过矮他二十多厘米，又这般偎靠他，赵铣便有种照顾小姑娘、被她全身心依赖的错觉。

自诩是尊重女朋友的人，却萌生了将她完整地搂入怀中的冲动。

这不过是男人的天性作祟。

荒郊野外，无人之境，一对情投意合的情侣，总不该只是清汤寡水地聊着天。

想归想，实际没有付诸行动。

赵铣这些年，养成了很强的自控能力，情绪、欲望，永远被他辖制在可控范围内。

故而，在外人眼里，他几乎就是一个无欲无求的人。

也不尽然。

至少，拥有女朋友后，它们有复苏的预兆。

赵铣不知道的是，蒋畅同样在想，避开了人，孤男寡女地独处，又是这样的气氛，是否会发生点什么。

不是十六七岁，和男生说说话，就脸红得目光躲闪的年纪了。

但她长到这么大，除了和班上男生打架，和蒋磊打架，一点"亲密"接触也没有过的。

如果真的……她要不要提前做好心理准备？

免得手足无措。

两人走得很慢，迄今没离驻扎地太远，尚能隐约看到风灯的光。

他们一时没说话，但并不显得寂静。

走路声——地上有很多石子，走起来很响，还有鸣蝉声，不知名的昆虫的咝咝声，以及青蛙的呱呱声。

溪对岸，还有别的营地，有人的笑声传来。

突然，天空炸开一道道声响。

是烟花。

不是往常看到的扁平的，而是呈球形，非常大朵，洋洋洒洒地落下。

绚烂的光，照亮蒋畅的脸。

她张大口："哇……好漂亮。"

甚至忘了拍照。

不远处，也爆发出惊呼声，大概没想到，普通的日子，也能看到这么盛大的一场烟花秀。

赵铣提醒她："这是为你放的，不留念一下吗？"

他了解她的这个习惯。

"啊？啊？"

蒋畅手忙脚乱地掏出手机，他笑说："不着急，还要放一会儿。"

她录的视频，转过镜头，对准他，说："你刚刚的话，再说一遍。"

"我说，这场烟花，是为你而写的情书。"他的声音，在烟花的爆破声中，不那么字字分明，"本来，我是打算这样告白的。"

人算不如天算，他没料及，蒋畅会在他没筹划好时，就逼得他坦白心意。不过惊喜节目依然保留。

蒋畅问："那，假设，现在我们还没在一起，你要怎么说？"

她摇了下他的手，无声地催促。

一大段的话，就没必要重复说了。

赵铣思索片刻，最终只挑了一句："我喜欢你，很高兴认识你，喜欢你的时候，也渴望着，我这样不配的人，能得到你的喜欢。"

他一瞬不瞬地看着她，说完，约莫是面对镜头，没那么厚的脸皮保持镇定，手抵在鼻下，低低地笑了声。

有点娇羞。

她担心自己也跟着笑场，按了停止录制键。

渐渐地，两人都停了笑。

此时，两个人不需要过多的语言交流，眼神交汇间，彼此就能明白。

不记得是谁先向对方靠近的了，也可能是同时。

如果赵铣想亲吻她，需要低下头。

呼吸先是落在她的人中处。

微烫，略痒。

他问了句"可以吗"，或者没有，四片唇瓣相贴时，她的大脑就彻底宕机了，自动隔绝了外界的声响。

记忆停留在这一刻。

烟花散尽时，他们在接吻。

蒋畅觉得自己是被把住腮的鱼，呼吸不了了，又觉得，赵甤是濒死的她唯一的氧气瓶。

他迁就她的身高，脖子弯着，低头吻她，一只手掌扶在她的腰后。

他将她压得贴近自己。

他初始吻的节奏很慢，唇与唇贴着，辗转，接着露出牙齿，啃咬她的下唇。

不疼，但有极强烈的厮磨感，蒋畅的神志因此清明几分。

烟花的余烬也消了，重归安宁的世界，多了一份阒静。

她听到自己胸口回响着一声声的，"咚咚咚"。

赵甤稍稍退离一寸，似在观察她的表情。

她不知道自己是什么表情，可能是迷茫呆滞，也可能是害羞脸红。

他说："畅畅，闭眼。"

蒋畅应该是一个不成熟的恋爱对象，但算是个不错的学习者，她尝试着，闭上眼睛，抬手钩住他的脖颈。

唇齿微张，完全是下意识的、水到渠成的动作。

他探进来，一寸一寸地搜刮。

两舌相触之际，她先是缩了缩，又像异极相吸的磁铁，和他的纠缠在一起。

她不懂他这样算不算吻技好，但她完全地沉进去了，似漂浮在海洋里，四周是温暖、流动的太平洋暖流。

他成了水草，四面八方地缠裹住她。

其实很短暂，蒋畅却恍惚，以为过去了很久很久。

赵甤松开她时，她立马大口地攫取氧气，急迫得肺部都有些许发疼。

他眷恋地啄了几下她的唇，继而轻轻地搂住她。

她改为拥住他的腰身。

心脏一起跳动。

这样的相拥，比起激烈的唇舌相接，更令她觉得亲密。

初次接吻的两个人，也需要温存时间，以缓解心头的波澜。

可能有点煞风景，但蒋畅仍是问："这里可以私人燃放烟花爆竹吗？"

赵甤失笑："放心，提前打过招呼了，买的也是安全型的。"

她"哦"了声。

"你之前，"她伸手，在他的心口处无规则地画着圈，"也带你前女友看过烟花吗？"

"没有。"

"那你亲过她们吗？"

"没有。"

好像没什么可问的了。

蒋畅想大度，不介意他的过去，可毕竟是自己喜欢的人，做不到毫不在乎。

如果他说有，她也不知道该做何反应。

"赵甡这个人，"他说着，"是浑过，但也许，没完全坏透。"

再怎么犯浑，他的潜意识里，还是在规避一些事情的发生。

比如，他再恨那些亲戚，被继母打了，也不会对他们动手；他翘课整天到处玩，也没有办理退学；他跟着一群人瞎混，但不会干违法之事；再比如，他没有碰过那些女生，只是逢场作戏。

终究有根底线在那儿。

可能，这辈子干的最最后悔的一件事，就是通信不方便的当年，离家出走，让奶奶找了他半宿。

他靠着那把良知稻草，那根道德底线，艰难地从泥潭里爬了出来。

不容易，无异于脱胎换骨了一回。

话说完，赵甡复又将头低下去，鼻尖蹭过她的脸颊，惹起一阵痒意。

"你呢？"他的声音沉而带有喑哑之色，"有喜欢过哪个男生吗？"

她问："暗恋未遂算吗？"

"算。"

"我说了，你会吃醋吗？"

赵甡忽然钳住她的下巴，没用力，不像威胁，倒像要吻她："真有？"

蒋畅笑："干吗，只许州官放火啊？"

"好吧，"他松开手指，去捏她的脸，"那你说吧，我尽量不介意，不吃醋。"

她避而不答："我们回去吧，出来挺久了。"说完，她推开他，往回走。风吹得胳膊凉，她环抱胸口，在皮肤上摩挲着。

他跟上她，倒没追问。

两个帐篷，却青和蒋畅一个，杜胤和赵甡一个。

晚上气温低,她们缩进睡袋,听风声在外呼啸着。

一时之间,两人都睡不着。

却青突然爬起来,开灯察看了下周围:"拉链拉严实,就不会有虫子爬进来了吧?"

蒋畅说:"应该不会。"

帐篷隔音不好,却青压低声音,小声问:"我是不是该改口叫你表嫂了啊?"

蒋畅说:"你照之前的叫我就好。"

"赵桄怎么追的你啊?"

"他没跟你提过吗?"蒋畅奇怪,"今晚的烟花不是你帮他安排的吗?"

"之前说等我忙完,帮他助攻,结果你们俩不声不响的,已经在一起了。"

蒋畅说:"也没怎么追,就是,请我吃饭什么的。"

她翻了个身,窸窸窣窣一阵响,面朝却青:"你能跟我说说他以前的事吗?"

"你想知道什么?"

"他家里人……对他怎么不好的啊?"

帐篷里,只亮着一盏小灯,狭小的空间只有光和人,很适合夜聊。

却青不知道赵桄跟她具体说过什么,就挑拣着讲。

"赵桄从小学开始跟爷爷奶奶一起生活,我爷爷不是他亲爷爷,是奶奶再婚嫁的——嗷,我们那边都这么叫,不过你们应该是叫外公外婆。外公很不喜欢赵桄,有很多原因,一时讲不清,总之他对赵桄挺不好的,他不准外婆给赵桄花太多钱,还抽过赵桄,用老长一根荆条。

"我妈还好,我二姨各种找赵桄的碴儿,其实就是嫉妒他比她孩子长得好看,成绩还好。她说的话我都听不下去,小时候不敢帮赵桄讲话,大了他自己就会骂回去了。

"然后我舅妈,就是赵桄继母,不给钱供他上大学,说自己家开销大,供不起,我舅舅也不反抗她。结果赵桄赚到钱之后,她还理直气壮地来要。"

却青说了很多,蒋畅听得心脏越发收紧。

除了他奶奶,所有长辈,哪怕是他的亲生父亲,全部不站在他那边。

她太能领会这种,明明在自己家,却孤立无援的感受了。

却青说:"他以前只是皮,到叛逆期,浑得谁也管不住。我外公他们常常被他气。其实我挺心疼他的，毕竟一直以来，他就没怎么得到关心和爱。"

蒋畅眼眶有点热，说："他奶奶什么时候去世的？"

却青说："八月下旬，他当时在军训，临时请了假回来。他拿到录取通知书，外婆可高兴了，逢人就要讲，反而让我外公不快，说她一口一个'我孙子''我孙子'，生怕别人不知道，这是她前夫留的种。"

蒋畅的眼泪横着流下来，流入鬓角，她抹了抹脸，声音齉齉的："再也没有亲人爱他了。"

却青被她惹得也伤感了，说："我哥对他挺好的，而且还有我嘛，现在又多了你。"

"不一样，"蒋畅小幅度地摆头，"不一样的。"

缺失的母爱、父爱，以及从小被亲人瞧不起、打压，这是往后多少年，多少人，都填补不满的空缺。

那里永远会留有一个豁口。无论多大。

她自己经历过，她能懂。

赵筅和杜胤也没睡。

杜胤耳朵尖，听着隔壁低低的聊天声，说："她们好像在聊你的过去啊。"

"没关系。"

"你对人姑娘好点，"杜胤语重心长道，"你难得碰见一个互相喜欢的，别伤了她的心，不然以后真没人要你了。"

"我知道。"赵筅说，"以前是以前，三十岁的人了，总不可能还像十几岁时一样胡来。"

杜胤说："我原本真的怕你要守着处男之身到白头了。"

赵筅瞥他："有过经验了不起？"

"是挺了不起的。"杜胤又说，"蒋畅那姑娘看着挺好的，就是冷清了点。"

刚认识蒋畅的人，基本上都会有这种感觉。

她不爱同人讲话，话也不多，接一句答一句的那种，目光浅浅淡淡，不太把人放在眼里的样子。

赵筅笑，没解释，她那是怕生，私底下跟朵棉花似的，蓬蓬松松的，又软又好揉。

也没必要跟旁人解释，跟她谈恋爱的是他，他了解就够了。

转而想到，她说暗恋过人，这样的性子，确实难"遂"。

她当时喜欢什么样的人呢?

却青睡着了,蒋畅白天在车上睡得比较久,一时没有困意,轻手轻脚地拉开拉链,穿上鞋子。

她回身看到一个人坐在小马扎上,看着泛着鱼鳞般的光的溪面。

是赵甤。

听到声音,他回过头。

"你怎么还不睡?"

"起来有什么事吗?"

两人同时开口。

赵甤笑笑,轻声回答:"我在想,某人吊我胃口,吊得我睡不着,她却睡得正香,好不公平啊。"

蒋畅说:"我想去上厕所。"

他拿起手电筒:"我陪你去。"

远一点的地方有公共厕所,没有路灯,倒是有无数虫子,时不时地突然袭击。

路偶尔不平,他这回终于光明正大牵着她的手,绕过各种坎坷。

蒋畅说:"诓你的。上学时,班里男生少,我觉得他们好臭,好讨厌。大学我也不参加社团活动,工作后接触的男性就更少了。"

"你还是心软,担心我彻夜难眠是吗?"

"你才不会。"

一个在名利场混迹多年,险些看破红尘的男人,怎会整日地为爱情忧虑。

赵甤说:"子非鱼,安知鱼之乐。你怎么知道我不会?"

蒋畅狠狠说:"早知不告诉你了,让你失眠一晚。"

"明天还要开车,疲劳驾驶不安全。"

三言两语,她被他绕到死胡同里。

她恨自己牙口不够伶俐,没第一时间回敬,回回如此,事后反省自己怎么发挥不好。

他一手揽她的肩,先打圆场:"怎么没披件外套?"

"没想到,就没带。"

他同样是件短袖,但身上还是热的。

蒋畅靠着他,问:"我们刚刚算是吵架吗?"

赵甝认真思考两秒："大概是不算的，至多，算情侣间的情趣。"

公共厕所是新修的，里面有灯。这个时间点，没有别人来，背靠一大片森林。

风声呜呜的，蒋畅洗手时，对着镜子，脑子里蹿出看过的恐怖片的画面，汗毛顿时竖起。

赵甝在外面等，见她急急地跑出来，正要开口，她闷头扑到他怀里，撞得他一个趔趄。

"你看过那个电影吗？女主角洗完脸，抬起头……"

"好了，别说了，"他捂住她的口，"不然失眠的就是你自己了。"

两人走回去的步子都加快了。

到达帐篷前，外面挂着的风灯被风刮得轻轻摇晃。

赵甝体贴地问道："需要我陪你再聊会儿天吗？"

蒋畅摇头，说："没事了，我刚刚就是脑补，自己吓自己。"

他低下头，在她额上亲了亲："晚安。"

那一瞬间的动作，仿佛露珠亲吻花瓣尖儿。

估摸着是因为接过吻了，蒋畅在他面前，不再那么忸怩，踮脚在他唇上印了下。

"先先，晚安。"

第十章
盛放的玫瑰

第二天,他们早早起来,将昨夜的锅碗端去洗了,然后架锅,一边煮面条,一边煮番茄牛腩。

杜胤驾轻就熟的,也不需要赵筑搭手。

蒋畅和却青洗漱完回来,香气已经飘出来了。

面过了遍冷水,再捞出来,杜胤盛的第一碗先递给却青,她夸道:"你厨艺渐长啊。"

他说:"没办法咯,有个挑嘴的前女友。"

却青温温柔柔地笑着:"这样啊,那她是挺没福气的。"

"不仅没福气,而且没眼光。"杜胤搅着锅里的汤汁,舀出一勺,浇在面上,"你说是吧。"

蒋畅和赵筑面面相觑,不约而同地装作没听到。

日头出来后,便有些晒了,蒋畅和却青躲到棚子下遮阳。

两个男人脱了鞋,挽裤腿,下溪捉螃蟹。

溪水凉而浅,也干净,石头底下隐蔽着不少小螃蟹,就比一元硬币大点儿,灵活得很。

蒋畅小声八卦:"你和杜胤怎么分的?"

却青拿着扇子给自己扇着,白玉般的细指,拈着木柄,手一下下晃动,分外优雅。

"他跟赵筑打小学起就是同学,所以我俩认识得也早,可能更适合当朋友吧。"

"可看起来，你们还……余情未了？"

"认识太多年了，感情混杂在一起，也分不清是爱情还是友情了。"

未知全貌，不予置评，蒋畅不了解前因后果，也不便多说。

却青说："昨晚我跟你说的那些，你别太往心里去。"

"为什么？"

却青笑了笑："不想你对他的喜欢，掺杂太多的同情呀，你是个很心软的女孩子，但喜欢就是喜欢他本身，那些已经过去了，同情会让你容易忽略他身上很多东西，好的坏的。他现在过得很好，专注当下就好了。"

却青和赵桄是有点相像的，不一样的是，赵桄的温柔或许是一种防御机制，却青的就是攻击系统了。

她会让人不由自主地喜欢上她。

蒋畅从见却青第一面起，就对她颇有好感。

赵桄是她的表哥，她自然会帮他说话，但同为女孩子，又是同龄人，她也会提点蒋畅。

她的意思是，不要因为怜惜他，而原谅他的错误；也不要因为怜惜他，而奉献自我去治愈他。

蒋畅说："可能和你想的不太一样。"

"怎么的呢？"

"我从他身上获取到的情绪价值多得多，一百分的卷子，我得了七十分，他不会让我反省为什么扣了三十分，而是骄傲，比及格还多了十分。我觉得，他改变自己，渐渐变好，成为一个温柔的人，是件值得敬佩的事。"

同情若是构成喜欢的一部分，那敬佩则是爱的重要的一部分。

——不过，这个字眼现在用，太过沉重。

"而且，恋爱不会是单方面的奉献，他对我很好，如果可以，我也希望对他好一点，再好一点。"

她是不通晓恋爱法则的，只是一颗真诚的心，放到任何关系里，都是适用的。

向别人剖白她对赵桄的喜欢，实在是难为情，像是应对什么考核，又像是上演蹩脚的爱情剧。

蒋畅两手捧着脸，手心、脸颊俱热。

却青望向赵桄，说："赵桄何德何能认识你啊。"

她再次将目光转向蒋畅："相信我，你非常当得起他对你的好。"

赵梵他们将找来的小螃蟹洗净后,直接下锅炒,加上调料、配菜,做焖饭。

吃完,他们开始收拾,垃圾打包装袋,启程回宿城。

蒋畅到家时,天完全黑透了。

她打了个哈欠:"我就不叫你上楼了,想直接洗洗睡了。"

"好。"

"拜拜。"她解开安全带,作势要下车。

赵梵侧着身子,一手搭在方向盘上,看着她:"就这样吗?"

"嗯?"她回眸。

他干脆也解开安全带,倾身过去,轻轻地吻了吻她的嘴角,手抚着她的头发:"好好休息。"

蒋畅上楼的脚步有些发飘,不知是困的,还是被他亲的。

洗完澡,蒋畅看到胡蕙发来的消息,说她彻底和谭勤礼断了。

大酱炖大肠:你会辞职吗?

福狒狒:不会,咱行得正坐得直,拿人薪水,替人干活,又没犯错,凭啥辞。

大酱炖大肠:那你……难过吗?你不要强装淡定,不开心就表达出来。

对面沉默良久。

福狒狒:男人没了咱就再找,把自己丢进去,才真的划不来。

大酱炖大肠:找机会喝一杯吗?

福狒狒:行啊,有空我带酒去你家,给我备上菜。

蒋畅不好酒,但胡蕙喝。两个人没事会聚到一起喝两杯。

胡蕙住的地方地段好,房子也好,就是房租高,她得和人合租。所以,蒋畅去那儿不方便。胡蕙如果喝醉,就直接在她家睡下。

第二天周一,因为玩了一整个周末,蒋畅精气神倒还不错。

工作照例是审稿、更新网站,中午收到赵梵给她叫的饭。

一连几天,都是这样。

赵梵似乎对寻觅美食、摸索她的口味上了瘾,他不是在外卖平台叫的,是让店家专送。

待她吃完了,他还会问她喜欢什么,不喜欢什么。

蒋畅说他这好像做调研。

他回答说，此项活动的确可以命名为《女朋友饮食偏好专项调研》，还问，如果交给她评等级，她怎么评。

她说她又没看到报告。

结果过了两天，赵铣真的在 A4 纸上手写了份报告。

题头，调研人，调研时间，调研范围，研究对象……等等，一目了然。他甚至列了个表格，将她吃过的东西一一罗列。

他的字大概练过，介于行书和草书之间，字形结构、笔画，极具个人特色，锋芒尽收，毫不张扬。

蒋畅字字看完，一时不知该夸他仔细，还是笑他无聊。

赵铣说，与她相关的事，就不算白瞎功夫。

可能是吃得好，加上心情好，这几天她的气色都红润起来。

"大姨妈"造访时，她的痛感也没那么明显。一般她是第一天会痛，到第二天就好转了。

之前她月经不调，是内分泌失调造成的，网上有人说，谈个恋爱就好了。

真假尚不可知，但因为赵铣温柔体贴，说话有时也幽默，和他相处，她很放松、开心是真的。

周六，蒋畅和赵铣出门约会。

说实话，于两个比较宅的人而言，逛街的乐趣，大概远不如在私人空间待在一起来得多。

最后，看过一场电影，两人回了蒋畅家。

蒋畅经常三分钟热度，买了破壁机、空气炸锅、煎锅等一系列东西，都没怎么用过。

她把东西翻出来，在网上搜教程，看能做什么好吃的。

赵铣洗了手，也进了厨房。

她问："赵总，你是来炸厨房的吗？"

"虽然我厨艺不行，但是帮你洗洗菜还是可以的。"

蒋畅家厨房本来就小，挤两个人都转不开身了，她用肩膀顶着他，顶出厨房："好了，你自己玩去吧。"

他靠着桌子，说："女朋友这么能干，我该干吗呢？"

她笑着答他："你负责写一篇，以'夸奖蒋畅'为主题的作文，不低于 800 字，禁止抄袭，把我哄开心。"

"有点难度,看来我现在就得构思了。"

玩笑归玩笑,待她发现少食材时,毫不客气地把他招呼出去买。

蒋畅把午餐做得十分丰盛,四个餐碟,还有一大碗汤。

赵甤说:"赵某真是自愧不如。"

"我有的还是现学的,也不知道好不好吃,"她将筷子递给他,"我哥哥做饭才是真的好吃,小时候在家,他经常做各种吃的。"

"记得你说过,你哥哥对你不太好。"

"以前不涉及利益方面,我们又还小,跟普通兄妹差不多,吵闹、打架,长大懂事了,就觉得他好讨厌。"

不单单是蒋磊,还有父亲。

她年幼时只觉得父亲凶,她和哥哥只要惹他不开心,就要被骂一通,后来知道他是父权主义,孩子不能违抗他,妻子也是。

母亲是上世纪七十年代的人,思想早已固化,蒋畅不一样,她是一个很会思考的人。

思考原生家庭带给自己的影响,自古以来的文化糟粕、封建传统,思考所处社会的大环境给人的压抑。

也就造就了她精神上的痛苦。

但至少,她知道那些是不对的,无力改变别人,那就让自己摆脱。

可能,人生的痛苦是影子,在有光的人间,一直跟随着她。太阳落山,它们就暂时隐藏。

从家里出来,工作、网络、生活,都充斥着无数的不如意。

和人抱怨太多,容易招人烦,发在公众平台又会招来各种议论,干脆在心里想。

多好,不用怕和人争辩,无人回应,还节省时间。

确实会内耗,不过她会转移注意力,转移开了,就灵台清明了。

比如做饭就挺解压的。

再比如,看着赵甤吃下她做的菜,也会给她带来满足感。

赵甤吃得慢条斯理,没有发出什么咀嚼声,头低下去,菜送进口里,有一种贵族公子的气质。

一桌子菜很快被吃掉一大半。

蒋畅想起什么,伸出手,朝他摊开:"我的八百字测评呢?"

表情严肃，有老师收学生作业的气势了。不过事实是，她以前在中学实习，学生压根儿不怕她。

赵桄托起她的手，低头在掌心亲了亲，朝她笑得好看极了："这样可以吗？"

明明是轻浮至极的动作，被他这么一笑，反倒像心术不正的是她了。

蒋畅心里霎时像过了高压电，每一颗电荷都在刺激她身上的细胞。

从头麻到脚尖。

"啊，有油。"她猛地抽回来，"不要贩卖男色，没用。"

他沉吟数秒，当场发挥："致我亲爱的蒋小姐：今天非常荣幸，能与您共享盛宴，首先，我诚挚感谢您今天不辞辛劳，亲自下厨……"

"好了好了，"蒋畅笑得不行了，"别念了。"

她毫不怀疑，以他的临场反应能力，可以现编八百字出来，但她估计受不了。

吃过饭，蒋畅拉起窗帘。

电视是房东留下的，虽然不如他家的家庭影音室有氛围，也算个低配版了。

赵桄倒不挑剔，只是……

他拨了下她扎在脑后的低马尾："为什么你要坐在地上？"

"习惯了，因为茶几矮，方便看平板。"

这么一说，赵桄也滑坐下去，和她肩挨着肩。

他腿长，屈在中间，应该不太舒服，她把茶几往前推了点。

他摩挲着她的手腕，她的桡骨茎突比一般人更明显，很有骨感："我送你块表？我这块有女款。"

"不要不要，"她立时摇头，"那么贵，我怕磕了碰了，可能也不会戴。"

"那手链？或玉镯？"

她扭头看他："怎么突然要送我东西？"

"想你戴着应该会很好看。"

蒋畅平时就戴一条红绳手链，偶尔披头发，最多再套根皮筋，素净得很。

赵桄转而又想到，本不应该直接问她的，问她她也是拒绝。

"我还以为是提前问七夕礼物。"蒋畅说。

啊，要不是她提，他还忘了这一茬。

每到这样的节日，赵炕便像被时代抛弃的前朝遗老，既没有亲人拜访，也无女友约会。

特别是商家借此打着各种营销噱头，诸如合家团圆，爱人相伴。远的不说，光是贺晋茂同情的眼神，他就看腻了。

他实在想说，他是孤家寡人，可不是鳏寡老人，没他们以为的那么惨。

赵炕说："其实，我希望你直接对我提出要求，让我送什么，陪你干什么，不能怎么样。"

"为什么？"

"这样，我们之间可以少一些，因沟通不当而产生的争端和分歧。"

蒋畅说："感觉你是为了偷懒。"

"冤枉。"他笑着举起手，做投降状，又坦白说，"不过我的确不擅长揣摩女孩的心思。"

"可是，你不觉得很有意思吗？"

她支着腿坐，下巴压在膝盖上，偏过脸看他，眼睛里映着一点点亮光："一点一点探索对方，就像学习一项新技能。"

"探索？"他揪住她话中极富歧义的字眼，反问她。

"天哪，我完全没那个意思，赵炕你……"

"我什么？"

蒋畅不作声了。

此时他离她太近，他像暗夜里试图悄然袭击人类的野兽，眼底有一抹暗光。

她不由自主地屏住了呼吸，否则，两人的气息就会交融在一起。

那可能会是一种暗示。

电视上，放着一部不太费脑的喜剧片。

蒋畅吃一堑长一智，刻意避开那些会让她哭得狼狈的。

再就是，刚恋爱的情侣看电影，是会发生一些此类事情的，电影情节最好不要太复杂深奥。

这次绝对是赵炕先主动的，蒋畅敢肯定。

不过也是因为她默认了。

赵炕一手撑着沙发，一手压在她的侧脸上，将她圈在自己和沙发之间。

他缓慢地吮咬着她的唇瓣。

蒋畅闭着眼，睫毛微颤着，感觉和初次不太一样。

好比头回考试拿到满分，获得奖励的学生为了争取第二次，他便更努力地学习。

相较于第一次因害羞而想躲，她的进步是，会主动迎合他了。

大概嫌这个姿势不舒服，赵犹将她横抱起来。他的臂力是她想象不到的强，下一瞬，她人就躺在沙发上了。

电视机的光横着照过来，她能够看清的，只有他的侧脸轮廓。

为了不压住她，他半撑着上半身，一条腿在沙发下，再度吻住她。

电影的声效盖住他们接吻的动静。

赵犹真的是在"探索"她。

连蒋畅自己也不太了解，男女之事上，她能接受的尺度范围有多大。

家里没有防护措施，他是个理智、有分寸的人，应该不会贸然干那事。

但说不好，归根结底，他是男人。

她脑子有些混沌了，乱七八糟的想法搅在一起，稀泥一样，糊住了她的脑回路。

所以，当他的吻落在她的大动脉上时，她的第一反应，是钩住他的后颈，而不是推开他。

他吻得太轻，以至于她有些痒，她难耐地"哼"了声。

随即，他的动作停了，她也僵住了。

僵持之下，不知谁的手机响了。

"先先，"蒋畅一开口，嗓子像被堵住了，她清咳了一声，推了推他，说，"帮我拿一下。"

是胡蕙打来的电话。

蒋畅接电话时，赵犹帮她理着头发，和被他弄得凌乱的衣襟。

"啊？！你现在就来吗？"

她的反应大到胡蕙奇怪："是啊，之前不是说过有空来找你喝酒吗？"

"你到哪儿了？"

"车快到了，给我开个门哈，我拎了蛮多东西的。"

挂了电话之后，蒋畅在纠结，是要把赵犹藏起来，还是赶他走。

但胡蕙很有可能碰到他。

要不然坦白？

胡蕙算得上刚经历一场失恋，虽然跟谭勤礼是暧昧关系，但蒋畅知道她有实实在在地心动过。

作为闺密，这个时候宣布恋情，似乎太不讲义气了。

"要不，"她小心翼翼地问，"你先去我房间待会儿吧？她应该晚饭后就走了。"

赵梵看了眼表，离饭点还有三个小时，待得可不是一会儿了。

蒋畅双手合十，眼神恳切地望着他："先先，拜托。"

面对女朋友这副表情，大概很难有人能无动于衷。赵梵妥协了，也注定服输。

她弥补似的说了一句："我房间的书什么的，你可以随便看。"

为免来电话而暴露，赵梵将手机调至静音。

接着，门在他面前无情地被关上。

他又好气又好笑地摇了摇头。

胡蕙来前，蒋畅将赵梵的鞋子收起来。

感谢房东太太装了鞋柜，不至于叫她藏无可藏。

胡蕙带了酒，还带了吃的。

两个人边喝边聊，可以一直到晚饭点。蒋畅酒量很一般，就着小零食，陪胡蕙聊。

胡蕙骂谭勤礼是浑蛋，表面上可以一切为你让步，真触动他的利益，他分寸不让。

胡蕙说，谭勤礼要调她的岗，一是补偿，二是"驱逐"，她讲没必要，他们又没有实际关系，正常当上下级就好。

蒋畅应得心不在焉，劝胡蕙少喝点，心里记挂着赵梵。

屋里没一点动静，不知道他在干吗。

胡蕙半趴在茶几上，侧脸对着蒋畅，手指摩挲着杯口，说："可能我也没多喜欢他这个人，只是迷恋他对我好的感觉。"

不幸的人之间，大抵都有相似之处，胡蕙和蒋畅的原生家庭，是她们这辈子也忘不掉的痛，祛不掉的疤。胡蕙从小没有父母陪伴，他们在外地挣扎讨生活，每年只过年回来看她，后来才知道，是他们欠了债，才不带她一起。

胡蕙的感受，蒋畅能理解。

没有得到过爱的孩子，长大后，便会拼命从身边汲取爱。

这样的人总容易陷入幻觉，误把"好"当作爱。

但胡蕙是清醒的，她只是舍不得从幻觉中抽身。

现在到了不得不离开的时候。

蒋畅说："如果不是这样，我会骂你，把你骂到和他断为止。"

胡蕙笑了笑："那你呢？我看你迷赵虤迷得很。"

蒋畅瞄了眼卧室，门板不太隔音，不确定他能不能听到。

她不自觉地压低声音："我知道，将感情押注在一个人身上，无异于一场豪赌，而且作为沉没成本，很多人不愿意轻易放手，于是越亏越多。"

胡蕙答道："所以你投了很多咯？"

"也许吧。"蒋畅说，"可我不知道我全部资产有多少。"

胡蕙坐直了点，给自己的杯子倒满："当你意识到有亏空的风险的时候，告诉我，我救你出来。"

蒋畅和她碰了下杯，笑了："好。"

照胡蕙的说法是，流水的男人，铁打的闺密。蒋畅没心眼，又是直肠子，胡蕙喜欢她，原因之一就是她心无算计。

欲望都市，脱离了利益联结的关系，真心的寥寥无几，维持下去的更少。和谭勤礼断了便断了，她这不还有蒋畅吗。

胡蕙抱着蒋畅，不再去聊感情的事，随便捡一个话题，就能一直聊下去。

喝到后面，蒋畅有些晕乎了，胡蕙一句"我去你床上躺会儿"，又把她刺激醒了。

"哎，我床单弄脏了还没换新的，我叫车送你回去吧。"

胡蕙喝得脑子迟钝了，没有质疑。

蒋畅送她上了车后，把桌上垃圾收了。垃圾袋满了，她给拎出来，放到门外，打算晚点再扔。

她没有忘记屋里还藏着娇。

蒋畅推开门，看见赵虤躺在床上睡着了，手边是一本诗集。

她拿起来，中间夹了张纸，翻到那页，有她用铅笔画的一句：想象我是一朵玫瑰，梦幻的荒诞的国度，我渐渐凋零成无数瓣。

赵虤用便利贴遮住其他部分，上面的字迹显然是他的：下一个花季再盛放。

怎么说呢，人生不如意事十之八九，蒋畅已经记不清，当时看到这句诗的感触了。

难过、失意，抑或自怨自艾。

也不知道，赵觥是以什么样的心情写下的这句"安慰"——安慰那时的她。

看起来，只不过是随手一写，却又情深意笃。

蒋畅将便利贴撕下，合上书，放回原位。

也许是她的动作惊扰到了赵觥，他撑着身子坐起来。

她的床很小，一米八的长度，不够他睡，他一只脚掌搭在床外，一只脚踩着床面。

蒋畅听到动静，回头，问："很累吗？"

他的作息成谜，无论她多早给他发消息，他都会回。晚上也是她先说晚安。

大概大佬就是这样。

"是有点缺觉，看着看着就困了。"赵觥遮住嘴，打了个哈欠，"聊完了？"

"嗯，送胡蕙回去了。"蒋畅看了眼手机，"我打电话问问她到家没。"

赵觥就那么坐着看她。

因他脸上总是挂着温和的笑，会容易让人忽略，他的长相本身是有些冷感的。

他若冷下脸，会自带一种，疏离和生人勿近的气质。

而且，以他的职业属性来说，他的软中也得带着硬。否则成了软柿子，岂非谁都能拿捏？

刚睡醒的缘故，他没什么表情，眼皮耷拉着，似在想什么。陌生的人，大概会以为他情绪不好。

私底下的赵觥，和他平日示人的模样不完全一样。

他会疲惫，会怠于应付人际交往，会逃避性地和动物、花草待着。

不过，当蒋畅挂掉电话后，他又主动地倾过身来拥住她，脑袋搁在她颈边，静静地，不发一言。

像只大型的金毛玩偶。

她戳戳他的背，低声问："怎么了？"

"不太……真实？"他的语气里有一种自我怀疑，"一觉睡醒，天快黑了，你就在面前。"

蒋畅笑："家里多出一个大男人，我也觉得不真实。"

别说男人，她这屋子，除了胡蕙、维修工，和夏天惹人嫌的蟑螂、蚊子会光顾，再没其他的活物了。

赵桄说："平时事很多，没空去想，和别人一起消磨时间是什么滋味。"他揽着她的背，额头贴在她的颊上，紧密地相贴，令话也是裹了体温的暖的。

她以为自己需要相当长的时间，去进入状态，暂时无法习惯于这样的亲密关系——身心没有阻碍的亲近，交流。

事实上，挺舒服的。

尤其，他的怀抱宽厚，极具安全感。

她问："所以，你感觉怎么样？"

"如果是问我，女朋友把我关进卧室，自己和闺密喝酒聊天，我的回答是，不太好。"

蒋畅假装不觉他的委屈，低头嗅嗅自己："酒味很大吗？"

不然他怎么知道她们喝酒？

赵桄笑着掰正她的脸，用目光锁住她的眼睛："不要扯开话题。"

她沉吟两秒，突然凑上前，吻吻他的嘴角："这样好点了吗？"

他正色，还是那个句式："不要使美人计。"

一个字一个字往外蹦的祈使句，却完全没有命令感。

换一个说法，"请你别诱惑我，好吗"，可能更适合他目前的神情。

不管是从世俗的眼光，还是蒋畅自己的审美，她实在当不起"美人"二字。但她还是受用的，就像顾客会被店铺老板一声声的"美女"哄得开心消费。

蒋畅歪了歪头，稍稍拉开他们之间的距离："那，好使吗？"

他叹息一声："真是拿你没办法。"

"不生气了？"

"没生气。"他重新抱住她，"她对你来说，很重要，不是吗？"

如果他上纲上线一点，可以计较在她心里，闺密比他重要，宁愿晾他几个小时，但没必要。感情论不了先来后到，也分不出高低贵贱。她的生活简单，胡蕙占比不小，他赶不走，自可以去挤占其他空间。

蒋畅说："之前我们约定过，要是一辈子不结婚，我们就一起住。我做饭，她刷碗。老了一起晒太阳，跳广场舞，跟其他老太太一起聊八卦。"

赵桄轻笑了声，说："可惜，你们八成实现不了了。"

他的笑声低低地在她耳边盘旋、萦绕。

天空的晚霞被他们错过了，光暗下去，被鸦青色一点点覆盖。

屋里没有开灯，夜晚即将吞噬他们。

她动了动，被他抱着，活动范围有限，话音落得很轻："我实在想不到婚姻里，大于弊的利是什么。"

青春、感情、容颜，一个年轻女孩子珍贵的东西，就怕折进去了，覆水难收。

特别是深陷在不顺的婚姻当中。

"说实话，我同样不理解。无论贫穷还是富有，健康还是疾病，不离不弃的，只有打扫不完的鸡毛蒜皮。"

他停了下，继续道："不过，跟一个女孩处对象，如果完全不考虑结婚，那是耍流氓。而且，对象是你的话，我会愿意尝试。"

蒋畅下意识地想回避这个话题，仿佛这是一段谶语，预示着，不日他们就将步入婚姻。

"很晚了，晚餐随便吃点，可以吗？"

和一个情商高的人打交道的好处是，无论你是拐弯抹角，还是直言不讳，都可以得到对方恰到好处的回应。

赵桅自然读得懂她的话，顺势开玩笑，将话题揭过去："以为你会为了补偿我，请我吃顿盛宴。"

蒋畅说："那太不好意思了，我穷得连路边的流浪狗看了都要哀叹一声。"

她的确做得敷衍，把中午剩下的热了一遍，再加一道青菜。

赵桅说，不做饭的人没资格挑剔，还是老老实实地吃了。

饭后，他们牵手出门散步。

蒋畅宅久了，连家附近的路也不熟，东望望，西看看，还担心，会不会迷路。

赵桅突然问："送你礼物的话，你比较喜欢惊喜，还是提前告诉你？"

她说："看性质吧？如果是价格高昂，且不符合我消费观念的东西，提前知道，我就会劝你不要送。"

"比如？"

"四五位数的包包？担心磕了碰了，还不如几十块钱的，随便背。"

赵桅说："这样看，不如直接带你去挑。毕竟你们女孩子讲究搭配，这方面我确实不是很懂。"

"赵总财大气粗，我好像不用替你省钱。"

"尽管花，"他笑，"不够我再去赚就是。"

蒋畅抱着他的胳膊，仰脸看他："礼物的本质，是讨我欢心。我更好奇你说的惊喜。"

那次他准备的烟花，虽华而不实，但她的喜欢是实在的。

于是好奇他这回的惊喜，会不会戳到她。

再昂贵奢侈的物品，也抵不上心意相通来得妙。

赵桄低头，用唇碰碰她的额头："且等着吧。"

今年七夕是在周中，各大平台、商家，一早就开始了宣传。

给男朋友准备礼物是件令她头疼的事，以至于连着几日，大数据给她推送的，都是"七夕送男朋友 ×× 合适吗"之类的帖子。

可蒋畅经常忘记日子，真到了当天早上，收到赵桄发的"七夕快乐"，才恍然想起来。

大酱炖大肠：先先，七夕快乐哦。[爱心]

ZS：今天下午我来接你。

大酱炖大肠：好。

午睡醒来，蒋畅摸鱼刷了下微博，主页第一条就是沈献的。

他今年微博发得少，新歌更少，简直是屈指可数的程度，所以他一发歌，评论区都热闹得像过年。

而且，13:14 的时间点，过于特殊了。

@沈献：

之前答应过你们，如果感情方面有了情况，会告诉你们。嗯，是的，有了。

我们，不再是一加一等于二，而是两个二分之一合成一。

祝大家七夕快乐。[干杯]

[歌曲链接：我们无限接近于世界尽头]

蒋畅戴上蓝牙耳机，点开链接，上面显示词曲都是沈献所作。她得以确认，这是他之前说写给她的那首。

是他送她的七夕礼物吗？

她听完一遍，忍不住去看微博评论区。

发疯有之，惊讶有之，更多是祝福。

沈献不是演员爱豆，也到这个年纪了，粉丝一直秉持不打扰他三次元生活的原则，对此接受度很高。

只有极少数人会好奇，他的那个她，是什么样的人。

蒋畅在微信上给赵彘发消息。

大酱炖大肠：不是说，给我当私人收藏吗？

对面暂时没回，她不想立即开始工作，随手刷朋友圈，耳机里还循环着那首歌。

工作的缘故，她加的人比较杂，大部分只有工作交接，没想到有挺多人都知道沈献。

她们纷纷转发了歌，有的说"七夕又多了一个失恋的人"，有的说"祝献总幸福"。

胡蕙和却青也发了。

福狒狒：喜欢好多年的人有了归宿，不知道为什么，只有欣慰和高兴。可能是，觉得他值得好好地被爱。

却青：藏得够深啊。这歌名取得，酸死人咯。

沈献在网络平台不活跃，但他始终真诚以待粉丝们，挑在这个日子，不单单是"官宣"，也是和粉丝分享喜气。

是够惊喜的。

他那么低调的一个人，把对她的表白写成一首歌，公开地发布到网上，无数人一听，就能知道他的感情。

蒋畅不知道他什么时候写的，又是什么时候录的，但无疑，这是她这辈子，收到过的最特别的礼物。

她分享歌曲链接，加了个小小的爱心，什么也没说。

她心里有种隐秘的雀跃，来源于只有天知地知，她知他知的表白互动。

这时，赵彘也回复了。

ZS：歌虽然发出来了，但不管是沈献，还是赵彘的偏爱，都是独一份的，仅你所有，供你私藏。

今天老板大发慈悲，说无论单身与否，过节就早点回去。

蒋畅早早把手头工作结束，离下班还有一段时间。

赵彘告诉她，他已经到了。

他公司位于CBD，她这个小公司就在普通的商业园区，两地离得不近，她很惊讶地问,这个点不堵车吗,这么快?

下班晚高峰,宿城那几条主路经常堵得水泄不通。

赵尭开玩笑说,他开的几亿豪车,走的专属通道。

好嘛,是地铁。

一到点,蒋畅飞快地抓起包下班打卡。

陈婷在后面说:"走这么急,去约会啊?"

"是啊。"蒋畅心情喜悦,头也不回,抬手一挥,"拜拜,明天见。"

赵尭的打扮从来不是人群中最亮眼的,但身高、长相摆在那儿,也轻易忽视不了。

蒋畅朝他快步走过去,他动作自然地张开手臂,拥她入怀。

七夕,情侣遍地走,他们算不得惹眼。

趁这个时机,蒋畅从口袋里摸出什么,抓来他的手,给他套上。

他低头看,是戒指,两枚交错叠在一处的设计,还带着体温。

她扬了扬自己的手,笑着说:"情侣对戒。"

"谢谢,"赵尭也笑笑,握住她,十指紧紧扣住,"我很喜欢。"

蒋畅无意识地摩挲着他的手指内侧:"那首歌……我也很喜欢。"

他说:"我原本还担心,没有事先跟你打招呼,你会生气。"

她摇头:"不会啊,你是对你的粉丝交代,毕竟她们很关心你。"

她大概猜得到,他担心的是,他部分朋友见过她,会将她暴露。他粉丝的关心,可能是把双刃剑。即便他的态度是,不希望她们探究她。

不过,应该庆幸,他的粉丝大部分还是通情理的。

赵尭右手牵着她,腾出左手捏捏她的脸,情不自禁地叫她:"畅畅。"

"啊?"她转头仰脖看他,眼底映着将落未落的夕阳光,有一种日照金山的宏伟感。

"有点想亲你。"

她又"啊"了一声,这回是害羞,被他的直白打得措手不及。

他只抱过侄女,很小,很软,身上带点儿童面霜的奶香气。原来不止小孩这样,蒋畅也是。

她的脸是软的,唇也是软的。分明看着不柔弱,莫名地会令人产生保护欲。

或许是因为男人的天性,又或许是因为他从小没体验过这种亲昵。

赵尭当然不会在大庭广众之下亲她,他领她到停车场,贺晋茂在等,把车和钥匙交给他便走了。

他拉开副驾驶车门,给她系上安全带。

蒋畅说:"我可以坐地铁的。"

"太挤了。"他拍了下她的头,"我先带你去吃饭。"

他没有选择烂俗的西餐厅,或者网红餐厅,而是弯弯绕绕,到一家私房菜馆。

馆子不大,隔着落地窗玻璃,可以看到旁边一大片竹林,幽静得很。店内仅一张大桌,没有菜单,只问过他们有无忌口,便直接根据时令食材开始烹饪。

蒋畅问:"这种需要提前预约吧?"

"嗯,他们家一天只接待两桌客人,需要提前半个月预约。"

她咂舌,得是什么神仙口味,才敢摆这么大的谱。而且,听起来很贵。

菜上得慢,每端上一道,服务员就在一旁解说菜品,从名字到所用食材,无一不精细。

包括酒也是,说是他们自家酿的,果香浓郁,自带清甜,但不醉人,适合女孩子。

服务员走后,蒋畅小声问:"这一顿不会把我半个月工资都给吃没了吧?"

赵桄笑笑:"过节嘛,难得吃一次。"

她出身普通家庭,虽没有拮据到吃不起饭,但经济条件也不允许她吃这样一餐。

他的钱是自己挣来的,半分不靠家里,花给女朋友,丝毫没有心疼的样子。

蒋畅以为约会流程会是老一套的吃饭、看电影、送她回家,没想到饭后,他开车回了自己家。

她严肃道:"赵先生,这样会让人怀疑你意图不轨。"

他弯起嘴角:"那你还敢跟着我去吗?"

"这有什么不敢的?"她撇开脸,大起胆子,"到时候吃亏的是谁还说不准呢。"

车停进车库,蒋畅跟着赵桄下车,他却没上楼,而是去了一块绿地。

他家是高档小区,绿化做得很好,树盛草密的,地上的灯光照不清里面。

她故作害怕地说:"言情剧不会变成犯罪剧吧?"

他指指一棵树:"你去看看。"

蒋畅走近。

树干上嵌着一块金属铭牌，和景区古树那种类似，标着品种、年份，下面有一行小字，是她的名字。

她讶异，问："这是你送我的？"

赵尢颔首："你不是说想变成一棵树吗？我特意找来一棵你出生那年的。到你生日时，花也就差不多开了。"

看地面土壤，的确是新移栽过来的。

"可你……"她一时失语，送一棵桂花树这件事，有些荒唐，又有些浪漫，但绝对远远超乎她的预料。

"我出生那年，我奶奶栽了一片树林，后来因为规划问题，树都给砍了，改建成楼房。"他将手按在树上，"栽在这里的话，至少可以保证未来几十年，它可以好好地生长。"

比起具有实际用途的礼物，他写的歌，她出生年份的树，似乎只有纪念意义，但她很喜欢，特别喜欢。

尤其是，他说"仅你所有，供你私藏"。

赵尢也许不懂揣摩女孩子的心思，但他很懂蒋畅。

她一直有点理想主义，生活不追求什么品质，而灵魂喜欢漫无边际地飘荡，想远离人类，飘去大自然，飘去宇宙，只是被现实束缚住。她要工作，要养活自己，只能过着重复无趣的日子。

他能理解她沉浸在一些虚无的东西中，譬如音乐、诗歌、小说，也能理解她想变成一棵树。

这样的"理解"和他的真心，比价值不菲的礼物来得珍贵。

爱也许有技巧，她厌恶巧言令色修饰过的，她厌恶一切戴着面具伪装的人和事，她曾一度分不清别人的真情或假意，于是隔得远远的，不做局中人。

如今，她也怕自己迷失于这段感情，但他的诚挚，又令她心甘情愿。

蒋畅一直望着他。

良久，她才说出一句："赵尢，我也很想亲你。"

因为觉得语言好像失去它原有的功能了。

对他的喜欢，已经变成一种抽象到，只能通过唇舌交缠的方式来表达。

赵尢在终于忍无可忍，捧起她的脸吻下去的时候，她想到一句话——人生是接吻并跳入漩涡。

但他先她一步跳入热带风暴卷起的漩涡里。

爱是沉沦，是毁灭，是自我献祭。

蒋畅的背抵着树，那只戴戒指的手，紧紧地揪着他的衬衫衣领。

他牵引着她，揽住自己的腰，上半身没有间隙地相贴。

她很努力地回应他，直到舌根都隐隐作痛。

沉迷至此，甚至忘了，他们身处户外。

赵桡松开她，却不是终止，是另一场的开端。

他架起她的腋下，将她举起，让她稳稳靠在树上。他倾身，仰头吻她，细密地，温柔地，虔诚地，以这样一种仰望神明的姿态。

好似是，他为她坠落人间，又将她捧上神坛。

蒋畅抱着他的脖子，借着微弱的光，看到他们之间有纤细的银丝牵连。

她的唇瓣也开始发麻，她咬了咬下唇，试图缓解，酥麻的感觉却迅速蔓延过全身。

赵桡的脸埋在她的肩窝处，呼出的气息很热，她哑着嗓子说："放我下来。"

脚落地，她才后知后觉地脸红。

他第一句是道歉："对不起，我没能控制住自己。"

他屈指，用指背轻蹭着她略微红肿的唇瓣。

"如果你想……"她并非不谙世事的小姑娘，该懂的都懂，到底因为没有经验，无法坦然直言，"我可以试一下。"

"不了，"他笑，"不然带你过来，我成什么了？"

她不应。

他又说："你想不想搬过来？这里离你公司近一些。"

蒋畅为了省单人间的房租，租得远，代价就是通勤时间长。他的建议是中肯的，搬来和他同居，早上至少可以多睡近一个小时。

他又说："我不收你房租水电，你的工资可以自己全权支配。"

她心动了，但还是摇头，委婉地拒绝："我房租还没到期，再说吧。"

他是正人君子，她不同意，他不会对她做什么。

只是，有着较大收入差距的两个人，生活习惯大抵相差不小，同居势必需要磨合，她还没做好心理准备。

赵桡不强求，又俯首亲亲她。身高的差距，由他去迁就她，他亲她，从来不用她踮脚仰头。

蒋畅突然拍了下胳膊，登时显出一片红印，手心一只毙命的蚊子尸体。

他笑了，说："怪我，这里蚊子是多，我送你回家吧。"

回到家，蒋畅才发现微信被胡蕙轰炸了。
福狒狒：你微信状态的爱心是什么意思？
福狒狒：你还转发了沈献给他女朋友表白的歌？
福狒狒：今天可是七夕！！！
福狒狒：是不是赵甃？！
福狒狒：他跟你表白了？
…………
福狒狒：这么久不回，好了我知道了。
福狒狒：别理我，我的大宝贝名花有主了，老母亲有点伤感。

蒋畅拍了自己手上的戒指发给她，一条一条回她：嗯，就是你想的意思。是他。不过不是今天。他跟我表的白。具体的……以后有机会再跟你说。

至于他是沈献这件事，暂时先不要告诉她的好。

回完胡蕙，蒋畅又点进沈献的微博。

评论涨到几万条了。

他只回了一条。

@却青：献总是不是很久没更新视频了？什么时候安排合唱？［偷笑］
@沈献：我说了不算，得问你嫂子。

近几天，台风来袭，沿海地带狂风骤雨。

宿城也受到影响，从早上起，一大片乌云压城，风是前哨兵，嚣张地呼啸而过，雨要落不落的。

蒋畅感觉冷，关了空调，头抬起来看了眼天色，摸来手机，给赵甃发语音说："要下雨了，不出门了吧？"

原本他们有约会，奈何计划赶不上变化。

不等他回，她仿佛被地心引力控制，一头栽回去，拉了拉被子，继续睡觉。

连着几天上班，作图，她感觉身体被掏空了，这一觉睡到十一点，起来的时候头都是晕的。

窗外大雨飘摇着，树被风吹得胡乱摆动，天暗得似夜晚。

蒋畅倒了杯水，咕噜噜喝了一大半，看手机。

赵锐回她：行，降温了，注意关空调，别感冒了。

他说晚了，因为她觉得有点鼻塞。

无法细究原因是什么，加班熬夜，抑或感染病毒后遗症，总之自去年年底开始，她体质便变差了，感冒发烧的次数比四年大学累积次数还多。

这几天累，加上突然降温，她可能又中招了。

生病本来可以成为她摆烂的借口，但看了下积压的稿件，她又努力爬起来。

她一边喝热水，一边盯着电脑屏幕，操作鼠标键盘。

从上大学开始，蒋畅习惯不将自己的苦痛告知父母，工作后，不找他们要生活费，生病花钱了也不会说。

发去一句"我发烧了，很难受"，至多得到一句"吃点药，好好休息"。

关心是真的，敷衍也是真的。

长大后的她，已经能够接受父母并不爱她这一事实。

因为家人成不了她的港湾，独自远航时，就得自己承受风雨。

偶尔也挺委屈的，比如此时此刻，生病了，想点外卖，要么配送费太高，要么因大雨天气配送时间太长，她选择自己做饭，结果切到手指头，家里还没创可贴。

她将就着吃完午饭，外面雷声响起，闪电亮了一瞬又一瞬。

蒋畅才想起收衣服的事，发现有几件落到地上，其他的也不同程度地被雨水打湿。她把衣服一股脑地塞进洗衣机，想着雨停后再重新洗。

她一打开手机，看到房东太太发消息催缴下个月房租了。

大酱炖大肠：离月初不是还有好几天吗？为什么要提前交？

房东：早交晚交不都是要交吗？

大酱炖大肠：按照合同，我是月初交的啊。

房东：小姑娘，大家生活都不容易，我也是急着用钱，不然不会来催你，你看我之前都没提前催过你。

蒋畅憋着气，不想同她掰扯，把钱转了。

谁不容易？房东太太手底下好几套房，光每月收租都比她工资多出几倍，恕她实在无法共情。

人的情绪有时真的很不堪一击，生活还没把你怎么着呢，你就先垮了。

但它的自愈能力又被她驯服得强大，她不必找人倾诉，睡一觉，看部喜剧爱情片,又好转了。

她有想过和赵靛抱怨,又想到,这种雷雨天气,他心情也欠佳,不如独自消化。

临近傍晚,蒋畅还窝在床上看书,赵靛打来电话。
"畅畅,雨停了,我接你出去吃饭?"
蒋畅犹豫了下,说:"今天我不想出门,下次吧。"
于她的性子而言,拒绝人不容易,不过她不想违背本意。
赵靛也不生气,问:"那你晚饭吃什么?"
"不知道,随便煮点面条吧,或者不吃了。"
大概因为他的声线太温柔,适合缩进温暖的被窝听,她将书倒扣,身子往下滑,轻声说:"你今天还好吗?"
"放心,到底是成年人,是我控制情绪,不会让情绪控制我。"
想到那天,她给他戴耳机,揉他的头,捏他的脸,心里不禁变得柔软,又觉好笑,倒冲淡了烦闷。
女人是不是都容易母爱泛滥他不知道,至少他的亲生母亲、继母对他没有。但那天,他有种被爱抚的感觉。
不是他招人心疼,是因为她心太软,共情能力太强。尽管她自己可能觉得这是缺点。
他又问:"声音怎么了?"
"鼻子有点不通气。"
所以说话有点囔囔的。
"感冒了吗?"
"可能是。暂时还没别的症状。"
不过以她的经验,第二天开始就会打喷嚏、流鼻涕。
"家里有药吗?"
"有吧,懒得翻了,喝了几杯热水。"
这种有人一句一句关心状况的感觉挺好的,她贴着枕头,蹭了蹭。
她喜欢这种,能够时时得到回应的感觉。
"想吃什么?我给你送来。生病了不要随便打发你的胃。"
她想想,说:"炸鸡、麻辣烫、炸串、毛血旺、水煮肉片、剁椒鱼头,都想吃。"

他语气无奈:"还是我来吧。"

她马后炮地觉得太麻烦他了:"算了吧,多折腾呀,我点个外卖就行。"

"我已经出来了,在家乖乖等着。"

蒋畅在床上瘫了好一会儿,在"换衣服收拾自己"和"继续披头散发穿睡衣"之中苦苦挣扎。

最后,她决定维持现状。

这是她家,她舒服就好,管他呢。

赵筑快到时,她接到胡蕙的电话。

"前几天,同事给我尝了块巧克力,挺好吃的,给你也买了份,记得收啊。"

"好嘞,谢谢,么么哒。"

胡蕙说:"咦,感觉你变油腻了,你不会对赵筑也这样吧?"

"哪有,我还不好意思在他面前放开。"

"也是,他估计还觉得你是内敛恬静的小姑娘,要是把你追着蟑螂,一边骂骂咧咧,一边满屋子跑的视频发给他,他估计会惊掉下巴。"

惊的是蒋畅才对。

"什么?你居然还留着?快删掉快删掉。"

胡蕙大笑:"不删,多有意思啊,要是以后我有孩子,就留下来当电子传家宝。"

蒋畅无语:"干这种损人不利己的事,小心遭报应。"

门响了,蒋畅吸了吸鼻子,去开门,用口型对赵筑说"你随便坐"。

电话那头的胡蕙继续说:"不过,你们到底交往多久了?居然瞒着我。"

"嗯……你和谭勤礼彻底决裂前几天。"

"好啊你。"她说,"不过,他也知道你是什么样的人了吧。"

蒋畅前些天给赵筑买了双拖鞋,他弯腰换下,拎着几个袋子进屋,在桌上铺开。

她凑上前去看,他避开所有辛辣刺激且油腻的食物,虽营养丰富,但看着寡淡,使人提不起胃口。

听到胡蕙这么说,她瞥了眼赵筑,说:"应该……知道。"

蒋畅是什么样的人呢?

刚认识她的人,会觉得她不善言辞;稍微熟一点,会觉得她挺好相处的,没心眼，也没什么脾气，就是不像能深交的人；熟到胡蕙这种程度，就该明白，她有脾气，而且惹到她的话，脾气还不小，她忍，是为了避免麻烦，忍不下去了，也不怕麻烦。

她展现给赵甡的只是一部分。

但他应该知道，她也不是完美的人。

譬如，在很多时候，她是懒怠的，不进取的，只想享受当下。

再譬如，他大老远给她送晚餐，她虽有些不好意思，但也不彻底拒绝——他是她男朋友嘛，不是旁人。

蒋畅跟胡蕙说，她要吃晚饭了，就挂了电话。

她头发睡乱了，没梳，就用手顺了几下，用皮筋扎起来。

赵甡问："量体温了吗？"

"没有，不过没有头晕。"她皱皱鼻子，"你感冒吃蟹煲，就不许我吃麻辣烫、炸串？"

"我陪你吃，平衡点了吗？"

蒋畅轻哼一声："还行。"

她坐下来，搅了搅鸡丝粥，喝了一口，没那么烫，熬得软糯鲜香，挺好喝的。

赵甡这一趟，纯粹是来伺候她的。

送饭送药，问她有没有需要干还没干的活，她说碗没刷，衣服没洗，地没拖，还把手指头伸给他看，说她负伤了，绝不是她邋遢。

不大的口子，快结痂了。

他笑着说："有男朋友就尽管使唤吧，不用卖惨。"

他任劳任怨地干了。

幸好她屋子小，收拾起来也快。

赵甡洗完手回客厅，她在吃他切好的水果，茶几上架着平板。

他眉眼带笑："几天没见了，抱抱？"

她抬头："感冒会传染给你的。"

"刚刚都一起吃过饭了，要传早传了。"他干脆主动伸手去抱她。

他的手浸过水，微凉，摸着很舒服。

那枚戒指他刚刚取下，又戴上，纯银的材质，被他戴出了白金的效果。

她拨着玩，说："先先，你之后如果发现，蒋畅没什么可喜欢的，怎么办？"

"你觉得，我现在喜欢你什么？"

"总不会是长相。"

"别妄自菲薄，只是都市人擅长化妆、打扮，你实际并不差。"

蒋畅惊讶："你真是看上我外表了？"

赵甦好笑："理由没有多高尚，但也不至于这么肤浅。"

"那我可能有点，第一次在地铁站见你，我有被惊艳到。"

"是吗？"他挑眉，"我当是那束花给你留下了深刻印象。"

"花很漂亮，但它谢得也快，反而令我不忍。所以我不喜欢鲜切花。是因为你说，祝我开心。好吧，我知道，你是随口一说，可是……"

她实在很难描述那种微妙的感觉。

他说："我懂了。"

"言归正传，"她偎着他的胸膛，感受他的体温，下巴压在他的肩上，"你喜欢我什么？"

"就像你被那句'祝你开心'触动一样，一开始是觉得我们有缘，后来，在某些不自知的瞬间，被你吸引。而且，很多时候，我们很契合，不是吗？"

蒋畅沉默良久，说："可是先先，我一无所有。"

她没有光鲜的履历，没有了不起的能力，没有漂亮的脸蛋，没有热情开朗讨人喜的性格，没有傍身、提供底气的财富，没有可以支援她理想爱好的家庭，没有……

她总在想，她在这个社会上，两手空空，可以轻易被忽略。

本以为，他会说"你有我"——偶像剧里老这么不厌其烦地演，约莫是觉得，很符合女生的心意。

他却问道："那你要我吗？"

"有"，是个状态词；"要"，是个动词。

"你要我吗"，实际上，是这段关系中，赵甦甘愿把自己降到低一等的位置，将主动权交到蒋畅手上。

在他看来，她一无所有，是因为她对这个世界没有野心，不争取，意味着，什么都可以放下。

最心软的人，心狠起来，也是最硬的。

赵甦说："你问我，发现你没什么可喜欢的怎么办。爱情只是多巴胺分泌、激素的作用下诞生的，这种感情，本身就会随着时间而消退。但你知道，人的惯性很顽固,如果爱你成为一种惯性,它就将不老不死,永恒存在于我身体里。那么,喜欢的就不是你的某一品质,而仅仅是你这个人。"

他没有择偶标准,说是自我放逐也罢,赎罪也罢,总之,他没想过择偶。

对人没有期待,对爱情也没有期待。但它到底不全然受他主观的控制,萌发就是萌发了。

他反问:"反过来,如若你觉得,赵铙这人也普通至极,不值得呢?"

蒋畅摇头:"不会啊,你很好,好到我觉得,预支了下辈子的运气才碰到你。"

她又笑笑:"嗯,这辈子的运气花在别人身上了。"

胡蕙,还有网上那些朋友们。至少,这个世界不是冷冰冰的。

"畅畅,其实是我配不上你。"

他为当年的混账后悔,那是他过往人生的污点,遮掩不掉,冲刷不了。

他宁愿自己是一颗永远纯净无瑕的水晶球,清澈纯真地去爱她。她配得上这样的爱。

赵铙握着她的手,两枚戒指交错地摩擦着:"十几岁的时候,我没想过爱一个女孩子,也不知道怎么爱。到现在,我只能尽我所能地对你好,也许做得不够好,假如哪里让你不舒服,不开心,希望你如实告诉我。"

他好像犯了错的孩子,努力地,小心翼翼地表现自己,以在家长面前获得改过自新的机会。

蒋畅抱住他,轻轻地抚摸他的背,说:"好。"

对于有自我反省意识的好孩子,该给予一定的鼓励。

抱着抱着,两个人情难自禁地亲作一处。

她坐到了他的腿上,她攀着他的胳膊,膝盖分跪在他的两腿边,她比他高出一截,他仰着头,这样的姿势,像她强吻他。

窗户关着,空气不流通,有些闷热,亲得身上出了汗。

赵铙居于下位,被她这么有一搭没一搭地亲,失了耐心。

他手掌大,张开,包住她的后脑勺,另一只手在她腰后,她穿的是短袖短裤,宽松款的,他不用费劲,就可以接触到她的皮肤。

他的指甲修得短,若有若无地划过。

蒋畅觉得痒,想躲,偏又躲不掉,笑声从两人的唇齿间溢出:"干吗,别摸我那儿。"

赵毓咬着她的唇，不答，将人搂得更紧了，手掌下移，碰到她的腿。

明明没有什么过分的接触，可她的心，像被不锋利的软刺扎过，酥酥麻麻地疼，反而令她有点……难耐。

她睁开眼，偏过去。他手背的血管太明显，五指长，几乎可以整个圈住她的小腿。

视觉的冲击，逼得她再度闭上眼。

这回是害羞。

他的掌心很热，任她怎么转移注意力，也无法完全忽视。

但他仅仅是亲她，没有做旁的事。

蒋畅鼻子不通气，没过多久，就呼吸不过来了，撤开。

赵毓带着点揶揄意味地笑，伸手捏住她的鼻头。

她声音瓮瓮地说："你完了，你明天指定要感冒。"

"两个人一起感冒，估计也没那么难受。"

他松开，又倾过去，啄她的唇。

第十一章
同轨而行

不知道吻了多久,蒋畅一直黏在赵烧身上。

狭小的屋子,充满雨后再度席卷而来的暑气。她觉得热,迫切地需要凉风,奈何不想动,她说:"想开窗。"

"那你先下来。"

她不肯:"抱着我去吧。"

赵烧托抱起她,走到窗户边,她伸手拉开。

风微微凉,很潮湿,他伸手勾开她被汗打湿而黏在脸上的鬓发,看着她的眼睛。

不知道是谁的眼神先变味的,也不知道是谁再度吻过去的。

没有什么事的周六晚上,一对热恋中的情侣,吻得多了,难免动情。

他抱她进卧室,将她抵在床上,声音喑哑了几分:"手指还痛吗?我去帮你买创可贴?"

她"嗯"了声,不清楚是回答哪个问题。

这段简短的对话,像对接暗号。

她知道他指的不单是创可贴,他也知道她知道。

赵烧走后,她直挺挺地躺了一会儿,突然扯过被子捂住脸。

怎么办。

她没想过会在今天,但气氛又烘托到这儿了,谁也停不下来。

蒋畅摸了摸脸颊,好烫,还有黏黏的汗液残留,像在太阳底下暴晒过。

她昨天睡得晚,没来得及洗头,又往下看了下自己的衣服,再想他一身干净清爽,有些颓丧地想,她这也太不修边幅了。

这一片虽然老旧,但该有的都有,楼下就有家便利店和药店,再远一点,还有大超市。

久久不见赵甤回来,她赤着脚去客厅拿手机。

大酱炖大肠:你要是临阵脱逃,我会嘲笑你……

字没打完,门铃就响了。

赵甤拎了两大袋东西,水果、零食,还有菜。

她瞠目结舌,张了张口,憋了半天,说:"你不会也搞纯情害羞那一套吧?"

为了遮掩,故意加一堆有的没的。

他没听出她的言外之意,解释说:"明天吃的。"

蒋畅懂了,他这是把两人明天的口粮都一次性备齐了。

这反而加剧了她的紧张感。

所以,今晚真的要……

赵甤拿出一盒创可贴,说:"先洗澡再贴?"

她默默地找出换洗衣服,进浴室。洗完澡,吹完头发,已是半个多小时后,他坐在沙发上打电话。

蒋畅烧了壶开水,喝了药,又冲了包板蓝根,放凉些,再递给他。

她无声地说:预防一下吧。

他举杯一口闷了,继续回复对面。

听起来是工作电话,她也听不明白,坐到一边抠手指。

等赵甤打完,她说:"沐浴露、洗发水什么的,你就用我的,牙刷、毛巾我给你放在洗漱台上了,衣服塞洗衣机里就行。"

他应道:"好。"

她不好意思直视他:"我先上床了。"

现在还太早,加上她白天睡了很久,这会儿没了丁点儿睡意。她靠着床头,漫无目的地刷手机,眼睛时不时瞟向门口。

房子小,又不隔音,可以很清晰地听到水停水开的动静。

门开了。

蒋畅紧紧盯着手机屏幕,严肃认真得好似看学术论文。

其实是某明星的八卦,什么轧戏,什么人品不好。

赵甡走近。

她屏住呼吸。

要等他开口，还是主动放下手机？

游移不定之际，他牵起她的左手，玩笑说："再不上药，它自己就要愈合了。"

他给她贴上创可贴，扔掉垃圾，又没有别的动作了。

床小，睡两个女生尚可，赵甡这么个大男人上来，他们得贴着躺。

蒋畅偏过头去看他，欲言又止。

他扬唇一笑："生病了就好好休息，我不会乘人之危。"

她郁闷，这叫什么事儿啊？

临时通知你要上场比赛，你紧张半天，结果告诉你，因天气原因取消比赛。

她爬下床，开电脑，不想搭理他了。

国庆有一场大型漫展，她手头又积攒了不少稿件，干脆趁此机会清一点。

卧室不大，被衣柜、床、桌子挤占得不剩几尺多余空间。他一抬眼就是她的背影。

她本不是特别纤弱的类型，大约是衣服宽松，又有光影作用的缘故，他看着，觉得她身形薄，纸片一般。

他关心道："畅畅，加件外套吧。"

"没事，我不冷。"

赵甡拿了件外套给她自身后披上："免得感冒加重了。"

她皱皱眉，说："这样我又要多洗件衣服。"

他忍俊不禁："我帮你洗，成吗？"

他情绪稳定得令人自愧不如。

蒋畅好奇："如果我做了什么事，触及你的底线，你会发脾气吗？"

"我想不到有什么事这么严重。"

她试探："出轨？"

"会的。"他捏捏她的脸，一边不够，还有另一边，"但我也不知道，该怎么处置你。"

"不分手留着过年吗？"

她说得像"出轨"的不是她，她还替他不平了起来。

"你喜欢上别人，我只能怪自己。是不是对你不够好，以及，我是不是眼瞎了，才看上你。"

她乐不可支，笑得肩膀微颤："如果你出轨，我肯定暴打你一顿，索要一笔高额分手费，直接走人。"

他也笑："我信你干得出来。"

上一秒说要暴打他的人，这会儿又抱了下他。

比起接吻，蒋畅似乎更喜欢拥抱。

她闭上眼睛，莫名有一种，他们相拥着下坠，坠入夜色深处的失重感。

"好了，"她松开他，吸了吸鼻子，有点破坏此时的氛围，"我继续忙了。"

他看向屏幕："这是什么？"

"镭射票。"她点开几个文档，"还有吧唧、拍立得、流沙麻将这些，都是些周边。"

"做得很漂亮。"他忽生出想法，"或许，以后可以请你给我做歌封。"

她眼睛一亮，又立马端着："那得看我档期。"

"你随意开价，我个人付你稿费。"他亲亲她的额头，"忙吧，我不打扰你了。"

晚上十一点多时，蒋畅关掉电脑，回过头发现赵尨已经睡着了。

实在搞不懂他的作息。

她轻手轻脚地爬上床，往他那边挪了下，痴痴地看着他的睡颜。

暖黄的灯光笼着，他的五官轮廓不再那么清晰分明，比平日里要多几分柔和。

他没睡太沉，感觉到她的动作，仍闭着眼，伸臂将她揽了揽，低声说："晚安。"

"先先，晚安。"

赵尨醒来时，蒋畅听到动静也睁开了眼。

她翻了个身，按亮手机屏幕看时间："怎么这么早？"

"你继续睡吧。"

他动作窸窣，俯身亲了亲她的额头，轻柔得像鹅毛拂过。

蒋畅习惯拉窗帘睡觉，特别是在夏天，不愿被一星半点阳光打扰睡眠，在家被母亲说是吸血鬼。

她看不清他的脸，意识也不清醒，含混地"嗯"了声，拥着被子，继续睡去。

再醒来，蒋畅半睁半眯着眼，趿着鞋去找赵莸。

他人在厨房，低头研究着什么。

她两只手攀着他的背，头歪过去，待看清后，略惊讶地说："赵总居然洗手作羹汤了。"

锅里是粥，放了虾干、玉米、香菇。

他舀了一勺，喂她喝，疑惑地说："你尝尝看。我明明按照教程来的，为什么感觉不一样？"

她抿了一口，味道是有些……奇异，但不算难喝。

"可能是因为我喝不惯咸粥，还行，不过，赵总的好学精神值得肯定。"

蒋畅洗漱完，他端出来烧卖和奶黄包，顺带解释一句："超市买的速冻的。"

她手洗净了，直接拈起一只吃。

赵莸跟着坐下来，再次游说："真的不搬过去吗？请了阿姨，很多事情不用你操心。"

她吃得腮帮子鼓起来："我考虑一下，可以吗？我刚交了一个月房租。"

"你慢慢考虑，不着急。"说完，他偏过头去，轻轻打了个喷嚏。

她笑了，多少有点幸灾乐祸的意思："我就说，你会被我传染。"

他抽了张纸，擦了擦鼻子，苦中作乐："这勉强也算是共患难了。"

这几日，赵莸都住在蒋畅家。

一起吃饭、睡觉，他们两个都是独立生活惯了的人，同居难免需要磨合。

她早上睡迷糊了，去上厕所时，还奇怪门怎么关着，一把拉开，看到他，才猛然想起他在自己家。

"不好意思，"她又嘭地关上，脸热，"你好了叫我。"

赵莸经常忙到很晚，有时晚上也要接电话，倘若没被事情耽误，他便早早睡了。

简单来说，他是个生活极其简单的人。

蒋畅曾经和他偶遇的那几回，其实真的很巧。

他刚好有空，刚好和她轨迹相交，刚好遇见。

命运是否真实存在，尚不可知，毕竟是玄之又玄的事，但人之所以爱提及它，是因为生活里太多事情，无法用科学逻辑来解释。

用"命运安排他们相爱"来诠释他们的感情，则过于矫情，准确一点，应该是，巨大的命运齿轮滚动，某个节点，他们的人生有了瞬间的契合，继而开始同轨而行。

　　蒋畅一直以为，宿城这么一座夜生活丰富的城市，有钱人玩得很花，什么夜店、酒吧，但赵筅刷新了她的认知。

　　他连游戏都不打，倒是愿意花心思学做吃的，以便她早上赶去上班前，填饱肚子。

　　不过他自己早先也说了，工作之余，他喜欢待在家，或者他的小工作室。

　　这么一想，她又问："呦呦不想你吗？"

　　嗷嗷无所谓，主要是呦呦黏他。

　　"那你跟我一起回去看看吗？"

　　"回去"这个词用得巧妙，尤其加了"一起"这么个前缀，像是将她归为自己人，那套房子同样属于她。

　　心思敏感的蒋畅立即意识到这个问题，但他似乎只是自然而然地这么一说。

　　谈恋爱不一定是人生必修课程，如果是，她以前觉得，自己可能会因挂科而毕不了业。

　　现在看来，它理应是门选修课，拿学分容易，拿高分难的那种。有幸，她碰到一个不错的上课搭子，至少在课程期间，小组作业没那么令人抗拒。

　　蒋畅喜欢把自己挂在他身上。她反感和陌生人肢体接触，在公交车或地铁上，如若是早晚高峰，她能避则避，恨不得缩成一小团。但换作喜欢的人，她反而很喜欢。

　　他进屋的第一件事，也是先抱一下她。

　　赵筅这么问的时候，蒋畅就枕着他的腿，到了他的入睡时间，但她还在刷手机——一个不爱出门社交的人，获取外界信息就得靠网络了。

　　她侧过头，看了他一会儿："那明天吧？正好周六。"

　　"行。"他话音一转，说，"不过你该睡觉了。"

　　"才过十二点，还早。"

　　他说："你早上还抱怨掉头发，不应该熬夜才是。"

　　"啊啊啊……"蒋畅打了几个滚，似撒泼又似撒娇，"这么悲惨的事，你别提醒我。"

　　赵筅捻着一根她留在他裤子上的头发，无声地看着她。

　　她到底心疼头发，认命，关了手机。

其实蒋畅是困的,硬要说手机有什么好玩的,也没有,就是一旦玩起来,就放不下了。

他怀里热乎,这几天气温复又上升,即使开着冷气,她也不想被他抱着睡。

关灯后,他主动揽过她,手搭在她腰上。

蒋畅嘟囔了声"好热",他听岔了,说:"想吃什么?"

算了,她翻了个身,变成背朝他。

过了会儿,她快进入梦乡,感觉手腕上被套了个什么,挺疼的,给她弄清醒了。

"什么啊?"

"镯子,给你戴着玩。"赵甡揉了下她的头,"睡吧。"

黑漆漆的,蒋畅也看不清,第二天醒来才发现是个金镯子。

她跑到他面前,说:"你怎么给我买这个啊?"

"前两天看到你主页给你推送,什么年少不知黄金香,不是说明你感兴趣吗?昨天路过,就给你买了。"

该死的大数据。

蒋畅调侃说:"要是我下次刷朱雀山庄的房子,你也给我买吗?"

朱雀山庄是宿城有名的豪宅小区,单价高,平均面积大。住在那里的人,不单单是有钱两个字可以形容的。

赵甡笑了下:"再奋斗二十年说不定可以。"

她说:"我开玩笑的。你送我这么贵的东西,我也还不起呀。"

"不贵,只是一份小礼物而已。"他揽过她的肩膀,"你什么都不求,我反而更想送你东西。"

她问:"是不是男人都这样?拥有财富之后,无所谓花钱讨女人欢心,反正对你们来说,几万跟几十差不多。"

他笑笑:"你是不是对我有什么误会?严格来说,我是个打工的,顶多高级了点,比起你设想中的'富豪',还是差远了。"

"好吧。"

赵甡又说:"我之前有个客户,他倒是在朱雀山庄有一套房产。他女儿同你差不多大,她当时在国内上大学,月生活费就抵得上你这一只镯子了,而且,还说是为了不让她养成骄奢的性子。"

蒋畅张了张口，语塞半晌，说："本来我觉得我过得挺好的，你一说，我又开始恨全世界了。他们有钱人到底有什么烦恼啊？"

她的表情有趣，眉毛、眼睛挤作一处，嘴角下撇，逗得他笑。

"日子一样过，各有各的烦恼。不过，你现在是不是该小小地烦恼一下，待会儿该穿什么衣服出门？当然，我个人不介意你穿睡衣去餐厅吃饭。"

她立马放下刚才的"仇恨"，问道："去哪儿吃？"

"一家东南亚菜馆，主厨是个泰国小哥。"他补充了句，"长得挺帅的。"

她说："……要不是你是我男朋友，我真的要怀疑你的性取向了。"

"不如你亲我一下，看看我的反应？"

"我去换衣服了。"她忙不迭转身走了。

他们先去的赵觥家。

几日不见，呦呦想赵觥想得很，听到开门声，立即冲上来扑向他。他挠挠它的下巴，亲亲它，声音带笑地说："你怎么跟饿狼扑食似的。"

嗷嗷则趴在猫爬架上，一动不动。

蒋畅过去拿逗猫杆逗它，忍不住说："先先，你把嗷嗷送我吧，感觉它更喜欢我。"

"可能因为它是男孩子。"他抱着呦呦走过来，"它对却青也比对我亲热。"

"原来是只好色猫。"她瞄瞄他，"不是说，猫随主人吗？"

"这帽子可扣不到我头上来吧，我对你如何，你不清楚吗？"

这倒是，同住几天，他们除了亲亲抱抱，纯情得不行。

她转而又生疑，是他的自控力异于一般男人，还是他有什么问题？

赵觥问："你这是什么表情？"

"没，"她继续撸猫，"我又没交过男朋友，我怎么知道你怎么样，这么想，我好吃亏哦。"

"那蒋小姐希望我怎么弥补你呢？"他贴近她，头倾过去，吻要落不落的，呼吸喷在她的鬓边，声音像裹了蜂蜜，腻得拉丝，"赵某一定竭尽所能满足蒋小姐。"

她受不住他故意用这种嗓音说话，浑身起鸡皮疙瘩，正要开口，余光突然瞥到阿姨，连忙用肩膀把他顶开。

赵觥神态语气恢复正常，对阿姨说："这几天辛苦您了。"

"做惯了的，没事。赵先生，那我先走了。"

她走后，蒋畅埋怨他说："你知道阿姨在家还这样。"

"她估计早就见惯了。自己家里，放松点。"他不抱狗了，改搂她的腰，"你还没说，让我怎么补偿你。"

她是有点介意他的过去，但刚刚的话，纯粹是玩笑，叫她提要求，她也提不出来。

难道说，回到过去，把犯浑的自己骂醒吗？

"你也不欠我什么，我喜欢的不是十几岁的赵犹。"她把脸埋在他胸口，"以后好好的就行了。"

中学时代，她烦一切青春期的男生。他们许多人以自我为中心，当时的他也是，太在意自己的感受，觉得受尽委屈，把愤怒以不恰当的方式发泄。她确实不会喜欢上这样的赵犹。

成长在经历溃烂之后，要么彻底腐败，要么焕发新生。他是后者。

赵犹托住她的脸，低头亲下来，唇碾着她的唇，不急不躁，温柔轻缓。

良久，他弯腰，将下巴搁在她的肩上，像飞禽飞累了，择枝而栖。

那个时候，赵犹是想到了奶奶。

她年纪实际并不大，但身体不好，动作有了年迈老人的迟缓。

趁爷爷出去遛弯，她偷摸下了碗面，上面盖两个大大的荷包蛋，让赵犹抓紧时间吃。

他弯下脖子，颈后有一块骨头凸起。奶奶摸了摸，叹息般地说："先先啊，奶奶也不盼着你荣华富贵，出人头地，就希望你以后好好的，好好地过活，好好地做人。"

他闷头吃面，不作声。

类似的话，奶奶说了许多遍，想拉他回来。他没听过。就是这一天，他的心跟针扎过一样，疼得眼眶都酸了。

她指腹那么粗糙，满是老茧，手指头上贴着创可贴，背佝偻着，在鸡窝里捡蛋煎给他吃。

他说吃过饭了，她还生怕他饿着，说他还在长身体，得多吃饭。

还有，他明明翘了一天课，她没一句责骂。

她没上过学，不通晓什么大道理，只知道，这个年代，一定得读书。

她说他聪明，是读书的好料子，别荒废了人生。

她希望他好好的。

老人去世，他那一整宿没睡，脑子里不停地回响，她说的这番话。
时隔多年，蒋畅也这么跟他说。

现在的社会、家长，对人的要求越来越高。
上学要好成绩，工作要好业绩，此外，品性、成就、样貌，无一不纳入审判标准之内。
他们两个想挣脱一切规则。
蒋畅没有多热爱这个世界，也烦死了自己的思想、灵魂，是在无形的模具中被塑造出来的。
她不愿多想，一想就会痛苦，痛苦到让她有种窒息感。
外界的人、事，她强迫性地告诉自己，与她无确切关联的，就别管了。
赵锐的过去，与现在的她无关，她不想徒添忧愁。
本来生活里就够多烦心事的了。
但蒋畅相信，假若她彻底地对人性失望，她不会爱上赵锐。
既然仍抱有一丝期待，就拿去赌他们的未来。
被他吻住的时候，她想，"爱"真是一桩美好的事。
或许，人类拥有感知爱与被爱的能力，是老天的一种恩赐。
即使不去爱具体的人，也会爱上这种爱得心醉的感觉，甚至是，幻觉。
她忽然就能跟那些追星，追纸片人的女孩们感同身受了。
一定要说幸运的话，那就是赵锐同样爱着她。

晚上回到家，蒋畅还没来得及换下鞋——她穿着小高跟约会，走路走得脚后跟、脚底板疼——赵锐便将她提抱起来，让她两腿圈住他的腰。
瞬间的失重令她惊呼出声。
他的臂力和腰力超出她的预想，他一手托着她，还能稳稳当当地往屋里走。
挎包被他的另一只手扯下来，扔到沙发上。
她瞥了一眼，顾不上心疼，因为她自身都是泥菩萨过河。
这一系列动作谈不上粗暴，他的目光不离她，带着商量的意思。她不阻止，算是默认。
两人的眼神像锅中加热的麦芽糖，粘连着，分不开。
蒋畅的血液里，好似有某种寄生虫在疯狂地游窜。若要为之命名，应该离不了一个"情"字。

她钩着他的脖子,抚摸着他皮下的颈椎骨。

两个成年人的体温缓慢攀升着,催化出了浓烈的情愫。

他眼皮下耷,视线焦点落在她的唇瓣上。

是辣椒素让它们变得鲜红欲滴,似抹了想要他命的鹤顶红。即便果真如此,他也甘之如饴地撷取。

蒋畅的背贴到床面之际,她还没能完全明白,接下来即将发生的事情。

直到唇齿交缠之间,内衣搭扣被悄无声息地解开。

她恍然睁开眼:"我还以为,你这段时间一直没提,是……"

"在这事发生之前,我更希望你先对我们这段关系,以及我这个人放心。"

"你怎么知道,我现在放心了呢?"

赵尧笑笑,未明确作答。

她不会弄虚作假,说白了,就是实心眼。这样的人,好懂,待人也真诚。

她对他付诸几分真心,又掺杂几分假意,一目了然。

他只会爱她爱得越发死心塌地。

蒋畅没有什么"第一次要给未来丈夫"的观念,觉得情之所至,水到渠成。

但她有点怕,怕痛,怕好奇的尽头是失望。

——但愿他不是不行。

赵尧如果听得到她的心中所想,大概会气得笑起来。

他此时掐住她的后颈肉,当然没用力,指尖一路下移,肩,锁骨,心口,到达顶端,停住。

她抿着唇,撇开眼,呼吸慢慢变得急促。

"可以吗?"他问。

哪方面可不可以?力道,还是指,继续?

蒋畅含混地"嗯"了声,脚趾不由自主地蜷起,是紧张,也是害羞。

他要她一个确切答复:"是可以,还是不可以?"

她小声说:"可以啊……"

听罢,赵尧抽出手,直起上半身,手交叉抓住衣服下摆,兜头脱掉。

她看见他肩上有一条淡疤,细细长长:"怎么搞的?"

"我爷爷抽的。"他侧目看了眼,牵唇,毫不在意地一笑,"我在学校干的浑事传到邻居耳里,他们在背后说三道四,他觉得丢他的老脸,恨不得把我往死里抽。"

她失语。

她想起,她被父亲打的经历,他毫不顾血脉亲情,被低级的愤怒支配,对着她的脑袋下手。

遭受家人的暴力,除了肉身,更痛的是心灵的伤。

"我奶奶当时还为我挡了一下。"他说到这里,眼神才有了波动,他轻吐一口气,"好了,不说了。"

这样的话,太不适合此情此景。

就算她要掉眼泪,也不该是为他这些陈芝麻烂谷子的事。

赵钪敛神,低头替她脱鞋,然后是袜子,再往上,是她的牛仔短裤。

上幼儿园之后,再没人这么服侍过她,她不好意思,想自己来,被他制止了。

没多久,他们赤诚相对。

蒋畅挪了挪身子,将自己完全置于床的正中央,他的视野之内,问:"然后呢?你要直接……吗?"

中间两个字,他没听清,但猜得到意思。

他摇头。

赵钪一条腿跪上来,压低上半身,说:"畅畅,看着我。"

"嗯?"

"一直看着我。"

话毕,他的唇贴上她的皮肤,严丝合缝得仿佛他的唇纹和她的皮肤肌理相嵌了。

他的吮吸、噬咬,甚至是呼吸,无一不放大了他的存在感。

依他所言,她看着他,却只能看到他的头顶。这样的视角,好像是第一次。

蒋畅的感觉很怪异,想催促,又想叫停。

声音死死地憋在嗓子眼里,释放不出——房子不太隔音。

哪家传来家长骂小孩子的声音,嗓门很大,又很凶悍,说的是宿城方言,她听不懂。

也没有空闲分出注意力去听。

赵钪的态度,更似研究,抑或是,探究。

男人是否都是无师自通的,她不知道,但至少,他不像毛头小子,鲁莽生涩。

他的手温柔,唇也温柔,渐渐化解掉她的紧张感。

她感觉灯光太亮,晃得她眼睛疼,于是闭上眼,试图放松,打开自己。

他说:"怕吗?"

"嗯……"

"怕就抓紧。"

这像一句开战宣言。

抓紧哪里?他,还是床单?她胡乱地想着,感觉到指缝被他的手指填满。十指相扣,好似心脏一起被攥握。

那一刹那,她像悬在云端,再重重地摔下。她闷哼一声,遵循下意识,一手抓住他的手臂,一手抠着床单。

他问:"九月底,北方的枫叶就红了,一起去看?"

"嗯……好。"

她的尾音颤颤巍巍,是叶尖上的那一滴露珠,快要坠落。

"喜欢雪吗?冬天可以去滑雪。"

"嗯。"

"每年春天,宿城大学的樱花会开得很漂亮,看过吗?"

"没。"

赵妩能一心二用,蒋畅却不能。

字是从齿间挤出来的,回复完,她又咬住下唇。

"你好像很怕热,明年夏天,我们去山里避暑?或者,找个凉快的地方待几天。宿城太热了。"

他说得对,宿城是座四季不分明的城市,大半年都在热,且是潮热。她来了两年多了,还很难适应。

类似于现在,她浑身冒汗,黏糊得难受。

露珠陡然落了。

她的音也破了,又尖又急促。

赵妩没有就此停下,因为只有她一个人到了。

他往她的腰后垫了个枕头,容她短暂地喘息几秒,他再度侵袭而来。

蒋畅不清楚时间的流逝,它的计算方式悄然发生了变化。

可能才十来分钟，可能过了半个多小时。

难挨算不上，快乐也算不上，想快点结束，又舍不得他离开。

这样的矛盾，令她心痒。

她也不清楚，整个过程，他们到底换了几种姿势。

赵铣顾及她的体验感受，轻而缓，强忍着，额角的青筋突起。

她反而觉得这样更折磨她，抠抠他的掌心，无声地提醒。

一些动静清晰地响在耳边。

来自身体撞击，来自声带震动，以及，水液。

最后，他拨开她脸上被汗黏住的头发丝，那会儿，她睁着眼，面前的他也没好到哪儿去。

两人一样狼狈，蒋畅笑了，笑得险些上不来气。她平躺下去，张开四肢，叫他："先先。"

赵铣坐在床沿，应了声。

她眉眼犹带笑意，说："表现不错，需要我奖励你吗？"

"奖励什么？"

她爬起来，在抽屉里找出个什么东西："你过来。"

他倾过身，她拿着印章，在他手背上印了下，拿开，留下三个红色的小篆字："蒋畅印，你是蒋畅的私藏品，知道吗？"

"这是奖励吗？"

"不，"她又在他唇上印了印，"这个才是。"

蒋畅觉得，要有一些事后的温存，才算圆满。

只是洗过澡后，他接了个电话，再回来，她趴着玩手机，已经开始昏昏欲睡了。

赵铣掀被上床，揽住她的腰，把她扳正了——趴着睡会压迫心脏。

"我侄女马上上小学了，我哥哥请我们吃饭，你愿意和我一起去吗？我介绍你给他们认识。"

蒋畅的关注点却跑偏了："这还要办个升学宴吗？"

他失笑："不是，就是单纯的家人吃顿饭。他说我生日那天他们没空，干脆提前到这个周日一道庆祝。"

她说："听起来，你表哥一家都是好人。"

"我姑父人挺敦厚老实的，只是我姑姑刻薄了点——她像爷爷。却青他们待我是很好，我们家亲戚在宿城的很多，我还走动的，只剩他们兄妹俩了。"

"那这岂不是相当于见家长了？"她萌生退缩之意，"我们才交往多久啊，要不再缓缓？"

"你不想去也没事，以后找机会再回请他们。"

她又反悔了："却青在吗？她在的话，我还是去吧。"

"确定？那就不许纠结了。"

他很了解她，她抗拒主动和陌生人打交道，但很多情景下，又不得不接触。一边打退堂鼓，一边鼓励自己，矛盾得很。

"第一次登门拜访，该买些什么吧？要不要单独给你侄女准备个小礼物？她喜欢什么啊？"

分明离见面还有半天，蒋畅就紧张起来了。

母亲之前常指责她不懂人情世故，不是没有依据的。

小时候，班里同学给老师送节日小卡片，以得老师偏爱的行为，她就嗤之以鼻；逢年过节，她从不热衷于混迹七大姑八大姨之间聊八卦，通常躲到一边看电视，或者玩手机；实习加正式工作几年了，她也不懂讨老板、客户欢心。

正式见男朋友的家人，该走怎样一套流程，她心里不太有数。扮演一个落落大方、谈笑自如的角色，她所需费的心力，并不亚于准备一场面试。

他的哥嫂即将成为考官，她很怕上场后，又会大脑一片空白。

赵筅出言宽着她的心："明天我去买，你提着就好。你若是不知道跟他们说什么，也不用勉强，我替你挡掉。"

蒋畅忧心道："万一给他们留下不好的印象怎么办？"

"他们难道还能棒打鸳鸯不成？"他揉揉她的头发，"知道重复暗示的效应吗？却青一早就和他们反复说过你多好，他们潜意识里已经认定你是个好姑娘了。"

她狐疑："是你贿赂了却青吗？"

"用不着，她很擅长发掘别人的优点。"

"你可真会说，这一句话同时夸了两个人。"

聊着聊着，蒋畅捂着嘴巴，打了个长长的哈欠。

"累了就睡吧。"

她摇头:"还不想睡,是你的声音太催眠了。"

"催眠?"他微微讶然,"我第一次听人这么说。"

"不是高中历史老师讲课的那种催眠,是因为你的声音太好听了,很适合哄人睡觉。"她窝进他怀里,找了个舒服的位置偎着,"我之前睡不着,就听你的歌。"

"这样吗?"他想了想,"那下次我给你录首摇篮曲。"

蒋畅笑了会儿,说:"我实在搞不懂,你这么好,为什么你家的长辈不喜欢你。"

"恨屋及乌?我父亲那个人实在不讨喜,却是我奶奶膝下唯一的男孩,被他们看作抢家产的最大威胁。我爷爷觉得他是替别人养孙子。"

她咕哝:"心眼跟针眼一样小。"

"我们畅畅心胸宽广,自然瞧不上他们。"他亲亲她的唇,继续说,"后来我故意惹事气他们,也是我活该。"

"先先,这我就要说你了,干吗要拿你的人生做引信,去点燃炸弹呢?得不偿失啊。还好你改邪归正了。"

后面一句,她压低了音量,但他听见了:"不然我就不会喜欢你了。"

不仅不会喜欢,估计连一个眼神也不会分给他。

所以说,人生有很多岔路口,走上哪条路,全在一念之间。

他如果一条路走到黑,就没有今天。

而从今往后,除了和蒋畅有关的人和事,他不想再多分神费心。

两人聊到后面,慢慢都困了,就熄灯睡觉了。

白日晴朗,夜间也无云,有月光透过未拉严实的窗帘缝照进来,一线的亮,落在床尾处。

就像,故意营造单调的黑暗的人生里,硬生生挤了他这么一道光。

次日醒来,蒋畅哈欠连连,跟大学时,要上早八前夜聊到凌晨一样。

她往脸上扑冷水,再用毛巾擦干净。

镜子里,赵筅站在她背后刷牙,一手搭在她肩上。

不知道为什么,他非要和她一块儿用洗漱台。

她觉得他可能是看多了偶像剧。

前几日,贺晋茂去他家替他装了几身衣服,把他常用的生活用品一道带来。房子本身就小，男性物品入侵，一点点蚕食她的生活空间。

她去衣柜前挑衣服，他洗漱完，跟着进屋，直接换起来。

她瞟了一眼。

他穿宽松的衣服居多，显得人清瘦，其实肩宽腰窄，脊背线条流畅，腰腹肌肉紧实，是常年锻炼的结果。

她不曾觉得自己是颜控，抑或会馋现实男人的身子，但遇到赵妣，又觉得这是福音。

"你那么多件衬衣，是不是就因为懒得搭配？"

"有这个原因。"

他没系上纽扣，仍敞着衣襟，底下是件纯色T恤，他拿来床头柜上的手表戴上，一贯的简约风格，干净清爽。

最后，他在腕间喷了一点香水。

"真羡慕你们男人，衣服款式少，省去好多麻烦。"

他学她的口吻："真羡慕你们女人，有那么多漂亮衣服可以穿。"

"哎，"蒋畅突发奇想，"我有条买大的裙子，你试试看吗？"

"算了算了，"他连连摆手，"这个福我还是不享了。"

她想象一下，兀自乐不可支。

蒋畅化了个淡妆，和赵妣出门。

手机响了，他看了眼来电人，把钥匙递给她，说："能麻烦你帮忙开下车吗？我有两个电话需要打。"

"你这么客气，像我俩还不熟。"她接过，"你不怕你的车被我剐了碰了就好。"

"我相信你，再说，车有保险。"

赵妣坐在副驾驶座，戴蓝牙耳机接电话，手上端着平板，似在翻阅什么文件。

她想起第二次见面，去往茗城那趟，在高速路口，场景类似，她却从窗外路人，变成了他的身边人。

挺奇妙的。

才短短几个月。

地址由赵妣输入导航系统，蒋畅虽在宿城待了这么久，但对宿城不比外地游客熟多少。

市内开车其实更危险，因为车多，还有行人，骑自行车、电动车的。她全神贯注，不敢松懈，到达目的地才松了一口气。

他夸道："很不错，开得很稳。"

她揭穿他说："半个多小时的路程，我开了一个小时，是慢。"

电梯里，赵鈗跟她讲最基本的信息：他表哥叫唐锦林，跟他一起叫锦林哥还有表嫂就好，侄女小名叫糖糖。

蒋畅问："所以，却青叫唐却青？"

赵鈗摇头："唐玉玲。她觉得太土，高中给自己取了个网名，一直用到现在。"

她噗地笑了："确实有点哦。"

来应门的是赵鈗的侄女，糖糖。

小姑娘穿着粉色纱裙，头上别了数个五颜六色的小发卡，扎着小鬏鬏，活力满满地回头喊道："叔叔和婶婶来啦！"

唐锦林从厨房出来。

他身材也高大，面容上跟却青有些许相似，只是多了几分圆滑世故的精明。他穿得简便，身前系着条小雏菊图案的围裙。

"你好，"他微笑着朝蒋畅伸出手，"我是赵鈗的表哥。"

"锦林哥好，我叫蒋畅，舒畅的畅。"她将东西递过去，说得有些讷讷，"第一次拜访，这是我一点小心意。"

唐锦林接过，看了眼，认出是赵鈗的风格，倒没点破，说："孩子她妈一个人在厨房手忙脚乱的，我得先去做饭，你随便坐，桌上有水果零食，喜欢什么就吃，千万别客气。"

他又叫糖糖："去给婶婶倒杯果汁。"

糖糖踮起脚尖，拿了只玻璃杯，倒满，两手端给蒋畅："婶婶喝橙汁。"

"谢谢你。"

"不客气哦。"

赵鈗问："那我的呢？"

"叔叔你自己可以倒呀，你又不是不知道。"说完，糖糖坐沙发上继续看电视。

蒋畅忍俊不禁。

赵鈗逗她："连杯水都不愿意给我倒，那婶婶给你买的娃娃就不送你了。"

"娃娃？是我想要的小鹿吗？"

"是啊，婶婶听说你喜欢，特意去商场给你买的。"

蒋畅瞄他一眼，分明是他领她去专柜，挑了只驯鹿玩偶。功劳却都归到她身上了。

听罢，糖糖立马跳下地，噔噔噔跑去给他也倒了杯橙汁。

蒋畅把玩偶送给她。

"谢谢婶婶！"糖糖声音甜甜的，"婶婶你超级漂亮的！"

赵梵问："谁教你这么夸的？"

"姑姑呀。姑姑说，不管多大的女生，只要夸她漂亮，她肯定开心。"

"不对，"他摇摇头，"如果是你表婶，应该说：'原来你不仅超级漂亮，人还这么好，我太喜欢你啦！'"

糖糖若有所思地点点头，信以为真："原来是这样哦。"

蒋畅悄悄戳了下赵梵，低声说："你干吗教她这么说？好端端一个小孩子，被你教得油嘴滑舌怎么办。"

他眼底笑意浓得抹不开，说："你听不出来吗？这是我想对你说的。"

午饭是唐锦林夫妻俩一起做出来的。

他们是宿城人，做的也是宿城家常菜，还对蒋畅说："你是容城人？不知道合不合你口味。"

她忙摆手："没关系，我不挑的。"

要是换作陈婷，或者孔蕙，这个时候估计还有一大段溢美之词，夸赞他们的手艺，或者表示自己入乡随俗，客随主便。

但蒋畅憋了憋，只憋出一句："好香，好好吃的样子。"

唐锦林摆出碗筷，笑笑说："就当是来老朋友家，不用紧张。"

他也不过三十岁出头，但看着比赵梵更显年纪，加上他气质成熟，蒋畅很难把他当同辈。

赵梵走来，按了按她的头顶，带着安抚的意思，说："锦林哥，你们也不要这么'严阵以待'，她不紧张才怪。"

可不嘛。

夫妻俩双双下厨，搞了一桌子菜，还备了水果、点心，说是家里随便吃，但这菜色，实在不随便了。

唐锦林说："你头回带女孩子来家里，准备顿饭招待而已，这就被你说成'严阵以待'啦？要是以后结婚，按老家的习俗，十里八乡来吃喜酒，那可怎么办？"

赵牪说："自是按人的喜好来，她喜欢如何便如何，我不会强迫她。"

唐锦林笑着："要不是认识你这么多年，不然真以为你是情场高手。"

女生喜欢听什么样的话，男生不一定完全不知道，多的是不愿意费心思的。以赵牪的客观条件，不找女朋友，就是不愿意。

蒋畅之前还真这样想过。

她睨他一眼，作为旁观者，以及初次见面的人，唐锦林读不懂个中深意，赵牪笑了笑，与她附耳说了句什么。

她也低声地回。

唐锦林顿时反应过来，自己多么多余，多么没眼力见儿。

他去客厅招呼妹妹和女儿吃饭。

却青姗姗来迟，此时在客厅逗糖糖玩。

唐锦林说："你是不是又赖床赖到十点十一点，早饭都没吃？"

"周末嘛，难得休息一天。"

却青一把抱起糖糖："走，洗手吃饭去咯。"

唐锦林和却青的兄妹关系，有些出乎蒋畅的意料。

她以为他们相亲相爱，但听唐锦林偶尔说教却青，却青顶嘴，才知他们也是会拌嘴的。

饭后，却青跟她说："亲哥是亲哥，但他有一点……怎么说呢，迂。赵牪比他好多了。"

蒋畅说："但看得出来，你哥哥对你很好。"

"他之前说，这个世上除了父母，我就是他最亲的人。不过自从他的重心分给老婆孩子，我们也没那么亲了。"

蒋畅失语。

世上有很多种亲密关系，到了蒋磊口中，他们就是：各自成家立业，他们就各过各的了，谁还管得了谁。

兄妹、父母和子女，她不是体会不到温情，只是短如夏花绚烂一刹那，过后还是令人厌烦的凉薄。

即使是过了青春敏感期，长大了，成熟了，她还是会羡慕别人家庭和睦。

她看向还在餐桌边聊天的人。

唐锦林开了瓶白葡萄酒，赵筅替她推辞说喝不了，就变成他们喝了。

一对夫妻，加一个赵筅，一瓶还不够，又开了瓶新的。

他们边喝边聊，桌上的菜动得慢，半天过去，蒋畅感觉他们也没吃多少。这一眼看过去，先被赵筅发觉。

他转过头，和她遥遥对望。他眼波微动，酒精没有醉人，只是为他眼中的深情添了微醺的感觉。

随即，他牵唇笑了笑，好看得让她想起"颠倒众生"一词。

却青见了，说："你们俩眼神都要拉丝了。"

蒋畅想，如果人一生得到和付出的爱是恒定的，那么，也许家人的爱，被老天拨给了其他人。

之前，赵筅与她说的是："他的意思是，我对你很上心。"

"我又没有怀疑你，但你真的很会撩女孩子。"

唐锦林走开后，他又说："我更希望你把后面一句话的宾语换成你，因为我们是同频的人，所以能共振。"

她嘀咕说："你看，你就是喜欢说这样的话迷惑我。"

不可否认，赵筅给她提供的情绪价值，远大于恋爱本身。

有时一些小事惹得她不高兴，他会替她解决掉，或者给她建议，再转移她的注意力。

南方夏天多蟑螂，它们耐药性强，一般的药下下去，起不到多大作用。它们蹿得还快，一不留神就过去了。

蒋畅坐在电脑前，一只蟑螂从她脚上爬过，吓她一跳。他用脚踩死，弯腰清理干净地面。

她以为他会再提让她搬去和他同住的事，他却只是说："我到时问问阿姨，有没有灭蟑螂的药推荐。"

她应好。

他洗了手，又问："要不要洗洗脚？我给你端水来。"

她说："不用，没那么娇气。"

"这么勇敢，那得奖励你吃一块糖。"

他先前和她逛超市，买了一大袋零食，他拆了一小包酸枣糕，喂给她吃，像逗小孩儿。

赵甡的情绪稳定,在于他不觉得这些事有多了不起。

她问过他,会不会觉得她情绪太不稳定了?

"在我的接受范围之内。"他说,"当然,你偶尔发发疯也行,只要不失控。"

蒋畅怎么发疯的呢?

有时候很开心,一边洗澡一边哼歌;不开心了,就给胡蕙发一些发疯表情包。

这是认识赵甡之前。

和他恋爱之后,她觉得她被带得都情绪平稳了许多。

不稳的时候,就把脸埋到他怀里,哀叹:"先先,我好烦啊。"

烦甲方,烦工作,烦整个世界,各种烦。

他拍拍她的背:"怎么了?"

她诉说完,他从不说什么大道理,知道她这是一时的,也知道,她需要的宽慰是倾听和拥抱。

所以,她愿意和他来这一趟。

因为他们是仅有的,真正关心他的家人。

白葡萄酒不够喝,又上了啤酒。

他们喝酒喝到下午两点多,女主人酒量极好,把先醉倒的唐锦林扶进卧室。

却青和蒋畅说,她嫂子和她哥认识,就是在一场酒局上,她哥那会儿比现在还不能喝,偏偏长了一张白净的脸,令她嫂子生了怜爱之情。

"是你嫂子追的你哥哥?"

"没,我哥追的人家。天天带她吃东西,没一点新鲜花样。"

她们八卦之时,赵甡胳膊上搭着外套,走过来,向蒋畅伸出手:"我们回家吧。"

蒋畅开车到家,见他有醉意,说:"要不要给你泡点蜂蜜水?"

"没事,"他倒了杯凉水喝,"我睡一觉就好。"

赵甡冲了个澡,洗漱完才上床——她将之称为"睡觉的仪式感"。

他入眠很快,看来是真喝多了。

蒋畅见他睡得香,也犯起困,把裙子换成T恤裤衩,背对他躺下去。

结果醒来时,却变成面对面的。

赵烆抱着她亲,从唇到脖子,再到耳后。可以说,她是被他亲醒的。

她迷糊地问:"几点了?"

"不知道,应该还早,天还很亮。"

"我好困,"她推搡他,"让我再睡会儿。"

赵烆一下下地啄着她的唇,低低地、几不可闻地问:"抱一下,好吗?"

"嗯……既然你诚心诚意地发问了,我就大发慈悲地告诉你——好吧,我同意了。"

蒋畅困得使不上劲,全程躺着没动。她的手抓着枕角,慢慢地醒过盹了:"你这属于……酒后乱性吗?"

"现实里,喝多了的男人,是没有能力的。我清醒地知道我在干什么。"

"那你喝醉了是什么样子的?会性情大变吗?"

"我不会让我自己喝到那种程度,到达临界点之前,我会停止。不过,建议你不要尝试,喝多了身体很难受。"

他之前漱过口,但仍残留了一点酒气,蒋畅感觉自己也有点上头了。

她小小声地、怕别人听到似的说:"先先,你亲亲我好不好?"

赵烆拨开她的头发,唇贴住她的后颈,那里长着细细的绒毛,他亲了亲,又捏着她的下巴,和她唇舌相接。她扭着脖子,反手抓着他的胳膊,微微喘气。最后,赵烆缓了缓,给彼此简单收拾了下,手撑着床面,低头看她,问道:"还要再睡会儿吗?"

"睡不着了,但是想继续躺着。"她闭上眼,蹭了蹭枕头,"我就是不想努力,只想躺平的咸鱼。"

赵烆笑了下,取来蓝牙耳机,给她戴上一只:"听听这支 demo。"

她听了一会儿,问:"新歌吗?"

"嗯,是一个手游的宣传曲,估计将在中秋的时候发。"

"好听。"蒋畅黏糊地搂着他的腰,"你什么时候录?我可以去看吗?"

"如果你有空的话,没问题。"

第十二章
来人间一趟

赵饫生日那天,蒋畅和他约好了,请他去外面吃饭。

他本人不太在乎这么一天。

据他说,他三十岁生日时,正逢在外地出差,晚上贺晋茂给他点了碗面,仅此而已。

但沈献的粉丝们,一早就开始筹备了。

生贺视频、生贺周边、生贺曲等等。因为他不收实体礼物——但他架不住粉丝请求,由后援会代收信件——她们搞得就很花样百出。

那晚他忙完,坐在路边的小摊上,一碗简单的清汤面,用手机翻完了那些微博,并一一点赞。

今年她们不抱太大希望地请求他搞个直播,聊聊天、唱唱歌什么的。

他都几年没直播过了。

蒋畅也说:"你真的不搞一个吗?"

他的粉丝里很多是女生,有的从十几岁开始喜欢他一直到工作,她看得于心不忍。

赵饫开玩笑地问:"你不吃醋吗?"

"有一点,但不多。"她伸出两指,比画着,又说,"这种我分得清啦。"

他思忖半秒,说:"你跟我撒个娇,我考虑一下。"

向男朋友撒娇,背着人做是情趣,但……

蒋畅看了眼周围,饭点的餐厅,人声鼎沸,她开不了口。

赵饫笑了:"逗你的。"

他给她夹菜:"你知道,我很少发私人相关的微博,近两年,也就那条官宣的。"

她"嘎巴嘎巴"地嚼着脆骨,望着他,"嗯"了一声。

"之前有个女孩通过某种途径,找到我家,硬给我塞礼物,还尾随我几天。"

蒋畅不嚼了,微微张大嘴巴:"这不就是私生粉吗?报警了吗?"

"还是个未成年,教育完,就放她回家了。"他叹了口气,"我和她们说过,希望做网络上的好朋友,现实里的陌生人,但这种事,没办法杜绝。"

她能理解他的感受。

他不将自己的生活暴露在网络上,是不愿被议论,也不愿被打扰。只是以作品为媒介,连接他们双方。

蒋畅还是有些遗憾,她也想听他直播唱歌。

赵銑奇怪:"你如果实在想听,我就在你身边,何必上网?"

她摇头:"不一样,大家一起听更有氛围。当然,要是你举办巡演,就更好了。"

台上灯光聚焦于一人,他手持话筒,台下拥簇,齐齐挥着荧光棒,气氛完全不一样。

而且,耳机音效跟现场完全没有可比性。

上次看却青的 live,后来她就想,他要是也办一场该多好。虽然知道不可能。

蒋畅准备结账,却发现已经付过了。她抬头看他,不满道:"说好我请你的。"

他替她拎起包:"避免你用一顿饭打发我的可能。"

"你之前明明说,不用太破费,你什么也不缺。"

"客气客气,不想给你太大压力,你还当真了?"赵銑略一抬眉骨,"我亲爱的女朋友,难道真的只有这顿饭吗?"

她沉吟不语。

他说:"趁着今天还没过去,你去路边采几根狗尾巴草,编个手串,我都会很开心的。"

"干吗这么惨兮兮的?"她笑着挽住他的胳膊,"有的啦。"

一直到家楼下。

蒋畅拉起赵炕,绕到车后备厢处:"你打开看看。"

他照做。

里面是一个大箱子,封了口,她递给他一把美工刀,让他亲自拆开的意思。

最上层是一张 CD。

"这个,"她指指封面,语气中,有点小骄傲,"是我设计的。"

以他七夕发的那首歌的歌名作为标题——"我们无限接近于世界尽头"。

里面刻录的都是他的原创歌,反正是送给原唱本人的,不必担心侵权。

蒋畅从 CD 盒里抽出一份歌词本,介绍着工艺,设计想法。

这么送人礼物,她其实有些不好意思,但她又很想看到他的神情。

"还有还有。"

她像得了新宝贝的小孩子,一个劲地想和好朋友分享。

箱子分了层,第二层是一个帆布包,塞满了东西。票根、镭射票、相框、海报……都是以他的歌,或者漫画形象设计的。

另有一件白 T 恤,上面是将"沈献"两个字异化做成的图案,远看是一幅水墨画,非常独到。

最下面是个矮胖的玻璃罐,泡沫托底,木塞封口,颈口处系着一张字条,写着"everyday with you(和你在一起的每一天)",瓶底是一些折叠起来的小纸片。

他侧眸看她一眼,得到她的眼神示意后,拔开瓶塞,倒出几张,打开。

上面是她的手写字迹:

下午时,落了场急雨,很奇异的是,太阳再出来,天边就出现一朵心形的云朵。

云也在热恋中。

202×.08.23

今天好热好热,我伏在先先心口,听他的心跳时,觉得我快热得融化了。

我们融到了一起。

202×.08.26

读到一个很有意思的西语词：ser un trozo de pan。

形容人像一块面包，是温柔和善的。

我想到先先。不过我觉得他更像新烤出来的面包，暖烘烘的，散发着麦香。

202×.08.27

快到先先生日了。

这是万万重要的事。

202×.09.02

她曾说过，她记性不好，她就用这种方式，记录他们恋爱后的日常点滴。很简短，像是随手而记，但他想，应该都是当日最触动她的事。

蒋畅说："剩下的你回家再看吧。"

赵梲将纸片原样放回去，这么一堆东西摆在面前，他被震撼得有点说不上来话。

"你什么时候开始准备的？"

"嗯……有的很久之前就有想法了，有的是前段时间加班加点赶出来的，店家都被我催烦了。"她伸头，凑到他眼前，"你喜欢的，对吧？"

"我很喜欢，真的真的。"他放下玻璃罐，展臂，将她整个人包住，"畅畅，费心了。"

她说："你平时那么会说，怎么现在这么干巴巴的？"

"你就当，我的语言系统被你击溃了。现在没有胡言乱语，实属不易。"

她笑笑，回拥他："先先，生日快乐哦。"

他往后退了些，俯首，在她唇上轻轻点了点。接着，才彻底贴合。

两个人在背光处，被夜色环抱着，无声地接吻。

天地间，也顷刻静谧了下来。

礼物本身不值几何，因付诸了设计者的心意，又显得无价，举世无双。

她平时做稿，经常做到崩溃，因为没灵感，因为甲方事多。这一套下来，所需的心力，是外人难以想见的。

世上又有几人，是为赵梲，而不是为沈献费这样的心思。

沈献是虚幻的，赵梲是实在的。

她爱着赵锐,同样也爱着沈献,那是他的一部分。

她在互联网上是一个人格,现实里,对外是一个人格,对亲密的人又是一个人格,而这些人格,都爱着他。

这样的蒋畅,令他觉得,自己给予她的,远远不够。

又想,他何德何能,配得上她的爱。

他含吮她的唇舌,她被这样湿热的吻法吻到耳根发烫,却不由自主地贴近他。

蒋畅呼吸越发不稳,揉揉他,说:"先先,我们先上楼。"

虽然这里光线暗,但是旁边会有人经过的啊……

"不亲了,抱一会儿。"

如他所言,只是单纯的拥抱,且停留得不久,半分钟?或者一分钟?

末了,他松开她,带着礼物箱,和她一起上楼,问她:"你什么时候偷我钥匙,放进去的?"

"读书人的事,能叫偷吗?"

"趁我睡觉的时候?"

蒋畅耸耸肩,不置可否,踮起脚,在他耳边吹了口暖气。

"赵先生,这个故事告诉你,要对枕边女人有警惕之心,不然家没了都不知道。我告诉你,我想暗杀你们这群有钱人很久了。"

赵锐钩住她的脖子,将她搂进怀里:"用不着,对我使美人计就够了。"

她掏钥匙,叹口气,说:"可惜,你不是商纣王,我也不是妲己。"

"谁说不是,"他揶揄地笑,"你抛一个眼神,我不就为你神魂颠倒了嘛。"

"你就唬我开心吧。"

进了家,蒋畅进房间拿换洗衣服:"我先去洗澡了,困死了。"

她快速洗完,两脚踢掉拖鞋,扑到床上,瘫着不动了。

赵锐弯腰,捡起鞋,工整地放到床边,说:"我之前看到一个词,叫'恋床脑'。"

蒋畅有气无力地说:"是啊,我就是。我大学最夸张的时候,除了上厕所和吃饭,双休两天都在床上。"

他想象了一下:"外面在下雨?"

"对哎,不想出门,只想裹着被子,窝在床上,什么也不干,哪怕只是躺着不玩手机。"

"很了不起的愿望。"

"你是说反话吧？"

他摇头："在某些事情上，放弃比坚持更难，换言之，摆烂比间歇性努力更不容易。"

她沉默了下，说："因为人都在比，羡慕别人的人生，接受不了自己的差劲，于是想着再抢救一下。而且，普通人不是努力就能得到想要的回报的。我就是。"

一边试图与自身的平庸和不走运和解，一边不甘心，故而造成内耗。

这么一说，能够心安理得地躺平，不焦虑，的确有了不起的心理状态，或者说，有可以放纵的资本。

蒋畅翻了个身，坐起身，一副认真倾听的模样："赵大师可否为小女子指点迷津？"

赵尧拍了拍她的脑袋："抱歉，我也是俗世庸人。"

"抱歉不如抱抱。"她伸手，眼睛巴巴地望着他，有那么点撒娇的意思了。

他没抱，因为他还没洗澡，又一脸苦恼地说："如果在餐厅时，你这么对付我，说不定我真的会头脑一热，答应下来。"

蒋畅愣了愣，然后笑了，贴过去亲他："我的天哪，先先，你太可爱了。"

被夸可爱的男人，似乎有点不好意思，遮了下脸，遁去浴室了。

蒋畅笑完，才看到房东给她发了消息。

房东：姑娘，听人说，你这几天带男人回家住？

这口吻，看得她一皱眉。

她回：是我男朋友。

房东：我是看你单身，又文文静静的，才把房子便宜租给你的。

大酱炖大肠：他没有搬过来，只是暂住一段时间。

房东：那你也该提前跟我说啊，签合约之前就说好你自己住的，如果早知道你这样，我就不会把房子租给你。

蒋畅有点头疼。

她不知道，对方一开始是觉得，她一个女孩子好拿捏，还是同情她独身在宿城闯荡，才有这一番说辞。

但理亏的似乎是她，她反驳不了。

说服不了房东太太,也不好把赵桄赶走。她陷入两难。

说,这房子太小,两个人住着拥挤?

他们正处于热恋期,他估计会让她搬去他那儿。

说她不习惯和人同住?

可到目前为止,他们还没有发生大的摩擦。

还是,实话实说?

那不是也给他添堵?

房东太太实在太没道理了些,一个人还是两个人,她房租水电什么的,又不会少交一分一厘。

赵桄回房间,便见她眉毛皱着。

他头发还在滴水,一手拿毛巾擦着,另一只手按上她的眉心,抚平,这才问道:"怎么了?"

蒋畅犹犹豫豫:"要么,我换个房子吧?"

"怎么?"

"签的是一年合同,快到期了,干脆换个离公司近点的。"

"你不是嫌那边地段的贵吗?你也不想合租。"

她说:"租个单间还是可以。"

就是面积更窄了点,或者咬咬牙,提点预算。

赵桄坐到她身边,说:"你想好了的话,周末我陪你去看房子。"

"咦?"她微讶,"你不叫我搬去你家啦?"

"你不是不愿意吗?只好我死皮赖脸地缠着你,吃你的软饭了。"

蒋畅忍俊不禁,又说:"其实没有不愿意,只是,我们还没结婚的打算……这说不过去。"

"不妨你付我房租,把我当你的合租室友就好。"

"你收多少?我考虑考虑。"

赵桄的大拇指暗示性极强地摩挲着她的唇瓣。

蒋畅抬眼看他,眼睛里映着天花板的灯光,和他的身影。

她的气息轻得几不可察,拂在他的指背。

他之前说的,她一个眼神,他就为之倾倒,没说错,的确很难扛得住。

"不多,"他的手未离开,"每天早安晚安各一个吻。"

"那我岂不是太占你便宜了?"

"所以，我吃点亏。"

她的呼吸节奏渐渐变快，腰失去了支撑的力量，往下塌，半坐半靠的姿势，渐渐变成平躺。

毛巾从他肩上滑落，带着湿意，被她压住。

赵筅还继续一本正经地讲："你要是住不惯，我再帮你另找，反正，你也不损失什么。"

"干吗……"

她的身子被空调被束缚住，又被他控在怀里，动弹不自如，连声音也是含混的。

自他的视角看，她的眼神有一种，受了欺负的可怜感。

不，分明是裹了鸩毒的糖，是融了砒霜的水。抑或是，以蜜浆打造的箭矢，射向他的心脏。

一击即中。

蒋畅蓦地用力，把他推倒，一腿跨过去，两人的位置瞬间上下颠倒。

她头发披散在肩后，唇色红艳。

"你这人怎么这样？"她抱怨，"就不能好好说话吗？"

她"怜香惜玉"，手下没捂死，他却不开口，眉梢眼角俱是零星笑意，仰视着她。

她又扯过枕头，把他整张脸挡住。

"畅畅，"他的声音不甚分明地传出来，"使你男朋友窒息而死之前，是不是得套出他的理财账户密码才划算？"

"是多少？"

"我有四张银行卡，还有两张信用卡，密码分别是0……"

"停！"蒋畅叫停，拿开枕头，"你还真要告诉我啊？"

他的视线落在某处，眸色一深，把她提抱下来："既然不方便，就别招惹我了。"

她后知后觉，刚刚，她好像感觉到……

赵筅清咳一声，翻身下床，她脸红地问："你要再洗一次澡吗？"

"不用，我自己待会儿就行。"

赵筅走到厨房，倒了杯冰在冰箱里的酸奶，枯坐了好半晌。

蒋畅见他回来，放下手机，问："你好了？"

"嗯。"

她摸了摸鼻头,说:"我刚刚跟房东太太说了,我下个月不租了,过几天就收拾东西,你帮我搬吧。"

秉着好聚好散的原则,房东同意了。

赵甤明知故问:"搬去哪儿?"

"有个人出卖色相,让我跟他同居,我答应了呀。"

"哦,谁啊?这么有福气的。"

蒋畅抿着嘴笑,他被感染,也笑,上床搂住她,和她安静地接了个吻。

"睡吧,笑得跟个小傻瓜似的。"

"你才傻,大傻瓜。"

她把他当抱枕,一条腿架在他腿上,很快睡着。

睡眠质量大概与心情挂钩,近段时间以来,她很少失眠,梦少,一觉睡到闹钟响,午睡浅寐一会儿,醒来也不会那么疲累。

得益于她的好睡觉搭子。

蒋畅花了一个周末的时间,把自己的东西打包好。原本瞧着东西不多,真收拾起来,又是个大工程。

赵甤叫人运去他家,另叫了清洁打扫房子。

房东来收钥匙,看到他,问:"这是你男朋友?"

蒋畅"嗯"了声。

"你们挺般配的。"房东给她塞了个好运红包,"姑娘,祝你工作顺利,生活圆满。"

"谢谢房东太太。"

下楼时,初秋的太阳斜照而来,刺得蒋畅眯起眼。

面前是旧居民楼,高矮不一,错落无序。

这条路窄,路边还停着电动车,只容得下一辆车通行。

楼上,不知谁家在阳台种了月季,长到窗外,绿色枝叶翠绿,粉色的花朵开得正盛,却并不拥挤。

来宿城快三年了,可她还没能和这座城市熟络起来,总是会被角落的风景吸引。她驻足看了两秒,拍了张照,方提步离开。

这个地方,短时间内,她不会再来了。

行至半途,车停在路边,赵甡说"等我一下",便推门下车。
再回来,他拿着一小束花,正是粉色月季。
蒋畅一怔,为他的观察细致而悸动。
他说:"仔细想想,恋爱以来,我还没送过你花。"
她接过,说他:"你家里栽着那么多,何必再买?"
"你说你不喜欢鲜切花,所以,就意思一下。"
他停住,笑了笑。
"自古,男人常送女人花,好似是觉得,女子像花一样娇弱芬芳,我送你……蒋畅,祝你天天开心。"
祝你每天都会因一切美好的事物而开心。

美丽的东西,不需要为之赋予任何意义,美丽就是美丽。
水面倒映的昏黄路灯,铺满天空的夕阳,匍匐在地上的干净的小猫,以及枝长蔓生的月季。
初次见面,他不忍糟蹋一束花,说祝她开心。
现在,他专程买来一束精心包装的花,说祝她天天开心。
蒋畅低头轻嗅,香气浅淡,几近于无,偏又觉得,心间已盈满浓香。
"谢谢。"她倾上前,吻吻他的嘴角,如是说。

到他家中,阿姨已接过了蒋畅的行李,不知如何处理,便原封不动地放进他的房间。
赵甡说:"我们来收就好,麻烦您做几样清炒,我们还没吃饭。"
宿城这时暑气未退,累了一上午,蒋畅的确不想吃油腻的。
他端了碟水果来,让她先垫垫肚子。
她抱着他的腰蹭了蹭:"先先,你真懂我。"
相处分明没有太久,这么快就把她喜好摸清了,也不知是默契,还是什么。

中午睡过一觉,蒋畅醒来望着行李叹气。
赵甡从她背后搂她,下巴搁在她的颈窝处,懒懒地说:"不想收就晚点再收好了。"
"要是在我家,半天不收,就该被我妈骂了。"
她艰难地克服拖延症,赤足下地,他叮嘱说:"地凉,把袜子穿上。"

赵铣家不装房门，最大的好处，就是方便了呦呦和嗷嗷乱窜。

蒋畅坐在垫子上，整理着她的小物件，嗷嗷踏着高傲的步子走近，踩在上面走来走去。

她赶不走它，扬声喊："赵先生，劳您请走贵公子。"

赵铣过来，拎起它的后颈，提溜出去，严肃告诫它："别打扰你妈妈。"

它"喵喵"叫唤，挣了两下，从他手里挣脱掉，跳到地面，复又踩上来，还用爪子扒拉她的亚克力立牌。

与此同时，呦呦也跟着来凑热闹。

一狗一猫合力，彻底把她的东西搞得乱七八糟。

蒋畅服了。

赵铣无奈道："估计头回见这么多新鲜玩意儿，它好奇得很。"

她嘀咕："这黏人劲真是随了你爸了，一个赛一个的烦。"

他蹲下，正要帮她收东西，听见，手换了个方向，捏住她的脸，佯怒："你怎么总能找到借口，说我坏话，嗯？"

蒋畅觍着脸皮："打是亲骂是爱嘛。"又说，"我现在后悔搬到你家了，还来得及吗？"

"不可以哦，蒋小姐。"他摇头，"收到货后，概不退返。"

与人同住一个屋檐下，和有人住进自己家，完全是两个概念。

赵铣独自生活惯了，家更像他占据的领地。

若深挖他发出同居邀请的深层含义，其实是，希望和她成为世上最亲密无间的人。

蒋畅忙得忘乎所以，压根儿没分多余的精力注意他。她拿着东西，来来回回地走，问他这个放哪儿，那个摆哪儿。

他的空间就这么被她挤占，迅速而直观地。

不问他的时候，她小声地自言自语。

蒋畅一点也不是内向寡言的女生，她之前同老板短暂外出办公，碰到新鲜的事，跟他一通叭叭地讲。

不求他秒回，分享完，她继续干自己的事。

再有，她偶尔会没头没尾地冒出一个想法，就能就着这个话题，一直跟他聊下去。

挺有意思的。

当然，不是所有人都受得住她的性子。

但反之亦然。

用贺晋茂的话说，他寡了这么多年，原因有二，主要是不愿主动与人结交，其次，是他性格太独了。

表面上和气，和谁都不交恶，对朋友嘛，毫不吝啬，可其实，没人能侵占他的世界。

他的心里设了一道防线，自少年时代，就重兵把守，鲜有人能靠近。

现在，他想撤开防线，放她通行。

干脆说是，他自愿献上城池，向她投诚。

除了赵筅的目光始终追随着她，一猫一狗也绕着她打转。

她伸出脚尖，踢踢它们："找你们爸爸玩去。"

他坐在床尾的沙发上，两手撑着，身体后倾，姿态随性散漫，说："它们好像知道你将成为女主人，格外兴奋。"

"我看它们才是这家里的老大吧。"蒋畅说着，走进衣帽间，打开衣柜，顿时惊讶地张开嘴巴。

衣柜里基本上只有两种款式的外套，衬衣、西装。有的相同样式，买了两件不同颜色的。

这也太夸张了。

她说："先先，你是有多懒啊。"

"主要是挺舒适的。"

她把他的衣服拨开，再把自己的挂上去。

还好衣帽间大，她衣物也不多，挂完了还有间隙。

赵筅腾出两只抽屉："你的内衣、内裤可以放这里。"

蒋畅"哦"了声，突然想起一桩事，又迈着小碎步跑出去，鬼鬼祟祟地收着什么。

他回头："干吗呢？"

她理直气壮："女孩子的贴身衣物，你瞎看什么？"

他一根手指钩住她的背心吊带，本来有外套，她嫌热脱了。

"我还脱过，"他问，"怎么看不得了？"

当然看不得。

蒋畅忘记了，前两日胡蕙得知她将搬入赵筅家，特地网上下单，送了一份礼物。

的确是贴身衣物,却没那么正经。

她坚持,他便妥协:"好吧,不勉强你。"

"不过,"她才松了口气,他话音一转,"小冒失鬼,刚刚你大大咧咧摊在这儿,我早看见了。"

"呃……"

后来,一个降温的仲秋夜晚,蒋畅穿着那套衣服,和他在吊篮里叠坐着。

她背后披了条毯子,将春与秋色互相隔开。

她一手抓着木质边框,望向上方天花板连接处,惴惴不安,怕它承受不住而崩断。

赵觥见她分神,把她抱起,往露台上走。

疏密有致的花草后,是铁艺栏杆,再远,是城市夜景。

他家位置好,视野高而开阔,可以隐约望见 CBD 商贸大楼的一角。这个点了,还灯火通明着。

秋风乍起,寒凉的空气吹拂过她裸露的皮肤,汗毛顷刻倒竖起来。

花也瑟缩了下,抖落一阵香。

"畅畅,快到中秋了。"

她"嗯"了声,顺着他的目光远眺。

城市空气污染严重,多年看不到满天繁星的夜空了,仅那一盘皎月,明亮一如往昔。

赵觥垂眸看她:"连着国庆,那几天假期,你要回家吗?"

"嗯……"蒋畅搂着他的肩背,眼里有丝丝缕缕的媚色,"你是想同我回去吗?"

"听你的。"

"不回了吧,"她亲亲他的唇,或者说舔更准确,"我们可以去旅游。"

声音轻得,有"夜半无人私语时"那种意味在。

"好。"

赵觥被她像呦呦一样舔了几下,搂人搂得更紧:"想在这里?"

"不要,"她皱着脸,"冷。"

他带她进了屋,反手将玻璃门带上。

阿姨不在,嗷嗷和呦呦也睡了,偌大的屋子,任他们施展。

他们换到了沙发。

毯子滑落，没人顾得上去捡，蒋畅肩上缀了蕾丝的细细的吊带，也在不知不觉间，滑至臂弯处。

她着一身黑色——像投入黑夜之中，淘洗过一番，黑得淋漓尽致，黑得引人沉溺。且是镂空的，露出大片大片的，天光乍破般的白。

赵甗吻着她的锁骨，嘬出一枚红痕，覆上大拇指，指腹缓缓摩挲。

她瘦得不突出，甚至被他喂得多长了两斤肉，更加丰腴，然而锁骨依旧精巧漂亮。

"想画情侣文身吗？"

蒋畅脸颊浮着红，头向后倾，披散的头发成了瀑布，因大地摇撼，连同雪峰，一起晃动着，震颤着。

她音也不稳，说："我怕痛。"

"我是说，画。"他解释给她听，"手绘的，过几日就会消退。"

她眼神迷蒙，不知道是什么时候应的好。

只记得最后的情形。

仗着住高档小区，房屋隔音好，又是顶楼，他好生肆无忌惮。

那薄薄的几片布料，彻底不成形，散得七零八落，自己的声音，也如大珠小珠落玉盘。

周末晚上，赵甗带她出门，去了宿城著名的夜市区。

街上有许多架起的小摊，蒋畅只当这里是吃喝玩乐的地方，不晓得还有这么多卖小玩意儿的。

有做美甲的，还有卖书法折扇、人物画像的。有一个大爷坐在小板凳上，画着长卷山水画，旁边人介绍，说是人的名字藏在其中。

热闹极了。

她挽着赵甗的胳膊，走走停停，每样都觉得有趣，可每样都没买。

他说："干吗放回去，我送你就是。"

"我就是三分钟热度，"她有自知之明，"买回家也是放着落灰，断舍离的时候，又忍不下心。"

"那赵某真是荣幸之至，得蒋小姐青睐如此之久。"

"说不准的，"她故意说，"万一哪天我遇到个比你更帅的，对你的热情就没了。"

赵烧又笑又气,捏住她的脸拉扯。

蒋畅喊道:"你好歹毒的心,把我拉成大饼脸报复是吧。"

两个人说笑着,走到了赵烧所说的手绘情侣文身摊位。

那是一个打扮很酷的女生,戴着一顶贝雷帽,涂着黑色粗眼线和暗红色口红,穿着黑衣黑裤。

女生嚼着口香糖,两腿分开,手里拿着画笔,瞥了他们一眼,说:"稍等一下啊,我这里马上好。"

她这位客人同样是一位姑娘,所画部位是大腿,已经画完一半。

大城市的好处是,它的文化更多元,更包容,蒋畅不敢想,在家乡,她要是这样画,会招来多少奇异的眼神。

而这里,在路过的人眼里,纯粹是欣赏,至多是敬佩。

她小声问赵烧:"这不会是你哪位前女友吧?"

"你想什么呢。"他好笑,指向旁边一块牌子,"你没看人家写,是美院大四学生吗?"

"那你怎么认识她的?"

他不答,反过来调侃:"怎么感觉今年的桂花香有点泛酸啊?"

旁边栽着数棵桂花树,中秋前后,正是桂花盛放的时候。

蒋畅反应过来,他说她吃醋呢,暗掐他一把。

他笑,抓住她的手,握在手心里,说:"不记得我带你去的美术馆了?"

哦,她想起来了,当时他跟她介绍过的。

不过,签了工作室,又怎么会来街头给人画手绘文身?

待那位客人画完走后,女生接待他们:"你们想要什么图案的?"

蒋畅没想法,看向赵烧,后者说:"你随意发挥吧,我们俩画同一款。"

女生构思了一会儿,蘸了颜料,上手就画。

两人长得好看,吸引了不少路人旁观。

笔尖落在皮肤上,微凉,蒋畅抠着赵烧的手,僵硬着上半身。

"你别紧张,"女生说,"放松就可以。"

女生落的每一笔都极其流畅,不带丝毫停顿,沿着锁骨的形状细细勾勒。

他们身上一左一右,两束连理枝,刚好对称。

"赵总，我就不收你钱了。"她放了笔，转了转手腕，微笑道，"'在地愿为连理枝'，祝你们幸福。"

回到家，蒋畅脱光衣服，站在镜子面前，明亮的灯光下，图案的全貌完全展露。

它覆盖了半副锁骨，尾端直达肩头，虽是枝叶，其形状却肖似凤凰的羽翼。

她感叹："好漂亮。"

也感叹于画师的一气呵成。

不知何时，赵觉也走了进来，自背后拥住她，手掌按在她腹前，滚烫的吻烙在她另半边锁骨上，一路往后，到蝴蝶骨。

蒋畅承不住他的力道，被迫向前，借助洗手池撑住身子。

几分钟后，热气升腾，化作雾，遮住了镜中的景象。

他用手抹开，她便看到，一前一后，两幅连理枝交错着，尾端相连，原来可以连作一个整体。

蒋畅撇开眼，羞于直视镜子里的自己和他。

"你还没说喜不喜欢。"

她听到他问。

"嗯。"她简直是气若游丝地应着。

他笑："我不是说画。"

她不作声了。

赵觉把她带进浴室，放出热水，才走到花洒下。

哗哗的水声成了帮凶，助长了他的气焰。

他托着她的臀，将她抬高，和她正面接吻。水溅到她的眼睛里，迫使她闭上眼。

国庆假期，蒋畅和赵觉避开国内旅游人潮，出国玩。

蒋畅没出过国，办理护照、租住酒店、出境等全依赖赵觉。

好在一切顺利。

她感觉自己放开了许多，敢用蹩脚的英语口语和外国人交流。

对方是在夸她漂亮。

她穿着当地风格的外袍，头发扎成两股辫子，里面辫了几根彩线，跟她以往的风格完全不一样。

那几天，蒋畅跟赵桄在街头拥吻，穿比基尼躺在海滩上晒太阳，潜入清澈见底的海底去摸珊瑚。

很多事情，都是她和赵桄说过，她想做，却苦于没钱没空而做不了的。

他年少时很会玩，经济尚不富足的时候，他已经学会找乐子，打发时间。

近年来他鲜有空闲，难得有机会，陪女朋友旅行，他搁下工作，全副身心地陪她玩。

相比较她，他记性好得多。连她看视频看到一个地方，随口和他说好漂亮，他也记下，特意带她去了。

她特别快乐，她发觉，脱离那个压抑的环境，她是可以开朗起来的。

家人，工作，内卷，闲言碎语……哪怕是短暂地忘记也好。

酒店有一面墙做成落地窗，可以俯瞰到游泳池，阳光照射，泛着粼粼的碎光。

蒋畅被抵在玻璃上时，说了"我爱你"。

喜欢变成爱的过程，当事人自己也没有发觉，当心中已被浓烈的感情注满，就亟需找个口子，倾倒出一部分。

"我爱你"，这三个字的意义，不那么重大，不过是一个发泄的途径。

蒋畅听到赵桄在耳边低语："我有种预感，我还能爱你无数年。"

"为什么不是一辈子？"

"可能，"赵桄慢慢地说，"因为我也想和你有来生吧。"

回国坐的是红眼航班，机舱内安安静静，蒋畅头靠在他的肩上，很小声地和他说话。

"怎么办，不想回去上班。"

"你我物欲不高，你又不爱出门，即使你不工作，我也完全养得起你。"

蒋畅摇头："我可以自给自足，干吗要靠你？"

虽然她真的很想躺着就能赚钱。

赵桄说："也是，说不定，等我退休，就得仰仗蒋小姐了。"

"对啊，如果你惹我不开心了，就断掉你的伙食，让你跟呦呦抢饭去。"

他轻笑，替她拉了拉毯子："不困吗？睡会儿吧。"

她在他唇上啄啄，闭眼休息。

蒋畅涨薪了，工资加稿费都攒起来了，三个月下来，比她过去一年攒的还多。

　　那会儿宿城入冬了，下不成雪，倒是常有淫雨霏霏。

　　她说请他吃涮肉。

　　铜炉锅冒着热气，点的几碟肉上桌，她夹起一筷子，上下涮了涮，放到他碗里。

　　"别客气，不够再点。"

　　蒋畅的慷慨也就这一筷子了。

　　刚认识那会儿，同桌一起吃饭，她小心翼翼，不敢伸筷，现在她想吃什么就夹什么，吃饱放筷，拿起手机。

　　"先先，"她刷着微博，"下周末你有空吗？"

　　他喝了口茶解麻酱的腻："怎么？"

　　"想去商场买衣服，又不想一个人。"

　　她极度恐惧独自到实体店试衣服，这些年大多网购，可又经常不合心意，懒得退，便将就着穿了。

　　有人陪同的话，她就没那么社恐了。

　　"可能不行。"

　　她抬头："你最近在忙什么啊？"

　　"谈一个项目，过两天可能还要出趟差。"他垂下眼皮，又喝了口茶。

　　"好吧。"她不疑有他，"去多久啊？"

　　"暂时不定。"

　　为这一句话，过了两日，赵烷拿出行李箱开始收拾衣物。

　　蒋畅闲得没事，过来看他："车你要开走吗？"

　　"不用，你留着开吧。"

　　他合上箱子，放到一边。

　　蒋畅洗完澡躺上床，玩了会儿手机就打哈欠了。赵烷还在外面，她把大灯关了，给他留了盏小灯。

　　她喜欢冬天窝在被窝里，软和的被子，再把身子缩成一团，让她格外安心。

　　他钻进来的时候，被窝已经被她睡得暖乎乎的。

　　他把她搂过来，问："畅畅，睡着了吗？"

　　她用鼻音"嗯"了声，困意浓重。

"我在桌上放了两张票，后天你和胡蕙逛完街，可以一起去看。"
"是什么啊？"
"一场音乐现场演出。"
她含混应了声，也不知听没听进去。
他叹息，说："晚安。"

如赵甤所料，蒋畅压根儿不记得他说的话，不过他在微信上给她发了消息，提醒她票的位置。
浅橙色的设计，有意思的是，标了时间、地点，再没有其他信息。
演出名字叫：来无。
好敷衍，怎么可以就用 live 的谐音。
如若不是赵甤给她的，她简直要怀疑是不是诈骗的新手段了。
算了。反正都要出门，去就去吧。
演出时间是晚上七点半，蒋畅和胡蕙吃过晚餐，提前抵达。
原以为要排长队，结果直接验票、安检进场了，门口还有工作人员给她们发荧光棒和头箍。
场子里零星站着几十号人，舞台上还没有人。
胡蕙奇怪："得是多糊的歌手啊，观众才这么点？别说赚钱了，得亏死吧。"
蒋畅说："问问？"
胡蕙过去，找了两个女生问。
她们眼神古怪，说："待会儿你们就知道了。"
这就更奇怪了。

人越来越多。
往后望，人陆陆续续地把场子站满了。
快到晚上七点半时，全场灯熄灭。LED 大屏继而亮起，上面是"来无"两个字。
台上传来动静，是有人开始抬设备和乐器。
胡蕙说："我倒要看看是谁，搞这么神秘。"
蒋畅也挺好奇。
未见人影，先有歌声响起。

蒋畅一怔。

胡蕙听了两句，震惊道："天哪，真的假的，这……这是沈献的声音吗？"

如果胡蕙有所怀疑的话，那么蒋畅就是百分之百确定，就是沈献。

也就是赵銑。

他说去出差，结果办了场 live？

如果他以沈献的身份出场，不是违背他一直以来的原则了吗？

——只在网上，以歌曲作品为媒介和大家交流。

聚光灯突然亮起，照在舞台正中央。

他一袭月白汉服，戴了发套，长发束在脑后，一手持着话筒，一手执把折扇。

有种，"陌上谁家年少，足风流"的感觉。

蒋畅感觉不认识他了。

这是她不熟悉的赵銑。可又觉得，完全不违和。

最震惊的人是胡蕙，她完全疯了，要拼命克制，才没尖叫。

一首歌唱罢，赵銑收扇，嘴角扬起，微微鞠了一躬。

"大家好，我是歌手沈献。"

胡蕙这才混在观众欢呼声里尖叫，喊得嗓子快破了，转头跟蒋畅说："好哇你，瞒我这么大一事儿。"

蒋畅自己都还没回过神。

更没想到的是，他请了却青当嘉宾。

整场演出共两个小时。

中途，赵銑下过一次台换衣服，那段时间就由却青演唱。

就是很正常的演出流程，有互动，有致谢，有安可，最后散场。

观众开始离场。

胡蕙笑着揉揉蒋畅："你要不要去找你男人啊？我感觉我是好亮一颗电灯泡，我先走了。"

"哎……"没留住她。

蒋畅只好独白去后台找赵銑，在门口探头探脑的。

他在和人说话，见到她，招手唤她。

她小步挪过去。

"给你们介绍一下,"他搭着她的肩,"我女朋友。"

那几个是乐手,还有其他负责统筹的工作人员。

"初次见面,你好,我们是献总的朋友。"

有人笑着说:"终于见到让沈献大费周章,也要博美人一笑的人了。"

果然,是特地为她准备的惊喜。

否则她怎么会连一点演出的消息都不知道?

蒋畅有好多话想问他,可真正忙完到家,已经是十二点以后了。

她顾不上疲惫,缠住他。

"先先,你准备了多久啊?你不怕观众把你的照片传得到处都是吗?我说想看你的 live,你就真的办啊?"

他脱掉外套,耐心回复说:"想了很久,只是凑人、排练费时间。本来想请群演的,又怕没你说的'氛围感',她们答应不将照片、视频上传到任何公共平台,实在有人不守约,那我也没办法。"

蒋畅说不上来话了。

短短两个小时的演出,要多日的准备,场地、伴奏、观众等等。

难以想象,他为她做到这种程度。

难怪没人录视频。

但她们真的很激动,跟唱,喊他献总的有,喊他老公的也有……好吧,蒋畅该习惯这点了。

她问:"你是不是没收门票费?"

"是啊。"

"岂不是很亏?"

"嗯哼,"他说,"要不蒋小姐心疼心疼我,弥补我一点?"

她踮脚,搂住他的脖子亲他。

他回吻她时,顺势抱起她,带她走到二楼的天台。

不知何时,那里架了桌椅,点着香薰蜡烛,还摆了壶恒温保温的酒。

"喝点?"

蒋畅吐槽说:"大冬天的,吹冷风喝酒,亏你想得出。"

他拿了条厚毛毯来,裹住两人。

她忽然拍了拍他的胳膊，说："对了，我逛街的时候给你买了件大衣，你试试？"

"不急，明天我们还有一整天。"

两个人这么抱着，偶尔喝一口酒，明明很晚了，却舍不得睡。

她的脸靠在他的颈边，她有些困，又有些醉，含混地说："你知道吗，其实我很早就动心了。"

"我知道。"

她摇头："可能比你想象中的还早，第一次，在地铁上。"

"所以你是见色起意？"

"真正喜欢上是什么时候，我就不知道了。就是单纯觉得，你好好啊。"

"畅畅，你也很好。"

她继续说："我太胆小了，很多次我都想，不要再喜欢你了，下一次又忍不住。"

赵甆笑了。

他也是。

他们都是渴望爱，又畏惧爱的胆小鬼。

"但是……好巧，你同样喜欢我。你有像我喜欢你这样喜欢我吗？"

"可能比你想象中的还多。"他一下一下地抚着她的背，"畅畅，你知道，'来无'是什么意思吗？"

"不是'live'吗？"

"是'live'，也是'love'。还有另一重意思。"

她静静地听他说着。

"我曾想，我来人间走这一趟，没甚必要。又试图找一些事情，为人间赋予值得热爱的意义。直到你也来了，其意义才完整。"

蒋畅感觉左手中指被套上一枚戒指。

她呼吸一滞。

铂金的，镶嵌着一颗钻石。

"如果，你愿意结婚，和我结婚，我再替你戴在无名指上，好吗？"

他总是这样，温柔地逼近，知道她拒绝不了。

蒋畅吸了吸鼻子，也许，更应该归咎于从西伯利亚而来的风太冷了。

她能怎么回答？

或者，不用她现下立即给出准确答复。

因为他们不止有明天一整天。

她答应过他,今年过年一起去北方滑雪,明年春天去看樱花,夏天去山林避暑。

他们还有未来的无数个四季。

他们匆匆来到这个人间,厌烦过,甚至憎恨过,迄今愿意为了彼此去热爱它。

番外
余生共喜乐

赵兟发现蒋畅"锵锵呛呛将将"的号,纯粹是因为一次偶然。

同居后,他对女朋友的工作及隐私保持高度的尊重,并不会有意探听,除非她主动向他诉说。

但她有时实在粗心。

那天晚上,他靠着床头看资料,她像呦呦一样钻到他怀里,扒拉着他的手指,颇为苦恼地问:"你有没有感觉我胖了很多?"

他抚着她的下巴:"你指哪里?"

"腰啊,腿啊,我刚刚穿去年的裤子,明显变紧了。"

赵兟思忖两秒,说:"听说,这是提醒男朋友,该买新衣服了。"

"不是!"蒋畅微恼,"是指责你把我喂胖了!"

上大学时,她才刚过九十斤,现在都破百了。

他安慰她:"BMI(身体质量指数)不超过二十四,属于正常范围。"

可她严重怀疑,再这么下去,她就要超重了。

她叫他递一下他那边床头柜上的平板,她想搜减脂视频。他对此采取不支持也不反对的态度,但有必要提醒她一点:"身体健康为重。"

实际上,蒋畅是因为久坐,吃食方面又比以往好,体重才增长的。

于是,若赵兟没下班,她便牵呦呦去外面遛弯。

不单是她,这只小比熊也开始贴膘了。

周末傍晚,赵兟提前出完差回家,想给蒋畅一个小惊喜,到卧房,只看见一台开着的电脑。

想起之前系统崩溃死机,她做好的文件没来得及保存,他便放下东西去查看,发现界面停留在网页微博上。

版本更新的缘故,主页右上角只显示头像,并没有用户名。

到此为止,他没有继续浏览下去。

晚上,蒋畅遛完呦呦,看到沙发上的男人,很是高兴,两脚踢掉鞋,扑过去:"先先,你怎么这么早就回来啦?"

这个姑娘总能惹起他内心最柔软的情绪,他吻吻她的唇,把她抱到腿上。

"以前担心嗷嗷、呦呦会想我,现在又牵挂它们妈妈,能不尽快回家吗。"

一猫一狗,还有一个心爱的人儿,构成他生活最大的羁绊。

上床后,时间还不晚,蒋畅没有睡意,拿来手机和甲方沟通项目。

这几个月,她业务拓展了不少,精力有限,只接报价可观的商稿。

忙了好一阵子的赵铣,反倒没什么事,单手随意翻着粉丝评论和艾特。

超话有条帖子被顶到最上面,是周年无料宣,整套项目工程不小,印制出来的周边抽奖赠送。

什么主催、宣绘,还有那些工艺,他不太了解,但宣图做得很漂亮,他点进美工微博个人主页。他忽觉头像眼熟,往下翻了翻,又觉设计风格熟悉。

赵铣思索片刻,方看向怀里的人。

蒋畅打字打得飞快,比嘴皮子利索多了。

他调转手机,问她:"畅畅,这是你的号吗?"

她瞟了一眼,没走心,"嗯"了声。

他便点了关注。

等蒋畅跟甲方商讨完,她才发现微博多了很多关注和评论。

△太太,快醒醒,献总关注你了。

△献总八百年没新增关注了,来神仙太太主页观光。

△观光+1。

…………

她蒙了,什么玩意儿?

她再点开新增粉丝列表,眼前赫然出现"沈献"的名字。黄V认证,不可能是高仿号。

等等,她这是……掉马了?

"啊!"蒋畅忽地想起什么,忙不迭地去抢他的手机,"先先,你怎么能这样?"

这个时候,赵巯已经翻到她去年发的那些日记般的记录了。

他一直知道,她有颗细腻敏感的心,过了暧昧期,进入热恋的他,看到这些,感觉有些奇异。

大势已去,不可挽回,她捂住脸,有些绝望地说:"好丢脸。"

"怎么会?"他拿开她的手,认真地看着她的眼睛,"我其实很开心,你当初那样为我心动过。"

蒋畅讷讷地说:"可我现在觉得好傻好矫情。"

"你没有删,不就证明,你还是想留作纪念的吗?"

"才不是,"她故意说,"假如日后你变老变丑了,为了爱得下去,我得借这些找找之前的感觉。"

"更感动了。"赵巯笑着,"我都又老又丑了,还不把我甩掉。"

"到时我也老了丑了呀。"

"不会。"他捧着她的脸,在她唇上啄了几下,"我的畅畅永远十八,貌美如花。"

她忍俊不禁,拍他一下,又说:"你可别把我抖落出去了,我不想被你女友粉、老婆粉'围追堵截'。"

"总会被人发现的。而且,你怎么接了我周年庆的单?"

"很久之前接的啦,当时我还没搬过来。"

已经接了,不好毁约。做完再到宣传,中间也隔了一段时间,她都忘了这回事了。

不过赵巯说得对,总会被发现的。互联网上,只要有一点蛛丝马迹,顺着往下挖,就很容易挖出秘密。

尤其蒋畅又因宣图,而进入到沈献的圈子里。

原本,他粉丝就挺好奇,他女朋友究竟是个什么样的人。

他的朋友有透露过,说两人郎才女貌,献总很爱她,感情好得不得了。这不是更勾人好奇了吗。

若不是她送上门,他们真没法这么快扒到她。

蒋畅发和"ZS"恋爱的微博,差不多和沈献七夕官宣处于同一时间线;两人 IP 地点相同;还有她发的日常照片里,出现过猫狗,可不巧吗,沈献也养了。

他们宛如福尔摩斯，分析一切有可能和沈献相关的细节。

最最实锤的，是沈献关注了她。

迫不得已，他只好发博。

@沈献：感谢大家对我和她的关心。日后如有更进一步的好消息，会和大家分享的。也祝大家都能找到自己的那位良人。

过了几个小时，他又发了首新歌。

还是那个老意思：关注作品，远离生活。

再深层一点，大家品出来，就是：他们感情稳定，并且有结婚的打算。

却青和胡蕙都明里暗里地问过，同居这么久了，会不会结婚。

当初赵觥说，等她愿意结婚，再将戒指戴上她的无名指。

其实蒋畅父母已经知道她有交往对象了。

那时母亲催她，说她过了二十五了，再不找，就嫁不出去了。她赌气，说她的价值难道就是结婚生子吗？

母亲思想传统固执，难以说服。

争辩没有意义，她说不用替她操心，她有男朋友。

但迄今为止，她还没带赵觥回家见过他们。

两方原生家庭都不和谐，至少从蒋畅的角度来说，她不想他们插手自己的恋爱。若叫蒋磊知道赵觥的条件，指不定想怎么从他身上捞好处。

可如果真要结婚，于情于理，都绕不开他们。

临近过年，赵觥主动提出，要不要去她家拜访。

恋爱这么久，蒋畅也想定下来，对他说："不要说你年薪多少，就说在宿城有套小房子，贷款买的，嗯，车也是。说得穷一点，当然，别太穷，不然他们会看不起你。"

她家关系如何，他很清楚，应下来。

赵觥一般不回苓县过年，也不太走亲戚，即使是春节，他也有工作。

今年他特意腾出几天，陪蒋畅回容城。

蒋磊要递烟，赵觥笑着摆摆手，说："谢谢，我不抽。"

"哪有男人不抽烟的？"蒋磊稀奇了，又觉得对方是不给他面子，不抽好歹也要接下嘛。

"畅畅不喜欢我身上有那个味道。"

蒋磊瞥了眼她,"啧"了声:"妻管严哪。"

蒋畅怒道:"你会不会说话,我们是互相尊重。你有儿子女儿,你当着他们的面抽,你好意思吗?"

"行,现在有人护了,脾气大了。"

蒋磊到底在乎脸面,人家第一次上门,不能当着客人的面和蒋畅吵。

一坐下,不出蒋畅所料,他们迫不及待地问起他的家庭、工作,仿佛恨不得立马收他的彩礼,把她打包嫁给他。

大概只有母亲稍微关心,他对她好不好。

赵烺按之前商量好的,一一回答他们的问题,然后又说:"结婚后,我们应该会定居宿城,我的一切都是畅畅的,我听她的安排。"

蒋畅不是好拿捏的软柿子,亲情对她的捆绑作用不大。

抚养之恩会还,但别的,他们也休想指望她。

他明显站在她那边。

但怪不到他头上,蒋畅是什么性子,他们了解得很。平时不吭声,真被惹毛了,她不怕撕破脸。

赵烺给了一份见面礼,进口高档水果、营养品、按摩仪等,两个小孩一人一只金锁,加起来,怎么也是小五位数了。

像是打个巴掌再给甜枣。

偏偏他久居职场,什么样的人没打过交道,蒋畅父母一辈子蜗居在小城市,没见过什么大世面,自然压不住他的气场,也挑不出他的错。

基本就认了这个女婿了。

蒋畅房间的床不大,睡两个人略微局促。母亲换了新床单被套,上面还残留着柔顺剂的香气。

她在这儿住了二十余年,突然多了个男人,还觉不适应。

赵烺说:"以后,你还要慢慢地习惯,我们成为不可分割的共同体。"

他摩挲着她的无名指指根,仿佛在计算戒指圈口大小。

她心中动容,轻轻地说:"今天让你见笑了。"

他们小家子气、粗鄙、市侩、目光短浅,可是他们依然是她的家人。

"我没有介意。人都是复杂的,相处这么多年,一家人不可能毫无感情。

你哥哥还跟我说,不要欺负你。"

"真的假的?"她惊讶,"什么时候的事?"

"刚刚我出去替你倒水,碰到你哥哥。"

蒋畅撇撇嘴,讲:"大概是他想掌握我娘家人身份的话语权,拿捏你。"

"或多或少,还是有兄妹情谊在的吧?"

她比了个一点点的手势:"撑死就这么些。"

赵筅笑了笑,握住她的手:"人都是矛盾的,他不希望你过得不好也是真的。"

毕竟是同一娘胎出来的亲兄妹。

"不过,我比较希望,抛去婚姻的利益因素,他们更在意你本身在其中的感受。"

"很不幸,作为成年人,大部分都是利益至上的。"

权衡利弊,是进社会前后,始终要上的必修课。妹妹、女儿的婚姻,在他们看来,或许也是一场交易,结婚证则是一张交易合同,法律认可双方家庭的合作关系。

蒋畅吐出一口闷气,尽量让自己往乐观的方面想。

他赞同她的做法:"比如,当你不开心了,有一个免费的出气包供你使用。"

指的是他自己。

她手握成拳,捶了下他的胸膛,又不满道:"这么硬,手痛。"

赵筅包住她的手,在那未伤皮毛的手背上吹气,笑说:"你看,他还能安慰你。"

她噗地笑出声。

跟他在一起,她确实很难一直陷在抑郁情绪里。

之前有段日子,因为工作、副业都不顺,她压力很大,他也很忙,经常不在家。她照常生活,但总恹恹的。

他自然发现了她的不对劲,一算,又不是她生理期。

那天原本要提早出门,在她吃早餐时,他走到她身边,轻声问最近是不是不开心。

蒋畅忽然崩溃了,把脸埋进他怀里,哭声都被他的衬衣遮掩。

阿姨一脸无措地站在旁边,不知道和她有没有关系。

赵桄小幅度地摇头，示意让他们单独待一会儿，接着，他一下下地顺着怀中人的背，柔声安抚。

不记得具体内容，但最后她哭笑不得，还是被逗笑了。

他似埋怨似宠溺地说："你是为了不让我出门，才故意把我衣服哭脏的吧。"

上面又是眼泪又是鼻涕的，全然见不了人。

她嫌弃般地赶他："快走快走，烦死了你。"

"我这么烦，还亲不亲？"

蒋畅勉为其难地让他亲了一下。

她脸上有泪痕，他唇上沾了淡淡咸意，又揉了揉她的头发："等我晚上回来，带你出去走走。"

后来，他一有空，就陪她散步，吃甜品，爬山，逛街，还带她尝试了漂流、空中秋千和索道，转移她的注意力。

若不是有赵桄陪着，熬过低谷期估计没那么容易。

她想，她陷入的不是爱情陷阱，而是他的温柔乡。

蒋畅家亲戚多，父母两边都有不少。

小孩子们很高兴，因为收了蒋畅一份红包，还有赵桄的一份。毕竟他俩还不算一家人，得分开给。

除此之外，他们也很喜欢他。

哪怕是上小学的女孩，也有了基本的审美能力，觉得他又高又帅。

蒋畅觉得，比起和长辈打交道，他更乐意和孩子玩。

过年娱乐活动不多，大人们凑了几桌牌局，赵桄便带了几个小的，去看电影。

走前，他微微偏头，朝蒋畅一笑："老婆，给点零花钱？"

对亲戚说的是，他的钱归她管。

实际上，他的财务状况太复杂，理财、基金、股票、债券等等看得她头大，可管不来，只有过年拿到的红包都给了她。

至于"老婆"这个称呼，这是第一次在外人面前叫。

她心跳有些乱，给了他一个红包："够了吗？"

"够了，谢谢老婆。"他亲亲她的脸颊。

他们走后，表姐语气夸张："咦，腻死人了。"

赵筅其实并不爱在外表现得太亲密,这样是为了让他们知道,蒋畅如今也是被人好好爱着的,有人替她撑腰。

他那边也在被小孩问:"姨夫,你喜欢畅畅姨什么啊?"

"她是个很好的女孩呀。"他回答得毫无敷衍之意,"聪慧、细腻、可爱。"

小孩说:"畅畅姨不小了,才不是女孩。"

他笑:"这不是用年龄来衡量的,在我眼里,她还是个小姑娘。"

后来这话辗转传到蒋畅耳里。

他没大她太多,外形上,两人完全就是同龄人的样子,但无论在家还是在外,都是他包容她,照顾她。

他说,他比她早吃几年的苦,能帮她避免、挡开,她就没必要再经历一次。

他说,享受才是她该做的。

和赵筅恋爱以来,她被庇护得太好,从生理健康到心理情绪。

奇怪的是,在她眼里,他却不是顶天立地的巨人形象,也只是一个普通的、年轻的、需要她爱的男人。

和事业、成就,和任何社会赋予的外在光环无关,甚至和年龄、容貌也不相关,在爱里,他们庸俗又非凡,炙热又平淡,仅仅是一对寻常的爱侣。

她想起除夕那晚。

临近零点的街上气温很低,依然有很多人放烟花。

赵筅说上次表白,没能亲自放,这次他们一起。

那副跃跃欲试的样子,活脱脱是一个爱玩的男孩子。但按老家算法,过了年,他就三十二了。

老男孩。

蒋畅被自己的想法逗笑。

他不明所以,倒也没追问,一手牵她,一手拎烟花,说找个空旷地方去放。

一朵接一朵的烟花在空中炸开,亮光一道道坠落,大半边天空被照亮。

不知不觉,时间跳至十一点五十八分。

赵筅催促道:"畅畅,快想个新年愿望。"

"烟花声这么大,这么多人一起许愿,老天不一定听得到我的吧。"

他笑:"我这不是听得到吗。"

这是要帮她实现的意思。

她也笑了。

最后三秒，蒋畅闭上眼，双手相扣，在一声响过一声的"嘭嘭"声中，说："先先，你也要永远永远开心。"

仿佛回到初见的那天。她掀开眼皮，光亮照得她眩晕一瞬，对上他含笑的眼。

明明还是那个拿着一束简陋的花，说祝她开心的男人，却又不同了。

他捧着她的脸，低头吻她。

辞暮尔尔，烟火年年。

只祝余生，你我皆喜乐。

后记

这篇文一开始，赵铣送蒋畅一束用纸包着的、不很新鲜的花，其实取材于现实。

也是夏夜，我和朋友走在路上，一个姐姐和她儿子向路人赠送卖不完的花。按理说，他们是亏本的，但他们却笑得很开心。

一枝没有多稀罕昂贵的花，也被赋予了多一重的意义。

蒋畅不是传统观念里讨人喜爱的女孩，她不开朗，不擅长社交，喜欢独处补充能量，她甚至有很多负面、消极的情绪，但她内心又柔软，热衷于发掘生活里一些触动她的小细节。

譬如路灯照在积水上，被雨珠模糊的车窗，太阳下懒洋洋躺着的猫咪……

文里写到的那句诗，"想象我是一朵玫瑰，梦幻的荒诞的国度，我渐渐凋零成无数瓣"，是我根据她的性格写的，浪漫又破碎。

也许她是这个市场经济飞速发展的社会下，众多跟随浪潮的普通人的缩影。

赵铣跟她像，也不像。

过去的经历，年龄的增长，让他看淡许多，情绪稳定许多，正好和蒋畅互补，她悲观地看待自己，他会挖掘出她身上美好的一面，就像他认为，玫瑰凋零不意味着死亡，下个花季还会盛放。

相似的地方在于，他们都是孤独、温柔、本性纯善的人。

纯粹的感情，在成年人的世界，似已成为一种稀缺品，它被利益裹挟、左右，甚至干脆是可交易的商品，在市场流转。所以，《终有人为你坠落人间》诞生的伊始，我就想写两个灵魂共振、相依，直至趋于融合，再也无法分开的故事；我想写，受到创伤，不那么相信爱情的两个人，却又不受控制投身爱河，再也无法爬上来的故事。

"爱"是诗人们偏爱的命题，它有千万种样子，最后都会归于一个简单的字眼：你。所有情话的宾语是你，做那些不曾做过的事是为你，他们之间，也就只有对方。

写文似乎是一场漫长的独白，很容易将个人感情投进去，我也是，没法做到完全客观理智地对待笔下塑造的人物。

我会心疼蒋畅，会为他们的互动而笑出来，也会在脑海里想象他们相处的画面。

是不是所有的执笔者，都产生过恍惚：他们是现实真实存在的人，只是以另一种形式，被自己窥探到，并记录了下来？

事实上，在我将许多现实发生过的事，用文字记叙时，我所在的世界和他们的世界，就发生了奇妙的连接。

当然，文章的结束，并不意味着故事的结局，就像正文最后写的，他们还有很多个春夏秋冬。

至于我，我还想继续写这种简单的、贴近生活的小说，纵然它们没有波澜壮阔、大起大落的情节，更没有吸引人读下去的狗血、金手指，但它们实实在在地温暖、治愈了我自己，如果《终有人为你坠落人间》也能带给读到这里的你这般感受，我会更满足。

生死之外无大事，生命之内呢？赵筱说的那句"祝你开心"，是我想对蒋畅说的，想对自己说的。此时此刻，也祝你们开心。

珩一笑